Berlin – Beirut

Gitta Mikati

Berlin – Beirut

Eine Lüge zu viel

Roman

Divan

Für Hanne und Lothar

31. August 2011

Sie hat sich eingeseift, heiß abgeduscht und wieder eingeseift, aber das Entsetzen bleibt. Jasmin presst ihre vom Schippen wunde Handfläche an die Glasscheibe.

Nicht mehr hinausgehen. Nicht heute Nacht.

Nur ihr Blick wagt sich vor die Terrassentür. Der Sturm treibt die Tischdecke vor sich her, über die Hortensien hinweg, in den Garten hinein.

Dorthin, wo die schwarze Teichfolie flattert.

Jasmin hat sie über die Grube gestülpt und ein paar Waschbetonplatten aus Alberts Holzschuppen auf den Rand gelegt. Der Sturm dringt in jede Spalte, reißt und zerrt an der Folie. Die bäumt sich auf, fällt in sich zusammen und bäumt sich wieder auf.

Als würde das Skelett darunter versuchen, sich aufzurichten.

Sie hat schon einmal ein Skelett ausgegraben, nicht aus Versehen, wie heute; über fünfundzwanzig Jahre ist das her. Damals ging sie noch in den Kindergarten und hat Timo so lange gelöchert, bis er ihr die Stelle zeigte, wo sein Vater den Familienhund beerdigt hatte – doch das Skelett da draußen bei den Koniferen, das ist kein Hund.

Kein Hund hat so ein Becken. Kein Hund hat solche Rippen. Und kein Hund wird zusammen mit einer Polaroidkamera verscharrt.

Am Himmel ein zuckendes Licht, die Mauer jenseits der Hecke wird aus der Dunkelheit gerissen wie von Blitzlichtern aus der Polaroid. Jasmin wendet sich ab, reibt sich den Nacken unter dem schützenden Kragen von Mutters Bademantel, sinkt in Alberts Schaukelstuhl und beobachtet die Goldfische. In dem viel zu kleinen Glas kreisen sie wie Gefangene in einem Gefängnishof. Der Teich, das Geburtstagsgeschenk für Albert, wäre sowieso nur ein Kompromiss gewesen, denn seine Gefangenen bleiben sie trotzdem. Vor ungefähr zehn Jahren, als Mutter zu ihm zog, hat Jasmin ihn erst kennengelernt. Bis dahin wusste sie nur, dass es da einen Onkel gab, der am Stadtrand von Berlin lebt. In Tegel. Das klang nach Fluglärm und Kerosin. Als Mutter ihr jedoch erklärte, dass dieses Grundstück in Tegel das Ende seiner Geschäfte mit der Berliner Mauer bedeutet hatte, klang das wie ein Geständnis – und nach der JVA Tegel. Aber Mutters Onkel sitzt nicht in einer Zelle, er hat Haus und Garten diesseits der Gefängnismauer, auf einem Grundstück größer als eine Turnhalle.

Jasmin zuckt zusammen. Sie schreckt hoch, reibt sich die Augen. Ihre Schläfen pochen. Ihr Nacken tut weh. Wie lange hat sie geschlafen? Sie hat geträumt. Von Albert, der den Hals in die Höhe reckt. Aus seinem Mund wächst eine schillernde Seifenblase. Sie wuchert, bis Mutter mit einer rostigen Forke darauf einsticht. Da platzt die Blase mit einem Knall wie von einem Schuss – und spuckt schwarze, wurmige Erde aus. Auf sie, Jasmin. Sie windet sich aus dem Schaukelstuhl. Die Blase an ihrem rechten Daumen ist geplatzt. Jasmin reibt das Wundwasser ins Frottee, schlingt den Bademantel enger um sich und tritt an die Terrassentür. In der Scheibe des Wachturms über der Gefängnismauer spiegelt sich die Morgenröte. Die Teichfolie breitet sich wie eine schwarze Tintenpfütze aus. Auf der aufgeworfenen Erde liegt die Polaroidkamera wie eine lauernde Ratte.

Eigentlich hätte sie die Polizei rufen müssen. Doch zuerst muss sie das Puzzle von Alberts Vergangenheit neu ordnen. Vielleicht passen die Teile, die sie über ihre Mutter weiß, jetzt endlich dazu?

Jasmin knotet den Bademantel zu und schiebt die Terrassentür auf. Schlüpft in Alberts Gummistiefel. Stapft über den Rasen, hinüber zum Schuppen und verpasst der Holztür einen Tritt, damit sie aufspringt. Stopft ihre Locken unter Alberts Basecap, stülpt seine Arbeitshandschuhe über. Sie zieht die Waschbetonplatten von der Grube und schlägt die schwarze Haut zur Seite. Der Geruch nasser Erde steigt ihr in die Nase, als sie sich neben die Knochen kniet. Nicht hinschauen. Auf die Finger konzentrieren. In den viel zu großen Handschuhen sehen sie aus wie gebrochen, als sie in der Erde wühlen. Nach dem Schädel. Den Haaren.

Haare verrotten nicht so schnell.

***

Die Haustür schlägt zu. Endlich.

Jasmin nippt an ihrem kalten Kaffee.

»Mannomann, war das ein Stau!« Alberts sonore Stimme dröhnt zu ihr auf die Terrasse. »Große? Biste noch da?« Zum ersten Mal findet Jasmin es unpassend, dass er sie Große nennt. Sie presst den Rücken gegen die Lehne des Korbstuhls und blickt in den Garten. So viele Pflaumen trug der Baum lange nicht mehr. Seine Äste hängen herab, als würde er trauern.

»Hätt' ich geahnt, dass ich meinen Geburtstag auf der Autobahn verplempere und deswegen meine Große verpasse, hätt' ich mich nich' auf die Wochenendreise eingelassen«, sagt Albert.

Es poltert. Zwei Mal. Jasmin sieht ihn vor sich, wie er die Schuhe abstreift, durch den Flur schleudert, und Mutter, wie sie einen Kleiderbügel von der Garderobe nimmt, ihre dünne Jacke aufhängt und den Kragen glatt streicht. Das tut sie sogar bei ihrer Strickjacke, obwohl die keinen Kragen hat. Seltsam, was einem durch den Kopf geht in so einer Situation.

»Wie konnteste auch den Akku fürs Handy verbummeln, Maria. An der Terrassentür bleibt Albert stehen. Er hat einen gedeckten Tisch erwartet, er hat einen gedeckten Tisch bekommen. Die Polaroid, notdürftig von der feuchten Erde gesäubert, ist aufgebahrt zwischen Kaffeekanne, Sahneschälchen und dem Backblech voller Pflaumenkuchen.

»Wo haste die denn ausgegraben?« Albert gafft die Polaroid an, während Mutter sich an ihm vorbeidrückt.

»Was ist los?«, fragt sie – und erstarrt, als sie die Kamera auf dem Tisch entdeckt. »Das ist ja …«

»Aus eurem Garten.« Jasmin stellt die Kaffeetasse ab. »Die Frau, der sie vermutlich gehört hat, liegt noch draußen.«

»Wenn mich nich' alles täuscht, ist das meine«, sagt Albert, »und seh ich etwa aus wie 'n Weib?« Seine große Hand schnellt vor, greift die Polaroid, dreht sie um. »Siehste! B Punkt, A Punkt – Big Apple. Da, an der Seite.« Er zeigt auf die Kratzer. Dann drückt er auf den grünen Knopf über der Linse. Erde presst sich durch den Ritz, der Knopf aber bleibt stecken. Mit dem Fingernagel versucht Albert, ihn wieder herauszuziehen. »Ich hätt' nich' gedacht, dass ich die noch mal in die Finger krieg.«

»Halt endlich die Klappe«, faucht Mutter. »Wo hast du die überhaupt her, Jasmin?«

»Kommt mit.« Jasmin führt die beiden zur Grube, schlägt die Teichfolie zurück.

Mutters Hand fährt vor den Mund, aber den spitzen Schrei kann sie nicht unterdrücken. Sie starrt Albert an – und sackt zusammen. Klack. Ihr Handgelenk mit dem breiten Armreif ist an eine Waschbetonplatte gestoßen.

Jasmin zieht ihr Handy aus der Hosentasche. Sie hat ihrer Mutter zu viel zugemutet. Was, wenn sie den eigentlichen Fund entdeckt, die Pistole in den halblangen Haaren? Irgendwo in dem Schädel steckt bestimmt eine Patrone. »Ich rufe die Polizei.«

Albert bückt sich, streichelt Mutters Wange. »Ruf lieber den Notarzt.«

Da schlägt Mutter die Augen auf; schiebt Alberts Hand weg. »Lass. Lass das.« Sie richtet sich auf und schaut in die Grube. Lange. Sehr lange. Viel zu lange.

»Mutter?«

Mutter streckt den Arm aus. »Bring mich ins Haus, Jasi.« Albert, den sie keines Blickes würdigt, streicht sich über seine von Altersflecken übersäte Glatze. »Ne Tote in meinem Garten. Gibt's doch gar nich'.«

1

Frühjahr 1977

»Farblos bleiben. Leise, dezent und unauffällig durchschlüpfen.«

Onkel Albert drückte mir ein Passfoto in die Hand. Mahmoud Nouri, 1.1.51 Beirut, war mit Bleistift auf den schmalen Rand geschrieben. Damals brauchten wir einen Mechaniker für unsere Autowerkstatt, und Hassan, unser Mittelsmann für alles zwischen Berlin und Beirut, hatte schnell einen parat. Seinen Cousin. Wer das Geld für seine Einschleusung nach West-Berlin nicht aufbringen konnte, der arbeitete sie eben ab. Ich war Schleuserin. Als junges Ding um die Zwanzig, verliebt in mein Adrenalin, flirtete ich nur allzu gern mit dem Risiko, dabei zu verbrennen. Ich prägte mir Mahmouds Gesicht ein, zerriss das Foto und fuhr mit der U-Bahn zur Friedrichstraße. Jedes Mal, wenn der Zug in den Bahnhof einfuhr, ich die Türen auseinanderdrückte, meine Schlaghose im Fahrtwind flatterte und mir der aufdringliche Geruch nach Desinfektionsmitteln in die Nase stieg, ertappte ich mich dabei, dass ich nur flach atmete, während die gelb gefliesten Säulen sich an mir vorbeischoben. Hinter der vierten, beim Intershop-Kiosk, sprang ich aus dem noch fahrenden Zug, machte kehrt und lief die Stufen zum Fußgängertunnel hinauf. Wie immer ging ich gleich zum Fahrkartenschalter. Der Mann hinter der Glasscheibe las Zeitung. Noch heute erinnere ich mich an die Schlagzeile: *RAF übernimmt die Verantwortung für Attentat auf Generalbundesanwalt Buback. Das Kommando Ulrike Meinhof*... Der Mann am Schalter bemerkte mich, ließ die Zeitung sinken, und ich kaufte zwei Fahrscheine.

Am anderen Ende des Fußgängertunnels fiel die Stahltür zu. Den dumpfen Knall, jedes Mal, wenn sie jemanden ausspuckte, der über den Tränenpalast aus Ost-Berlin ausreiste, habe ich noch heute im Ohr. Eine Frau im Kostüm stöckelte durch den Tunnel. Am Schalter verstummte das Klacken ihrer

Absätze. »Einmal … einfach.« Abgehackte Worte, abschiedswunde Stimme, tränennasse Augen. Mechanisch tauschten ihre Finger Geld gegen Fahrschein. Ich fragte mich, wen sie auf der anderen Seite der Stahltür zurückgelassen haben mochte, als sie auf den Stufen zur U-Bahn einen alten Mann anrempelte. Seiner Kleidung nach war er ein Rentner aus der DDR, der von seinem Westbesuch zurückkehrte.

Wieder schlug die Tür zu. Ein bärtiger Mittdreißiger mit Kopfverband bis zu den Augenbrauen, eine viel zu kleine Strickmütze darüber gestülpt. Er schleppte zwei zerschlissene Koffer. Neben ihm eine Frau, das Kopftuch tief ins Gesicht gezogen, ein dunkles Tuch um die Schultern, ein Baby im Arm, einen Stoffbeutel in der Hand. Flüchtlinge. So wie sie aussahen und mit so viel Gepäck kamen sie niemals an den Bullen von der AGA vorbei. Niemals.

Die Interflug IF 730 war also pünktlich in Beirut gestartet und längst in Schönefeld gelandet. Von dort wurden die Flüchtlinge in Bussen zur Friedrichstraße gekarrt und unauffällig in den Westen abgeschoben. Während des Bürgerkriegs im Libanon verdiente die DDR so viel Geld mit Einreisevisa und Flugtickets, dass sie die Berliner Mauer hätte damit tapezieren können.

Die Frau stellte den Stoffbeutel ab, breitete ihr Tuch auf dem Betonboden aus und hockte sich hin. Sie lehnte sich an die Tunnelwand und wiegte das Baby. Der Mann setzte sich zu ihr, knüpfte den Beutel auf, holte ein Messer heraus und pellte eine Kartoffel.

Die beiden glaubten wohl, sie hätten es geschafft. Wahrscheinlich wussten sie nicht einmal, dass sie Fahrscheine brauchten, und der Versuch, illegal in den Westen einzureisen, scheiterte womöglich daran, dass sie beim Schwarzfahren erwischt wurden. Einen Augenblick lang geriet ich in Versuchung, ihnen Fahrscheine zu kaufen. Nur einen Augenblick lang und nur wegen des Babys. Damit man es nicht in den Krieg zurückschickte. Aber war ich Mutter Theresa?

Ein Graumelierter in heller Hose und dunkelrotem Pulli

mit V-Ausschnitt kam auf mich zu und schwang lässig seine Reisetasche. Er sah aus wie einer von denen, die Hassan im Libanon die fünftausend D-Mark hingeblättert und schon einen von Moritz unterschriebenen Asylantrag in der Tasche hatten. Keiner, der seine Religion als Grund für die Flucht bemühte, politisch verfolgt, das passte besser zu ihm. Und er sah aus wie einer, der in Dollar bezahlt hatte. Er legte dem Mann am Fahrkartenschalter ein Markstück hin. Ganz selbstverständlich. Hassan hatte ihn gut vorbereitet. Genau dafür wurde er ja schließlich von uns bezahlt.

Der Nächste, höchstens zwanzig, kräftige Statur, schleifte einen Seesack hinter sich her. Hätte er sich von uns einschleusen lassen, Onkel Albert hätte sofort einen Job für ihn gehabt und wir hätten eine satte Provision kassiert. Er wäre bestimmt ein guter Türsteher in einer Bar oder einem Puff am Stutti, überlegte ich, als er an der Treppe zum U-Bahnhof den Seesack über seine Schulter hievte. Hinter ihm, wie ein Schatten, ein Mann in Blue Jeans und Hemd. Ein Hemdsärmel war leer; an der Manschette zugeknotet, schaukelte der Stoff hin und her. Hin und her. Erst als die Stahltür wieder zuknallte, konnte ich mich von diesem Anblick losreißen.

Eine Hertie-Tüte; das einzige Gepäckstück, mit dem einer einreisen durfte, den ich einschleuste. Graue Stoffhose mit Bügelfalte. Hellblaues Hemd, bis zum Kragen zugeknöpft. Alles westlich, alles korrekt. Das Haar des Mannes auf dem Foto war glatt und gescheitelt gewesen. Aber dieser Typ hier, der so lässig in den Knien wippte, hatte einen Afrolook. Erst als er nur noch ein paar Schritte entfernt war, erkannte ich ihn an dem Grübchen, das sein Kinn spaltete. Er war viel blasser als auf dem Foto, und er war schmächtig, fast zart. Ich machte einen Schritt auf ihn zu. »Hallo, Mahmoud. Ich bin Maria.«

Mahmoud umarmte seine Tüte. »Merhaba.«

»Sprichst du Deutsch?«

»Non, Madame.«

»Tu parles français?«

»Non, Madame.«

»English?«

»Non, Madame.«

»Kennst du das Zauberwort?«

»Non, Madame.«

Ich sah mich um, flüsterte: »Asyl.«

Mahmouds buschige Augenbrauen schoben sich zusammen. Nur eine steile Falte trennte sie. »Non, Madame.«

»Asyl. Sag es einfach. Asyl. ASYL.«

»Assil.«

»Na siehste, geht doch. Komm mit. Hassan wartet auf dich.«

»Hassan.« Beim Namen seines Cousins huschte ein Lächeln über sein angespanntes Gesicht.

Noch mehr Flüchtlinge mit sperrigem Gepäck strömten in den Tunnel. Einer trug einen Turban und Pumphosen. Da konnte er die Schnüffler von der AGA auch gleich nach dem Weg zur Abschiebehaft fragen. Die Familie saß noch immer auf dem Boden. Die Mutter lehnte ihren Kopf an die Tunnelwand, schaute müde in eine flackernde Neonlampe und wiegte das Baby. Der Mann schob sich eine Kartoffel in den Mund. Vielleicht war heute ja ihr Glückstag, Fahrscheine hin oder her.

Ich lenkte Mahmoud die Treppen zum U-Bahnhof hinunter und reihte mich in die lange Warteschlange am Intershop ein. Im Gegensatz zu den mehr als zwei Dutzend Leuten vor uns stand ich nicht wegen der zollfreien Ware an. Ich wollte nur Zeit schinden, bis die AGA abgerückt war. Die Arbeitsgruppe Ausländer war von der West-Berliner Polizei gegründet worden, um Illegale abzufangen. Sie kontrollierte Bahnhöfe im Westen. Nur im Westen, Ost-Berliner Territorium durfte sie nicht betreten. Das unterstand der Hoheit der Grenztruppen der DDR, Soldaten, die der Stasi unterstellt waren – und die interessierten sich nicht für uns. Aber das wusste Mahmoud natürlich nicht. Er drehte ihnen den Rücken zu und starrte auf seine Schuhspitzen, als sie in ihren moosgrünen Uniformen auf uns zu, an uns vorbei marschierten. Ein dicker Mann mit Brille drängelte sich vor. Es dauerte zwei Zigarettenlängen, bis er an der Reihe war. Er kaufte drei Flaschen Whisky, stellte sie in seine abgewetzte Aktentasche und schob drei oder vier Stangen Reval hinterher. Eine Schweißperle tropfte von seiner Stirn auf den Hundertmarkschein in seiner Hand. Ich kaufte nur zwei Toblerone, eine für Onkel Albert, eine für mich.

Wir stiegen in den nächsten Zug in Richtung Tegel. In den Raucherwaggon. Neben einer Frau mit Kippe zwischen den Lippen und Strickzeug in den Händen wurden zwei Plätze frei. Mahmoud stellte seine Hertie-Tüte zwischen sich und die Frau, erst dann setzte er sich. Die Zugtüren schlugen zusammen, die U-Bahn fuhr los. Mahmoud zog eine zerknitterte, filterlose Zigarette aus der Tüte, strich sie glatt und steckte sie in den Mund. Schnell verbarg er seine Hand in der Hosentasche; aber nicht schnell genug. Ich hatte es gesehen. Am kleinen Finger seiner rechten Hand fehlte ein Glied. Der Stumpf sah wund aus.

Nur kurz war der Zug durch den Tunnel gerast, da quietschten schon die Bremsen. Oranienburger Tor. Die U-Bahn schlich in den düsteren, von Soldaten bewachten, menschenleeren Bahnhof. Ein Bein auf einem Schutthaufen, wiegte einer der beiden eine Kalaschnikow, wie die Frau ihr Baby gewiegt hatte. Mahmoud zuckte zusammen. Er konnte ja nicht wissen, dass die Züge unter Ost-Berlin nicht anhalten durften, außer am Grenzübergang Friedrichstraße. Die Bahn beschleunigte wieder, bis zum nächsten Geisterbahnhof. Diesmal duckte Mahmoud sich sogar. Einer der Soldaten auf dem im Dämmer liegenden Bahnsteig stand breitbeinig da, die Kalaschnikow auf uns Fahrgäste gerichtet. Bevor wir in den letzten bewachten Bahnhof einfuhren, versuchte ich Mahmoud abzulenken. »Nabil freut sich schon auf dich. Kennst du Tarek?«, fragte ich ihn, obwohl ich wusste, dass er mich nicht verstand, »mit den beiden wirst du dir ein Zimmer teilen. Und Hassan wartet am Bahnhof Wedding auf uns.« Mahmoud legte einen Finger in sein Grübchen und zwinkerte. Mein Herz holperte.

»Reinickendorfer Straße!« Wie immer knarrte der Lautsprecher. Mein Blick flog den Bahnsteig hinunter. Viele Wartende. Keine Soldaten. Keine Uniformen. Mahmoud atmete hörbar auf, aber die AGA arbeitete in Zivil. Farblos bleiben. Leise, dezent und unaufgeregt durchschlüpfen.

Die Frau neben Mahmoud packte ihr Strickzeug ein, lief zur hinteren Waggontür, und Mahmoud legte seine Hertie-Tüte auf den leeren Sitz. Zwei Männer stiegen ein. Der ältere von ihnen nahm den Dicken mit der Aktentasche ins Visier. Der senkte seinen roten Kopf und stellte die Tasche auf den Boden. Zollbeamte? Fast hätte der Dicke mir leidgetan, wäre da nicht der Typ im Holzfällerhemd am anderen Ende des Waggons gewesen, der uns im Blick hatte. Gleich würde er Mahmouds Pass verlangen und darin herumblättern, bis er den Stempel fand, der jenseits der Stahltür hineingedrückt worden war. Soso, würde er sagen. Kein Visum. Kein Aufenthalt. Illegal eingereist. Aufstehn. Mitkommen.

Mahmoud müsste das Zauberwort sagen. Doch heute würde ich einschreiten müssen. »Asyl«, würde ich sagen. »Mein Verlobter beantragt Asyl. Morgen gehen wir zu unserem Anwalt und Montag zur Ausländerpolizei.« Ich begann in meiner Handtasche nach der Visitenkarte zu kramen. »Hier, sehn Sie, Rechtsanwalt Richard Moritz. Er vertritt uns.« Und dann? Würde mir passieren, was schon Moni, Regine und Silvia passiert war. Ich müsste meinen Ausweis vorzeigen, er würde mich registrieren. Mahmoud wäre gerettet – und ich verbrannt. Nur weil Hassan seinen Job nicht richtig machte.

»Zurückbleiben!« Die Türen fuhren zusammen. Der Holzfäller baute sich vor Mahmoud auf. Es gab kein Entkommen mehr, und ich fühlte zum ersten Mal, warum man es Verbrennen nannte.

»Nimm ma' die Tüte da weg und rutsch 'n Stück. Da pass ick ooch noch zwischen«, sagte der Typ.

Mahmoud schaute zu ihm hoch. »Assil?«

»Wat haste zu meckern?«

»Komm Schatz, wir müssen sowieso aussteigen«, sagte ich,

griff Mahmoud am Ellbogen und zog ihn hinter mir her zum nächsten Ausgang. Ich wischte mir über die feuchte Stirn, zerknüllte die Visitenkarte, hielt den Atem an, bis der Zug endlich anhielt.

Bahnhof Wedding.

Ich schob die Türen auseinander. Ein paar Herzschläge noch, ein paar Schritte und dreiundzwanzig Stufen. Ich nahm drei auf einmal, und irgendwie schaffte Mahmoud es, neben mir zu bleiben. Das Rascheln seiner Tüte war das Einzige, was ich wahrnahm.

Geschafft!

Geschafft! Geschafft! Geschafft!

Hassan wartete vor dem Arbeitsamt, an seinen Ford Taunus gelehnt, und lachte. Wenn Hassan lachte, wurden seine Gesichtszüge weich; die Sommersprossen gaben ihm etwas Jungenhaftes und sein glänzendes rotbraunes Haar sogar etwas Sympathisches. »Yalla Mahmoud!«, rief er. Wie bei allen Arabern nistete sich das L in seinem Gaumen ein, wenn er arabisch sprach. »Yalla! Imsche!«

Mahmoud rannte über die Müllerstraße. Die beiden umarmten sich, küssten sich auf die Wangen. Hassan fuhr mit der Hand durch Mahmouds Afro und redete auf ihn ein. »Ich habe meinem Cousin gesagt: Vergiss arabisch«, erklärte Hassan mir und strich über seine Krawatte. »Wenn du für Ali arbeiten willst, habe ich ihm gesagt, musst du die deutsche Sprache lernen. Sehr schnell. Sehr gut.«

»Das hätte dir verdammt noch mal früher einfallen müssen«, fuhr ich ihn an. »Nicht mal das Zauberwort kannte er. Ich hätte verbrennen können! Kannst du dir vorstellen, was Ali dann mit dir …«

»Er kennt es. Aber er ist ein dummer Analphabet.«

Während unserer Auseinandersetzung trat Mahmoud von einem Bein auf das andere, als wäre er bereit, jeden Moment zu fliehen. Sein Blick flog zwischen Hassan und mir hin und her. Dann stieß er einen Wortschwall aus, bis Hassan ihn unterbrach. »Mein Cousin fragt, wie weit es ist in das andere Berlin. Das im Westen.« Er lachte. »Er fragt, ob wir warten, bis es Nacht ist. Ob es Stacheldraht gibt und Scheinwerfer. Warum die Soldaten dort unten sind.« Hassan deutete zum U-Bahneingang. »Er fragt, wann wir ihn schleusen.« Hassan bückte sich, legte eine Handfläche auf den Bürgersteig, schaute zu Mahmoud hoch. »Es ist vorbei. Das ist West-Berlin! Oualla! Ich schwöre!«

Mahmoud blickte in den wolkenlosen Abendhimmel. Er ließ die Hertie-Tüte fallen, drehte sich einmal um sich selbst. »Allahu akbar«, rief er. »Allahu akbar!« Er fiel auf die Knie, als wolle er beten oder gar den Boden küssen, doch Hassan packte ihn am Ellbogen und zog ihn hoch. »Atini Passport«, sagte er zu Mahmoud. Der zog seinen Pass aus der Hosentasche, hielt ihn aber fest. »Atini!«, herrschte Hassan ihn an und riss ihm den Pass aus den Fingern. Dann hob er die Plastiktüte auf, warf sie in den Ford. »Sag Ali, dass ich meinen Cousin morgen Abend ins Big Apple bringe. Und sag ihm, alle Asylanträge sind verkauft. Bis Dienstag brauche ich neue.« Hassan manövrierte seinen Cousin zur Beifahrertür, fuhr im Vorbeigehen mit dem Daumen über meine Stirn. »Ich habe mich immer gefragt, warum du das Haar im Gesicht trägst, obwohl dir das nicht steht.« Er grinste.

Ich wusste es sofort. Ich hatte meinen dünnen blonden, mit viel Haarspray zementierten Pony aus der Stirn gewischt. Der Holzfäller war schuld. Hassan hatte sie gesehen, die gekrümmte Narbe, die meine linke Augenbraue nach oben zog. Sie gab meinem Gesichtsausdruck etwas Dummes, Fragendes. Ich strich mir die Haare wieder in die Stirn.

Mahmoud verneigte sich, legte eine Hand, die mit dem verstümmelten Finger, auf sein Herz. »Schukran«, sagte er und stieg ein.

Ich fuhr zum Big Apple.

Die Eingangstür stand sperrangelweit auf. Nabil, lang und dürr, stand auf der Leiter und wischte mit einem Tuch die Neonröhren. Jeden Abend musste er das machen, damit der Schriftzug gut sichtbar in die Nacht strahlte. Darauf bestand

Albert. Mit seiner Nachtbar am Stutti hatte er diesen Aufwand nicht betrieben, aber da war Nabil auch noch nicht bei uns gewesen.

»Merhaba!« Nabil kletterte von der Leiter. »Ich habe deinen Platz geputzt«, sagte er mit einem langen Blick auf mich. Obwohl er fast einen Kopf größer war, fühlte es sich immer an, als schaue er zu mir auf. »Und ich habe die neuen Bilder an die Wand geklebt.«

Ein kurzer Blick auf die Fotos in meinem Kassenhäuschen genügte mir. »Warum müssen die mich jede Nacht anstarren? Ich weiß auch ohne die Polaroids, wer Hausverbot bekommen hat.«

»Ali will das so.«

»Ali will das so«, äffte ich ihn nach.

»Ist Mahmoud gut angekommen?«, fragte Nabil.

»Ja.«

»Gut. Im Libanon hat er keine Freunde. Keine, die gut sind für ihn.«

»Soso.«

»Hassan, Mahmoud und ich – wir sind wie Brüder.«

»Und warum ist er dann nicht mit euch zusammen eingereist?«

»Hassan und ich sind nach Berlin gekommen, um zu studieren.«

»Studieren! Ihr seid zu Alis Handlangern verkommen.«

Nabil hob die Augenbraue. »Verkommen? Wie meinst du das, verkommen?«

»Sagt man so, wenn jemand nichts aus sich macht.«

»Im Libanon ist Krieg. Niemand hat Arbeit. Unsere Familien brauchen Geld. Sobald Friede ist, ist immer noch Zeit zu studieren. Und du, Maria? Was machst du aus dir?«

»Was geht dich das an?« Ich holte den Kamm und das Haarspray aus meinem Kassenhäuschen, toupierte vor dem Garderobenspiegel meine Haare. »Also, warum ist Mahmoud nicht mit euch zusammen abgehauen?«

Nabil drehte mir den Rücken zu. »Manchmal hat man

keine Wahl. Mahmoud muss schon sein Leben lang … verkommen«, sagte er und ging hinaus.

Ich trug den rosa Lippenstift auf, knöpfte die obersten Knöpfe meiner neuen Bluse auf, betrachtete zufrieden mein Spiegelbild und sprintete die Stufen zur Bar hinunter. Das Scheinwerferlicht brach sich in der Diskokugel über der leeren Tanzfläche, tastete sich über die alten Holzdielen, Tische und Stühle, glitt über den Tresen. Hot Dog nickte mir vom DJ-Podium zu. Den Kopfhörer aufgesetzt, wippte er hin und her. Offenbar blendete er die Platten wieder an verschiedenen Stellen aus, um den richtigen Mix zu finden. Bevor er nicht zufrieden war, schaltete er die Lautsprecher nie ein, und so war das Klirren der Gläser zu hören, die die neue Barfrau ins Regal stellte. Ich lehnte mich an die Bar und streckte meinen viel zu flachen Hintern raus, genau so, wie ich es als Teenie vor dem Spiegel geübt hatte. »Mach mir mal 'n Futschi«, sagte ich. Die Barfrau ließ ein paar Eiswürfel ins Glas fallen und schüttete Asbach hinein. Aus dem Zapfhahn zischte Cola. Ich versuchte, mich mit einem durchdringenden Blick an Hot Dogs Augen festzusaugen, ihn anzustacheln, das wirkte immer, bei jedem – aber Hot Dog schaute nur kurz herüber. Kein verzehrender Blick mehr. Seit Dienstag war er auf Distanz, und nur noch das Amulett an seiner goldenen Kette blitzte mich an.

»Übrigens, da drin ist dicke Luft!«, sagte die Barfrau und zeigte auf Alberts Bürotür.

»Daran musst du dich gewöhnen.« Seitdem mein Onkel neben den Einschleusungen und allem anderen mit Hassan auch das Autoschiebergeschäft ausbaute, war er so nervös, dass er pro Nacht ein halbes Pfund Paranüsse zerbiss und sie als Brei ausspuckte. Wenn er keine Nüsse zermalmen konnte, hackte er auf dem Personal herum. Er konnte schon aus der Haut fahren, weil man in seiner Gegenwart atmete.

»Prost.« Ich kippte den Futschi in einem Zug runter.

Die Decke unter Alberts Schreibtisch verrutschte und schlug Falten, als Filou sich auf seine Pfoten stemmte. Er humpelte auf mich zu, drückte seine graue Boxerschnauze an mein Knie. Mein Onkel saß am Schreibtisch, blätterte in der BZ und klopfte ohne aufzuschauen auf die Geldkassette. In seinem nachtblassen Gesicht breiteten sich die roten Äderchen wie ein Spinnennetz von seiner Nase über die Wangen aus. »Die Markstücke sind knapp. Die Verzehrbons auch. Hol mal 'ne neue Bonrolle aus'm Lager.«

»Hast du Filou die Tablette gegeben?«

»Natürlich.« Albert schob die Geldkassette über den Schreibtisch.

»Und das Personal?«, fragte ich. »Hast du die Getränkechips ans Personal verteilt?«

Er schaute nur kurz auf. »Soll ich dir auch noch die Geldkassette nach oben tragen und den Hocker unter den Arsch schieben?«

»Schon gut.« Ich holte eine Bonrolle aus dem Vorratslager und schlenderte mit der Kassette nach oben in mein Kassenhäuschen. Nabil hatte nicht nur den Aschenbecher ausgewaschen und die Ablage gewischt, sondern auch aufgeräumt. Gummiknüppel und Baseballschläger lagen in der Ablage unterm Tresen, die Polaroidkamera und das Stempelkissen griffbereit. Und noch etwas lag dort – ein Messer mit Horngriff. Ich kratzte mit dem Fingernagel über die geschwungene Klinge. Schorf, es fühlte sich an wie Schorf. Was hatte das Messer hier zu suchen? Prügel waren erlaubt; sie gehörten in diesen Schuppen wie die Zigarette danach, aber ein Messer war eine Waffe. Ali würde durchdrehen, wenn er davon erfuhr.

Tarek stürmte herein. Seine Augen taxierten mich, wie er alles taxierte. Tarek hatte mehr von einem Wachhund als von einem Rausschmeißer. Eine Bulldogge, die sich ohne zu zögern an jedem festbiss, auf den Onkel Albert ihn hetzte.

»Wo kommt das Messer her?«, fragte ich ihn.

Er beugte sich zu mir ins Kassenhäuschen. Wie immer stank er nach Rauch. »Schaust du hier.« Er tippte auf eines der neuen Fotos.

»Und warum ist Blut an der Klinge?«

Tarek zuckte mit den Schultern, schob seinen massigen Körper zur Treppe und hastete die Stufen hinunter, die unter seinem Gewicht knarrten. Ich versteckte das Messer unter den Baseballschlägern. Ich würde mich später darum kümmern. Hot Dog spielte nämlich den Hustle. »*That's the way … aha … aha … I like it …*«, sang ich mit, schwang meine Beine über den Tresen, der das Kassenhäuschen und die Garderobe vom öffentlichen Bereich trennte, und machte vor dem Spiegel ein paar Tanzschritte. Nabil gaffte vom Eingang herüber. »Los, komm! *One – two – three – four. And forward* – klatschen«, rief ich, aber er blieb stehen, als wäre er angewachsen. »Los, Nabil, komm schon! Move to the right. Slide to the left. Make a turn. Ist gar nicht so schwer.«

»Ich kann ihn nicht leiden.« Nabil schob den Barhocker vor das Kassenhäuschen, setzte sich und verschränkte die Arme vor seiner schmalen Brust. »Der Neger soll in seiner Kaserne Musik machen.«

»Mann, du weißt doch, dass mit Hot Dog der Umsatz gestiegen ist. Die Leute, die seinetwegen kommen, lassen mehr Geld hier, als …« Die Araber, die vom Sozialamt leben und sich eine ganze Nacht lang an einer Cola festhalten, hätte ich beinahe gesagt. »Warum arbeitest du überhaupt für uns, wenn dir das so egal ist? Als Türsteher am Stutti verdienst du zehnmal so viel wie hier.«

»Du denkst zu viel an Geld, Maria.« Er griff nach dem Stempelkissen. »Und du bumst mit Hot Dog.« Nabil schaute mich nicht an; er sprach zu dem Stempel in seiner Hand. »Merkst du nicht, dass er nur mit dir spielt?«

Hot Dogs heißer Atem, der meine Halsbeuge gestreichelt hatte, sein Amulett, das kühl über meine Haut gestreift war, seine Hände, die überall gewesen waren … Wenn das ein Spiel war, wollte ich eine Revanche. »Es geht dich zwar nichts an – aber vielleicht spiele ich ja mit ihm?«, log ich.

Vor der Tür kratzten Messingabsätze über den Asphalt. Es klang verdammt nach der Kleinen mit der viel zu blonden Mähne und den viel zu kurzen Beinen. Ines. Sie warf mir ein Fünfmarkstück hin, grapschte nach dem Verzehrbon und streckte Nabil den Arm entgegen, als erwarte sie einen Handkuss. Gleichgültig drückte er den Stempel auf ihren Handrücken. Ines räkelte sich vor dem Spiegel, sodass ihr viel zu knappes Hemd hochrutschte und ich den Anblick ihres Hüftspecks ertragen musste.

Zwischen einundzwanzig Uhr und Mitternacht, wenn die Massen den Eingang verstopften und die Nachtluft aussperrten, war es stickig in meinem Kassenhäuschen – später dann, meist nach fünf Uhr, ohne das Stimmengewirr, ohne die hitzigen Körper, stumpfte die Atmosphäre schnell ab; die Bässe waren hohl und sogar Barry White klang dann blechern. Höchste Zeit nachzuschauen, ob unten noch was los war.

Zwei Frauen im Partnerlook tanzten mit einem unserer Stammgäste, einem rot gelockten Deutschen. Die Barfrau stellte Gläser ins Regal. Tarek schaute ihr dabei zu. Zumindest machte es den Anschein. Doch ich war sicher, dass er die fünf, sechs Leute am Tisch jenseits der Tanzfläche im Visier hatte. Und Hot Dog? Knutschte. Mit Ines! Ausgerechnet mit dieser Schlange. Ich kletterte auf das Podium, stieß die Nadel von der Schallplatte, griff das Mikrofon und sagte: »Schluss für heute!« Schnell ließ Hot Dog Ines los. Die hüpfte vom Podium und stakste zu den Klos.

Albert war am Schreibtisch eingenickt. Ich knallte die Geldkassette auf die Tischplatte und er schreckte hoch. Wortlos drehte er den Schlüssel, kippte die Münzen aus der Schale und zählte sie. Blätterte die Geldscheine auf den Schreibtisch und zählte sie. Hämmerte die Zahlen in die Rechenmaschine, griff nach der Bonrolle und verglich die Nummer mit den Einnahmen.

»Denkst du mal wieder, ich kann nicht zählen?«, fragte ich. »Oder glaubst du, ich bescheiße dich?«

»Zahl die Leute aus.« Er blätterte sieben Zwanziger vor mir auf den Schreibtisch.

»Da fehlen zehn Mark«, sagte ich, inzwischen gelangweilt, weil er das Spiel jede Nacht wiederholte.

»Kann mich einfach nich' dran gewöhnen, dass de dich nich' mehr an unsere Absprachen hältst!« Er warf mir einen Zehner hin. »Und dass der Ami 'n Zehner mehr kriegt wie die andern.«

»Als. Als die andern.« Ich bückte mich nach einer herumliegenden Nuss. »Einen wie Hot Dog kriegt man nicht für zwanzig, weißt du doch selbst. Dafür zieht er ne Menge Leute an.«

»Der zieht euch Weiber doch lieber aus wie an.«

Sein forschender Blick, sein lauernder Tonfall. Konnte er wissen, dass …? »Als. Aus als an. Außerdem schuldest du mir 'nen Fuffi. Oder hast du vergessen, dass ich vor ein paar Stunden Hassans Cousin eingeschleust habe?«

Ich stopfte den Fünfzigmarkschein, den er mir in die Hand drückte, in die Hosentasche, schob die zwanzig Mark Lohn für den Abend hinterher und warf ihm die Nuss zu. »Um deinen Abfall musst du dich schon selbst kümmern. Ich bin nicht deine Putze, ich wasche nur dein Geld.«

»Ich lache später«, knurrte er. »Und jetz' geh und zahl die Leute aus. Ich will vor Pfingsten zu Hause sein.«

2

»Filou!« Ich nahm die Hundeleine vom Garderobenhaken und wartete. Jedes Mal dachte ich, jetzt ist es so weit, er wird nicht mehr reagieren. Jedes Mal irrte ich mich; der alte Filou – trotz der Tabletten versteifte seine Wirbelsäule – humpelte aus Onkel Alberts Schlafzimmer. An diesem Nachmittag mussten wir uns beeilen, Schmerzen hin oder her. Ich legte Filou das Halsband um, schob ihn aus der Wohnungstür und zog sie mit dem Fuß zu, den Korb mit dem Abendessen in einer Hand, die Hundeleine in der anderen. „Du weißt, was Albert mir wieder vorhalten wird. Damals, wie ich noch die Blue Baloo Bar hatte, wird er sagen, war ich da nich' immer pünktlich zu Hause, um dir Frühstück zu machen? Hab ich dir nich' Stullen geschmiert und dich zur Schule gebracht? Bin ich nich' mit Filou Gassi gegangen? Kann ich da nich' mal pünktlich mein Essen erwarten, verdammt noch mal? – Genau das wird er sagen, Filou.« Genau das sagte Onkel Albert zwar nie, denn wenn er wütend war, nannte er Filou einen Köter und statt Frühstück sagte er Fressen. In solchen Momenten hielt ich Filou die Ohren zu. Aber das Verdammt noch mal kannte er. Onkel Albert hatte es so oft im Mund wie ein Kettenraucher seine Kippe.

Vor dem Haus blieb Filou stehen. »Nur die paar Schritte bis zum Big Apple«, tröstete ich ihn. »Wir gehen ganz langsam.«

Nabil nickte mir zu, warf das Tuch über seine Schulter, fuhr mit beiden Händen durch sein schwarzes, welliges Haar. Stumm fasste er nach der Hundeleine, wickelte sie um sein Handgelenk, schob die Arme unter Filous Bauch und trug ihn nach unten.

Ich folgte ihm, warf einen unauffälligen Blick zum DJ-Podium, aber es war leer. »Hast du schon mit Mahmoud gesprochen?«, fragte ich.

»Ja«, antwortete Nabil, setzte Filou vor der Bürotür ab und machte kehrt.

Albert saß am Esstisch in der Ecke; den Ellbogen neben dem Geschirr aufgestützt, fuhr er sich mit dem elektrischen Rasierapparat über das Kinn.

»Nicht schon wieder! Rasier dich am Waschbecken oder am Schreibtisch!«

Er legte den Rasierapparat auf den Tisch, pustete die Stoppeln von den Tellern. Sie flirrten durch die Luft. »Was meinste?«, fragte er Filou, »ob Maria ihre Bummelei wieder mal auf deine Spontinose schiebt? Oder warum kommt ihr so spät?«

»Ich musste noch einkaufen.« Ich drehte mich vor ihm in meinem neuen kurzen Kleid, zeigte auf die roten Pumps. »Ich liebe Bartstoppeln. Aber nur im Gesicht. Du kannst heute alleine essen. Ich hol mir eine Currywurst.« Aber ich lief nicht zur Currywurstbude, ich lief zur Telefonzelle und rief in McNair an. Hot Dog hatte sich für das ganze Wochenende aus der Kaserne abgemeldet.

Die große Schüssel war leer. Albert hatte die ganze Portion Hummus alleine gegessen. Ich stellte gerade das schmutzige Geschirr in den Korb, als an die Bürotür geklopft wurde.

»Wer will was?«, murrte Albert.

Hassan schob Mahmoud ins Büro. »Hallo, Ali. Ich bringe dir meinen Cousin.« Er führte Mahmoud, der in einem viel zu großen schwarzen Jackett steckte, zum Schreibtisch.

»Gut Abnd.«

Mein Onkel stellte sich vor Mahmoud und gab ihm die Hand. »Ich bin Ali.« Neben dem massigen Albert sah Mahmoud noch schmaler aus. »Willste mich verarschen, Hassan?«, blaffte Albert. »Der soll schon seit zwanzig Jahren Autos reparieren?«

»Mahmoud war sieben, als sein Vater starb. Als ältester Sohn sorgt er seitdem für die Familie.«

»Wie – seitdem!«

»Zwei Frauen konnte Mahmouds Vater sich leisten. Als er tot umfiel, hinterließ er fünf Mädchen und zwei Jungen. Aber kein Geld.« Hassan klopfte Mahmoud auf die Schulter.

»Schon am Tag danach arbeitete mein Cousin in Abu Sajis Werkstatt.«

»Und du willst mir erzählen, davon hat 'n kleener Pimmel wie der 'ne ganze Familie ernährt?«

»Nicht er alleine. Der Koran verpflichtet zur Wohltätigkeit. Alle müssen helfen. Verwandte, Freunde, Nachbarn. Alle.«

»Stimmt das?« Albert musterte Mahmoud.

»Non, Monsieur Ali.«

»Non, Monsieur Ali? Du quatschst Französisch?«, fuhr Albert ihn an. »Haste das beim Schrauben gelernt? Wat is' mit Deutsch?«

»Mahmoud ist Analphabet«, sagte Hassan. »Er spricht nur Libanesisch, nicht mal Hocharabisch.«

»Kein Hocharabisch«, sagte Albert, »jammerschade. Stell dich mal grade hin, Junge.« Er steckte seine Hände in die Hosentaschen, machte ein paar ausladende Schritte um Mahmoud herum. »Kannste an der Kasse arbeiten? Oder an der Bar?«

»Addieren? In einer fremden Währung?« Hassan schaute Mahmoud zweifelnd an. »Du hast einen Mechaniker bestellt, Ali. Keinen Professor.«

»Wohnt er bei dir?«

Hassan trat unruhig von einem Fuß auf den anderen. »Ich bin die Hälfte jedes Monats unterwegs nach Libanon. Ich lasse Mahmoud nicht mit meiner Frau zusammenleben. Gib ihm ein Bett am Stutti und mach ihm einen guten Preis.«

»Er zahlt, was alle zahlen.«

»Wie viele Jahre muss er dann für dich arbeiten, bis er seine Schulden beglichen hat?«, fragte Hassan empört.

»Bei den andern ist dir das egal.«

»Mahmoud ist mein Cousin!«

»Du weißt so gut wie ich, Hassan, dass das Sozialamt fast fünfzig Mark zur Miete zuzahlt. Pro Woche«, mischte ich mich ein.

»Na siehste! Die Hälfte.« Onkel Albert setzte sich in seinen Schreibtischstuhl, rieb den Hinterkopf am Leder und blähte die

Nasenflügel; wie immer, wenn er Kohle witterte. »Dein Cousin is 'n Schönling. Wär er ein Weib, käm ich glatt in Versuchung, ihn ans Roxy zu vermieten. Besorg ihm 'ne Arbeitserlaubnis, wie Nabil hat. Als Putzfrau. Oder Gläserwäscher; irgend so was. Er arbeitet hier, wo ich ihn im Auge habe, und wenn du aus'm Libanon zurück bist, arbeitet er tagsüber noch in der Werkstatt. Dann sind seine Schulden ruckzuck Geschichte.« Albert rieb Daumen und Zeigefinger aneinander. »Die Weiber werden uns die Türen einrennen, wenn se seine schwarzen Augen sehn und seine schwarzen Haare auf der Brust – er hat doch Haare auf der Brust? Kriegt zehn Prozent von jedem Drink, den die Weiber springen lassen. Würdest doch ooch auf ihn fliegen, Kleene. Oder?«

Ich zuckte mit den Schultern. »Ich find ihn ziemlich schmächtig, aber ja, er hat ein schönes Gesicht.«

»Na siehste, Junge! Zeig dich, beweg dich – aber nich' grapschen, verstanden?«, sagte Albert. »Nebenbei wischste die Tische ab und wäschst die Gläser.«

Hassan übersetzte. Mahmoud schnaubte.

»Passt ihm was nich'?«

»Er ist gekommen, um Autos zu reparieren, nicht um Gläser zu waschen.«

»Wer für mich arbeitet, macht sich die Finger dreckig. Spielt es da 'ne Rolle, mit was?« Albert lachte. »Montagabend bringste ihn her. Halb sieben. Mit Duldung und Arbeitserlaubnis. Aber versteck den Hübschen nich' wieder unter deinem Jackett. Reicht doch, dass du immer wie 'n Lackaffe rumrennst. Und jetz' raus hier. Alle!«

Es war noch Zeit für einen Futschi an der Bar. Die Barfrau umarmte Hassan über den Tresen hinweg und drückte ihm ihre rot geschminkten Lippen auf den Mund. Mahmoud beobachtete die beiden, rieb seine Zeigefinger aneinander, schaute mich an.

»Er will wissen, ob ich was mit ihr habe«, sagte Hassan, »weil wir uns zur Begrüßung küssen.«

»Und? Hast du?«

»Ich hab sie an Ali vermittelt, mehr nicht. Mein Cousin muss viel lernen. Besonders über deutsche Frauen. Du kannst ihm helfen, Maria.«

»Bin ich Babysitter?«

Das Licht der Scheinwerfer glitt über Hassans Gesicht, über Mahmouds Afro. Ich floh nach oben, in mein Kassenhäuschen.

***

Montags wollte Onkel Albert nicht geweckt werden. Montags wollte er im Bett bleiben, bis ihm das Kreuz weh tat. Montags ließ er sich Badewasser einlaufen, so heiß, dass die Luft dick wie in der Sauna war. Montags war Waschtag in unserer Wohnung am Hohenzollerndamm. Da rasierte er sich nass und kippte sich so viel Rasierwasser ins Gesicht, dass sich der Geruch wie ein bissiger Hund um ihn legte.

An jenem Montag im April jedoch kroch schon am Vormittag der Geruch nach frischen Brötchen und Kaffee in mein Zimmer. Und eine Stimme. »Maria? Leiste uns Gesellschaft, Kind. Ich habe was vom Bäcker mitgebracht.« Richard Moritz war nicht nur unser Anwalt, als mein Vormund hatte er mein Herz schon aus dem Takt gebracht, bevor ich lesen und schreiben konnte. Moritz, der Galan, in dessen Gegenwart meine Lehrerinnen stets nur noch ein Kichern zustande gebracht hatten.

»Die Kleene war lang unterwegs. Lass sie schlafen, Alter.«

Ich kniff mir fest in beide Wangen, um ein bisschen Farbe in mein verschlafenes Gesicht zu zaubern. Dann zog ich meinen Bademantel an, den kurzen, und ging in die Küche.

»Guten Morgen, Kind.« Moritz sprang auf.

Seit wann hatte er diesen Bauch? Warum drückte er beim Gehen die Knie zusammen, als würde er sich gleich in die Hose machen? Womöglich trug er Schuheinlagen? Was für ein deprimierender Gedanke. Ich rieb meine Nasenspitze an seinen grauen Bartstoppeln. Solange ich denken konnte, hatte ich versucht, Moritz auf den Mund zu küssen, aber immer hatte er den Kopf weggedreht und meine Lippen landeten auf seiner Wange. Jetzt sahen seine Lippen trocken aus und waren rissig. Er roch nach Ted Lapidus, doch auch sein Parfum hatte seinen Reiz verloren. An diesem Vormittag war es vorbei mit meiner Lust auf ihn als Mann, mit meiner kindlichen Sehnsucht nach ihm als Vater. Was blieb, war die Scham, weil beides sich anfühlte wie Verrat an meinem Onkel. Ich ging zu Albert hinüber, der am Küchentisch saß, legte meine Hände auf seine Schultern und massierte seinen Nacken. Das mochte er, und ich, ich mochte es auch. Moritz setzte sich wieder an den Tisch und sah mich an, als nehme er mich zum ersten Mal wahr. Zu spät, hätte ich fast gesagt.

»Wie ihre Mutter. Je älter das Kind wird, desto mehr ist sie Helene wie aus dem Gesicht geschnitten«, sagte er zu Albert.

Der schnitt eine Schrippe in Scheiben, so wie man ein Brot in Scheiben schneidet. In aller Ruhe. »Sie hat nichts, aber auch gar nichts von meiner Schwester.« Seine Stimme war kratzig. Das war sie immer, wenn es um meine Mutter ging.

»Sieh sie dir doch nur mal an!« Moritz hüstelte. »Ohne diese dumme Narbe könnte man meinen, Helene stünde vor uns.«

Meine Fingerspitzen zuckten. Oder war es Onkel Alberts Nacken, durch den das Zucken ging?

»Themawechsel«, sagte er.

»Sie ist alt genug, die Wahrheit zu erfahren.«

»Themawechsel.« Die Stimme meines Onkels war wie ein Fausthieb. Moritz hob beide Hände, als hielte Albert ihm eine Knarre unter die Nase. »Schon gut. Schon gut.«

»Welche Wahrheit?«, fragte ich.

»Falsche Frage, Kleene. Wem seine Wahrheit, musste fragen. Die Antwort is': Moritz seine Wahrheit.«

»Wie du meinst, Albert. Also, kommen wir zum Geschäftlichen.« Moritz öffnete seine Aktentasche und legte zwei dicke braune Umschläge auf den Tisch. Dicker als die, die er normalerweise ins Büro brachte. »Was schätzt du, Kind, wie viele Asylanträge sind das?«

»Blödes Ablenkungsmanöver«, maulte ich. »Mindestens hundert.«

»Exakt.« Moritz schaute mich über den Rand der Kaffeetasse hinweg an, nahm einen Schluck. »Vor drei Tagen kam einer in meine Kanzlei, der in der Friedrichstraße seinen Pass über sein Feuerzeug gehalten hat, und zwar so lange, bis nur noch Asche übrig war. Er hat eine eidesstattliche Versicherung bei mir abgegeben, in der er erklärt, er sei Palästinenser. Ich als sein Anwalt weiß jedoch, dass er der Bruder eines Mandanten ist. Eines Libanesen.« Moritz stellte die Tasse ab. »Was kennzeichnet einen Palästinenser?«

»Is' es mein Job, so was zu wissen, oder deiner, Alter?«

»Warum soll mich eine Lüge mehr interessieren als die Wahrheit?«, fragte ich.

»Ein Palästinenser ist staatenlos. Staa-ten-los! Einen Staatenlosen kannst du nicht abschieben. Er hat kein Heimatland.« Moritz steckte sich eine Salamischeibe in den Mund. »Der Mann wurde erkennungsdienstlich behandelt. Statt einer Duldung hat er gleich eine Aufenthaltserlaubnis bekommen. Ein genialer Schachzug! Könnte von mir sein, wenn man an einer eidesstattlichen Versicherung mehr verdienen würde als ein Trinkgeld.«

»Was willste damit sagen?« Albert schüttelte ungläubig den Kopf.

»Wir müssen handeln – und zwar schnell.« Moritz lehnte sich zurück. »Sobald sich das herumspricht, brauchen sie unsere Asylanträge nicht mehr. Hassan muss behaupten, dass sie ohne Pass zwischen Einreise und Abschiebung nur die Zellenwände der Gefangenensammelstelle sehen. Ihm werden sie glauben. Schließlich ist noch keiner von denen, die gekauft haben, abgeschoben worden.«

»Aber es ist nur eine Frage der Zeit, bis es so weit ist, richtig?«, sagte ich.

»Richtig«, antwortete Moritz. »Die Behördenmühlen mahlen

langsam und in ein Kriegsland wird vorerst nicht abgeschoben. Das ist unser Vorteil. Aber ich kann die Anträge auch wieder einstecken und woanders auspacken.«

Albert legte eine Hand auf die Umschläge. »Kommt gar nich' in Frage, Alter. Kleene, nimm die Dinger mit ins Büro. So was will ich nich' im Haus haben.« Er stand auf. »Ich leg ich mich noch mal aufs Ohr. Muss heut Abend in Form sein.«

»Habe ich etwas verpasst, Kind?«, fragte Moritz.

»Montag«, sagte ich. »Stuttitag.«

An jenem Montag ging ich früher als sonst ins Big Apple und nutzte die Ruhe für das, was ich normalerweise erst nach Feierabend erledigte. Ich verglich die Kontoauszüge mit den Einzahlbelegen. Ich sortierte Rechnungen, schrieb Rechnungen, tippte Beträge in die Rechenmaschine und jonglierte mit den Zahlen, bis ich einen Teil des Geldes aus unserem geheimen Safe, dem Kassenbuch untergejubelt hatte.

Geld aus den Schleusungen.

Geld aus den Autogeschäften.

Geld aus den Mieten am Stutti.

Provisionen und Abfindungen.

Dafür brauchten wir die umsatzschwachen Montagnächte. Montag war Waschtag – auch im Big Apple.

Als Albert noch das Blue Baloo besaß, hatte er die Bücher selbst frisiert. Wenn er und Moritz über Geldwäsche sprachen, hatte ich mir früher vorgestellt, er bringe das Geld zusammen mit seinen Hosen und Hemden zur Reinigung. Nach meiner Lehre, zu der Onkel Albert mich verdonnert hatte, weil er mich aus dem Milieu raushalten wollte, zeterte er noch eine Weile herum, wenn ich Genaueres über seine Geschäfte wissen wollte.

Doch als Buchhalterin wusste ich schließlich besser als er, worauf es ankam. 1975 wurde dann die Volljährigkeit von einundzwanzig auf achtzehn herabgesetzt. Im Frühjahr hatte ich ausgelernt, im Oktober wurde ich volljährig – alles andere ergab sich von selbst. Fast von selbst. Moritz, nicht mehr mein amtlicher Vormund, hatte mir nichts mehr zu sagen, und meinen Onkel konnte ich mit einem einzigen Satz überzeugen: Sonst zieh ich in unsere Wohnung am Stutti und arbeite dort. Das Erste, was ich eingeführt hatte, war der Safe im Vorratslager, von dem niemand wusste außer Albert und mir. Nicht einmal Moritz. Versteckt hinter Filous Futterdosen, deponierten wir dort anfangs nur Schwarzgeld, später kamen die Pässe der Asylanten hinzu und das Schuldenheft.

Ich schlug das Heft auf und schrieb Mahmouds Namen auf eine leere Seite, zog Striche für die Spalten, in denen ich wie bei allen anderen die Rückzahlungen notieren würde. Hinter einem Namen blieb die Spalte nun schon seit vier Wochen leer: Yusuf. Seitdem er nicht mehr am Stutti wohnte, war keine Rate mehr geflossen. Ein Job für Tarek. Der hatte sich bisher jedem an die Fersen geheftet, als liefe er ihnen an einer imaginären Leine hinterher. Angeblich lernte man das bei der PLO. Aber nun bezweifelte ich, dass Tarek überhaupt Palästinenser war.

Ich stülpte die Banderole über die Geldscheine. Wie durch ein abgegriffenes Kartenspiel flitzte mein Daumen durch die Scheine, bevor ich den Einzahlbeleg für die Bank ausfüllte und das gewaschene Geld im Tresor deponierte, dem offiziellen Tresor in der Wand hinter Onkel Alberts Schreibtisch. Der, von dem jeder wusste und der jeder Razzia standhielt.

Albert warf die Umschläge auf den Schreibtisch. »Haste zu Hause liegen lassen.«

Er schaute mich an, einen Moment zu lang und eine Spur zu eindringlich. Doch er schaute mir nicht in die Augen, er sah auf meine Stirn. Das tat er nur, wenn er … Er hatte ein schlechtes Gewissen.

»Klärst du mich mal über Moritz' Wahrheit auf?«

Er antwortete nicht. Natürlich nicht. Er beugte sich über den Schreibtisch, tippte auf das Schuldenheft. »Ich kümmer mich um Yusuf«, sagte er nur, wandte sich ab und setzte sich an den gedeckten Tisch. »Komm essen.«

Dreiviertel sieben. Mahmoud war nicht gekommen. Normalerweise lief Albert in so einem Fall gereizt im Büro auf und ab, jetzt aber ließ er sich in seinen Ledersessel fallen, zog die Schublade auf und holte seine alte, abgeschabte Holzpuppe heraus. Nachdenklich fuhr er mit dem Zeigefinger über das rissige Holz der Kasperlefigur, dort wo es noch die Form und Farbe eines Polizeihelms erkennen ließ, seine Hand schlüpfte unter den dunkelgrauen, ziemlich zerschlissenen Stoff. »Geht mir gar nich' aus'm Kopp«, sagte er mehr zu sich selbst oder seinem Kumpel, wie er den Holzkopf nannte, als zu mir – »mit sieben die ganze Sippe versorgen. Ham die da drüben keine Heime?« Er schaute zu mir herüber mit einem Blick, der in mein Herz stach. Oder waren es die Pailletten meines Tops, die in meine Brust stachen? »Wenn de im Heim lebst, haste immer viele an deiner Seite – aber keinen auf deiner Seite, Kleene. Wär mein Kumpel damals nich' gewesen, na und Moritz, meine bessere Hälfte ... erst recht, wie se Helene woandershin gebracht haben. Wie deine Mutter sich an mich geklammert hat ... das wirste dein Lebtach nich' mehr los, Kleene. Vielleicht hätte se später anders ... und länger ... gelebt, wenn se damals bei mir ...« Es klopfte an der Tür. »Wer will was?«, knurrte Onkel Albert, legte die Holzpuppe zurück in die Schublade und stieß sie zu.

Draußen bleiben, hätte ich am liebsten gerufen, doch Nabil und Mahmoud standen schon vor uns. Mahmoud verbeugte sich, die Hertie-Tüte in seiner Hand war zum Bersten vollgestopft. »Gut Abnd.« Er trug wieder die graue Altmännerhose, mit der er eingereist war, und das hellblaue Hemd.

»Du bist nich' mehr in der Wüste, Junge«, meckerte Albert und klopfte auf das Zifferblatt seiner Armbanduhr. Ich hörte nur mit halbem Ohr hin; ich wusste auch so, was jetzt kommen würde: Deinen Lohn für heute haste dir vermasselt, Junge. Hätten sie nicht ein paar Minuten später kommen können? Schon hundertmal, tausendmal, hatte ich gehört, dass Albert und Moritz die Jahre im Kinderheim nur deswegen einigermaßen ungeschoren überstanden hatten, weil Moritz schon damals der Kopf gewesen war, der meinen Onkel aus jedem Schlamassel herausredete, während der wiederum Moritz oft genug den Weg frei prügelte. Aber was wusste ich schon von Helene, meiner Mutter? Keine drei Jahre alt war ich gewesen, als sie mich verlassen hatte. Albert und Moritz hatten nach ihr gesucht – aber sie blieb unauffindbar, bis sie in der Statistik der Drogentoten auftauchte. Moritz würde mir seine Wahrheit nicht verraten ohne Alberts Erlaubnis.

Der schnippte mit den Fingern. »Die Papiere. Ich will die Papiere sehn.«

Mahmoud reichte ihm seinen Pass. Die Duldungsbescheinigung ragte heraus. Onkel Albert warf einen kurzen Blick darauf und gab sie Mahmoud zurück. Den Pass und die Arbeitserlaubnis behielt er. Mahmoud schnalzte, seine Augenbrauen schoben sich zusammen. »Non, non, non, Monsieur Ali!« Er streckte die Hand nach dem Pass aus.

Onkel Albert grinste. »Non, Monsieur Ali? Denkste, ich bin dämlich? Ich zahl dir den Flug, lass dich einschleusen – und du setzt dich dann ab? Was denkste denn, warum ich dir Maria und Hassan geschickt hab? Damit de nich' stiften gehst. Du gehörst mir, solange ich das sage. Mir! Und was passiert, wenn de dich nich' an meine Regeln hältst … frag Nabil. Der sieht alles, der hört alles, der weiß alles. Und schafft es als Einziger, irgendwie sauber zu bleiben. Stimmt's, Nabil?«

Mahmoud ließ den Arm sinken. Er sah Nabil an, doch der zuckte nur mit den Schultern und ging hinaus.

»Hier, Kleene.« Albert drückte mir zwanzig Mark in die Hand. »Ihr nehmt 'n Taxi zum Stutti und zurück. Schreib es ins Schuldenbuch.«

Im Taxi kurbelte Mahmoud die Scheibe herunter und sog die Luft ein, als wolle er so die Stadt in sich aufnehmen. In der Lietzenburger Straße, damals war bei Loretta im Garten noch ein Riesenrad in Miniatur aufgebaut, schüttelte er den Kopf. Am Olivaer Platz, wo wir auf den Ku'damm bogen, drückte Mahmoud sich in den Sitz; aber nicht entspannt, eher so, als bedränge ihn all das Leben da draußen. In der Kaiser-Friedrich-Straße, am Stutti, wo sich die Nachtbars und Kneipen aneinanderreihten, hielt der Taxifahrer vor dem Haus mit der Nummer 54. Wir stiegen aus und ich zeigte Mahmoud die Fenster im zweiten Stock. »Wohnung. Chambre. Apartment«, sagte ich, aber er schien nicht zuzuhören. Er hielt sich an seiner Plastiktüte fest und starrte zum Roxy, wo Neonherzen an der Hauswand zuckten. Vor dem Schaukasten neben der Haustür blieb Mahmoud stehen und gaffte auf die Fotos der Stripperinnen. Ich sah diese Bilder schon lange nicht mehr; ich war mit ihnen aufgewachsen. Bald würde er merken, dass die Posen und die knappen Höschen immer die gleichen waren und nur die Gesichter wechselten. Mahmoud folgte mir in den zweiten Stock. Nach unserem Auszug war die Wohnung jahrelang unbewohnt. Albert hatte sie nur behalten, um seine Affären vor mir zu verheimlichen. Aber dann beschloss der Senat, Vermietern für die Unterbringung von Asylanten Zuschüsse zu zahlen. Moritz vermittelte uns die ersten brauchbaren Mandanten, so nannte er Hassan und Nabil. Mein Onkel pferchte ein paar Etagenbetten in die Zimmer. Das waren die Anfänge gewesen. Seither hatten schon zahllose Männer dort gewohnt.

Vor der Tür streifte Mahmoud seine klobigen Schuhe ab. Ich führte ihn in das Zimmer, in dem Nabil und Tarek lebten, mein altes Kinderzimmer. Obwohl es so winzig war, hatte Onkel Albert ein Etagenbett zu meinem alten Bett gestellt. Mahmoud kippte seine Tüte darauf aus. Seife, Zahnbürste, schwarze Socken, Zigaretten und Musikkassetten fielen heraus. Eine braune Hose, ein nachtblaues Hemd. Ein Pulli mit Reißverschluss. Ein fingerdicker Stapel Fotos, mit Paketschnur zusammengebunden. Er faltete ein Handtuch auseinander und stellte einen Bilderrahmen auf das Fensterbrett. Auf dem Schwarz-Weiß-Foto ein Paar. Sie mit hochgestecktem Haar und dickem Lidstrich, im Cocktailkleid, wie Sophia Loren. Der Mann trug einen dunklen Anzug und Krawatte. Kein Schleier. Kein Turban. Kein Fez. Keine Gewänder. Mahmoud fuhr mit der Fingerkuppe über die Gesichter. »Layla Nouri. Said Mahmoud Nouri.«

»Soso«, sagte ich nur, öffnete den Kleiderschrank und zeigte Mahmoud die Fächer für seine Sachen. Ich ging mit ihm in die Wohnküche, ins Bad; ich öffnete die Tür zu Onkel Alberts altem Zimmer einen Spalt. Fast immer waren alle drei Etagenbetten belegt, und fast immer roch es hier. Manchmal streng, manchmal nach Minze. Heute roch es nach Knoblauch. Der Fernseher lief. Drei Köpfe drehten sich zu uns. Mahmoud wollte eintreten.

»Non, Monsieur«, sagte ich entschieden, »Big Apple«, und zog ihn aus der Wohnung. Ich tippte auf das Namensschild. »Gercke. Albert Gercke«, erklärte ich und gab ihm einen Schlüssel. »Gercke. Ali. Verstehst du?«

»Oui, Madame. Geke.«

Wir liefen zum Taxistand. Mahmoud öffnete mir die Wagentür. Sein altmodisches Getue passte zu seinen Klamotten. Das »Oui, Madame« aus dem Mund eines Mannes in derben Arbeitsschuhen passte nicht.

Nabil saß auf dem Garderobentresen. Ines, die sich neben ihm räkelte, spielte mit ihren spitzen, roten Fingernägeln an der Knopfleiste ihrer viel zu engen Bluse. Ihr Schlafzimmerblick glitt an Mahmoud hinab, kroch wieder aufwärts, verfing sich in seinem Afro und verharrte auf seinem Gesicht. »Wer bist du, schöner Mann?«

Mahmoud starrte auf die roten Fingernägel. Seine Pupillen waren groß. Sie will nur mit dir spielen, hätte ich ihn warnen können. Aber ich warnte ihn nicht.

Bis Mitternacht hatte ich nur zwanzig Verzehrbons verkauft, das reichte gerade mal für die Löhne. Eine normale Montagnacht eben. Ich warf den Deckel der Kassette zu. »Das war's für heute«, sagte ich zu Nabil, klopfte ihm auf die Schulter und ging nach unten. Mahmoud tanzte mit einer Pummeligen. Mit steifem Oberkörper stapfte er hin und her, tellergroße Schweißflecke unter den Achseln, eine steile Falte zwischen den Augenbrauen. Auf dem DJ-Podium knabberte Ines an Hot Dogs Ohrläppchen. Beiß zu. Beiß ihm das Ohr ab – oder besser noch seinen Schwanz und erstick dran, dachte ich.

Im Büro war die Luft von Rasierwasser getränkt. »Was hältste eigentlich von der Barfrau?«, fragte Albert.

Ich sah den großen Mund der Neuen vor mir; den Futschi, der schon da stand, kaum dass ich das Wort ausgesprochen hatte. Im Gegensatz zu ihrer Vorgängerin, die ständig die Bestellungen der Kellner falsch zugeordnet hatte, klappte auch das jetzt. Kein einziger Fehlbon. Ihre Vorgängerin hatte ich schnell im Verdacht gehabt, zu bescheißen, indem sie durch ihre Verwechslungen Geld einsackte. »Die ist fit«, sagte ich.

»Schnell. Zuverlässig.« Onkel Albert klimperte mit den Münzen. »Und ihre Kasse stimmt auch immer. Sie soll ihre Papiere vorbeibringen. Sprichste mit ihr? Ich hab heut noch was vor.« Er schob die Löhne für das Personal über den Schreibtisch, stand auf, stützte sich auf das Waschbecken, begutachtete sich im Spiegel. Er knöpfte sein schwarzes Hemd auf, zupfte an seinem blassen Brusthaar, knöpfte das Hemd wieder zu, legte den Kopf seitlich, als überlege er, was besser aussah. Er schlürfte Wasser aus dem Hahn, gurgelte und spuckte eine Fontäne ins Becken, schlürfte Wasser, gurgelte wieder und spuckte die Fontäne ins Becken.

»Mag deine Neue keine Nüsse?«

»Geht dich gar nix an.« Albert wusch sich die Hände und strich sich mit seinen nassen Pranken durchs Haar. »Und komm ja nich' wieder auf die Idee, unsre Abmachung zu brechen, solang ich mir am Stutti ein paar Cuba Libre genehmige!«

»Wovon redest du?«

»Jetz' verkauf mich nich' für blöd.« Er zeigte mit dem Finger auf mich, als hätte ich einen Lutscher geklaut. »Haste gedacht, ich merk's nich', wenn de ihn wegschickst, bevor Filou und ich nach Hause kommen?« Er deutete zur Tür, in die Richtung des DJ-Podiums. »Dass irgendwelche Idioten mir mal die Reifen aufschlitzen oder Scheiben einschlagen, damit müssen wir leben. Dass sie das Big Apple abfackeln wollten, damit müssen wir auch leben. Aber wir waren uns einig: Keiner kommt in unsre Hütte.« Grob tätschelte Albert meine Wange. »Was is' nur in dich gefahrn? Seitdem dieser Ami hier is', erkenn ich meine Kleene nich' wieder.« Er legte die Lippen auf meine Narbe. »Lass dir nich' verarschen, versprichste mir das? Ja oder ja?«

Ich wand mich unter seinem Blick, schluckte. »Das kommt nicht mehr vor. War sowieso nichts Ernstes.«

»Und warum flennste dann?« Onkel Albert legte Filou an die Leine, klopfte auf die Schreibtischplatte. »Ich brauch jetz' 'n Cuba Libre. Tschau!«

Kaum war er draußen, riss Nabil die Bürotür auf. »Wir gehen ins Athena Grill. Kommst du mit?«, fragte er.

»Warum hast du mit Ali über mich gequatscht?«

»Wovon redest du?«

»Schick die Barfrau rein und mach ihre Kasse.«

»Was habe ich gequatscht?«

»Schick die Barfrau rein!«

Die Barfrau setzte sich, schlug die Beine übereinander, strich ihren kurzen Rock glatt und leckte unentwegt ihre Lippen.

»Wie heißt du eigentlich?«, wollte ich wissen.

»Ich dachte schon, du fragst mich nie. Ich heiße Elke.«

»Ich hätte viel zu tun, wenn ich mir die Namen aller Aushilfen merken müsste. Mich interessiert das erst, wenn es ernst wird.« Ich zählte ihr die Bedingungen für die offizielle Einstellung auf. »Interessiert?«, fragte ich.

Sie nickte. »Der Papierkram ist mir egal. Ich unterschreib alles«, antwortete sie. »Zwanzig Mark die Nacht bar auf die Kralle und die Trinkgelder, das ist okay. Einzige Bedingung: Ich bin krankenversichert.«

»Natürlich bist du das als Festangestellte.«

Über den Schreibtisch hinweg reichten wir uns die Hände. »Aber eines will ich noch wissen«, Elke hielt meine Hand fest, »stimmt es, dass die letzte Barfrau beinah 'ne Whiskypulle am Schädel hatte?«

»Das war was Persönliches«, log ich. »Und sie hat sich ja schnell genug weggeduckt. Außer ein paar Scherben im Haar und ein paar Pieksern auf den Oberarmen hat sie nichts abgekriegt. Tarek hatte den Kerl schnell am Arsch.«

3

Im Treppenhaus roch es nach Pisse. Auf den Briefkästen standen leere Bierflaschen, auf dem Boden lagen Kippen in einer Pfütze. In den meisten Wohnungen am Stutti waren die Zimmer an Nutten vermietet, und die gaben den Asylanten die Schuld an dem Dreck. Deswegen mussten wir die Hausordnung einhalten. Unbedingt. Von oben hörte ich orientalische Musik. Ich hastete in den zweiten Stock, presste die Handfläche auf den Klingelknopf, so lange, bis die Tür endlich geöffnet wurde. Ein Fremder mit schwarzem Schlapphut, er kniff sein rechtes, von der Hutkrempe überschattetes Auge zu, öffnete, und ich drängelte mich an ihm vorbei. Lautes Gelächter, Stimmengewirr. Die Tür zum großen Zimmer stand sperrangelweit auf; die Vorhänge zugezogen, flackerte der Fernseher, aber die lauten Stimmen, das Lachen, die Musik kamen aus der Küche. Ich stieß die angelehnte Tür auf.

»Hallo Maria.« Nabil lächelte entschuldigend. »Setz dich. Wir essen gerade. Aubergine in Öl.«

Auf dem Tisch, neben dampfendem, tellergroßem Fladenbrot, lag Alberts Polaroidkamera. Und Fotos: Mahmoud in der Küche mit den anderen; Mahmoud im Bett; Mahmoud mit Nabil am Eingang zum Big Apple.

»Ihr habt unsere Kamera mitgehen lassen?«

»Nur geliehen, Maria.« Nabil stellte die Pfanne ab.

Mahmoud zog den letzten freien Stuhl unter dem Tisch hervor. »Madame?« Er zerriss ein Fladenbrot und drückte mir ein Stück in die Hand. Das Brot war viel zu heiß; ich ließ es aus den Fingern gleiten. Der Fremde mit dem Hut tunkte sein Brot in die Pfanne und steckte es sich, vollgesogen mit heißem Öl, das ihm über die Finger lief, in den Mund, ging zum Küchenschrank und nahm ein Glas heraus, hielt es unter den Wasserhahn, trank es in einem Zug leer und setzte sich wieder an den Tisch.

»Wer bist du?«, wollte ich wissen.

»Das Omar. Ist Freund. Palästinenser. Wie ich«, antwortete Tarek.

»Palästinenser. Soso. Er soll mir seine Papiere zeigen.«

»Dürfen wir keinen Besuch haben?«, mischte sich nun auch Nabil ein.

»Kann dieser Omar nicht selbst sprechen?«

Omar senkte den Kopf und der Schlapphut schirmte seine Augen ab. Sein Kinn kreiste, sein Kiefer malmte. »Ich bin ein Freund aus Libanon. Ich habe Aufenthalt.«

»Dann zeig mir deine Papiere.«

Omar reagierte nicht.

»Wer hier nicht wohnt, hat hier nichts zu suchen«, sagte ich. »Ich kümmere mich jetzt um die Zimmer und du verschwindest hier. Haben wir uns verstanden?« Ich ging ins große Zimmer, schaltete den Fernseher aus, zog die Gardine zurück, riss das Fenster auf. Ich zählte die Bettwäsche in der Kommode. Die Laken. Nabil redete die ganze Zeit auf Arabisch. Ein Stuhl schabte über das Linoleum in der Küche. »Ich gehe«, rief Omar; die Wohnungstür fiel zu. Ich antwortete nicht, ich kontrollierte das Bad. Die hellblauen Fliesen blitzten, der Spiegel und das Waschbecken glänzten. Ein Wäscheständer mit Handtüchern stand in der Badewanne. Es roch nach Zitronenreiniger. Als ich in der Küche das Geschirr und Besteck, die Töpfe und Pfannen zählte, wurde es still. So still, dass ich hörte, wie die Quittungen für den Zuschuss vom Sozialamt über den Tisch geschoben wurden. Sieben Augenpaare bissen sich in meinen Rücken, während ich unterschrieb. Einer nach dem anderen nahm seine Quittung und verschwand. Außer Nabil. Der fegte den Küchenboden in kurzen, festen Stößen, als habe sich etwas festgetreten.

»Also, wer ist dieser Omar?«, fragte ich.

»Er ist ein Freund aus Beirut«, sagte Nabil. »Mahmouds und Tareks Freund. Er wohnt nicht hier, also interessiert er mich auch nicht. Ist nicht meine Sache. Deine auch nicht, Maria.«

»Und warum schaust du mich nicht an, sondern erzählst das dem Fußboden?« Die übrig gebliebene Quittung, seine, lag ohne Unterschrift auf dem Tisch. »Wenn ich das unterschreiben soll, damit du die Kröten vom Sozialamt kriegst, dann geh und mach den Dreck bei den Briefkästen weg. Ich kümmere mich um die Zimmer.«

Nabil stützte sich auf den Besen und nickte. »Omar geht dich nichts an.«

***

Albert schaute nur kurz auf, als ich ins Büro kam, widmete sich dann gleich wieder den Geldscheinen in seiner Hand. »Dreihundert sind ja schon mal ’n Anfang«, sagte er zu Tarek. Auf dem Schreibtisch lag die Polaroidkamera, daneben ein Foto. Yusuf mit aufgeplatzter Augenbraue, die Nase blutig, die Lippe verkrustet. »Davon wird einem ja schlecht! Musst du gleich so hart rangehen, Tarek?«, fragte ich.

»Neue Geld kommt eine Woche«, sagte Tarek nur. »Bin ich fertig, Ali?«

Albert nickte. »Ja. Ja, verdufte.« Er warf das Foto in die Schublade, wartete, bis Tarek die Tür hinter sich geschlossen hatte. »Und du, Frollein, misch dich nich’ ein, sondern lass die Luftpumpe ihre Arbeit machen.« Er warf mir die Hundeleine zu. »Dreh ’ne Runde mit Filou und sag Nabil, er und Mahmoud sollen runterkommen.«

Filou knurrte, als wir zurückkamen, denn Mahmoud und Albert standen sich wie Feinde gegenüber. »Ich hab mir dein Gezeter ein paar Nächte angeschaut, aber jetz’ is’ Schluss!« Mein Onkel stieß seinen Zeigefinger in Mahmouds nachtblaues, bis zum Kragen zugeknöpftes Hemd. »Mach die verdammten Knöpfe auf!«

»Non, Monsieur Ali.« Mahmoud verschränkte die Arme vor der Brust.

»Ein Mann, der sich wie eine Hure verkauft, hat keine Ehre mehr«, sagte Nabil, den Blick auf mich geheftet.

»Ehre, Ehre«, blaffte Albert ihn an. »Das hätte er sich verdammt noch mal überlegen sollen, als ihm noch die Kugeln um die Ohren flogen. Jetzt gehört er mir. Alles an ihm. Alles außer seiner verschissenen Unterhose.«

»Mekanika.« Mahmouds Kinn bebte vor Wut. Die Finger gespreizt, legte er die rechte Hand auf sein Herz. Das fehlende Fingerglied – es kam mir vor wie eine Warnung.

»Mechaniker hin oder her. Nabil hat was in der Birne, Tarek hat Muckis und du, du hast 'ne schöne Visage. Ende der Ansage. Beschwer dich bei Hassan!«

»Hassan Libanon.«

»Ja«, sagte ich und ging auf Mahmoud zu, »wenn Hassan zurückkommt, gehst du mit ihm in die Werkstatt.« Ich knöpfte den obersten Knopf seines Hemdes auf. Er ließ es geschehen. Ich knöpfte den zweiten Knopf auf, den dritten, spreizte seinen Hemdkragen. Da wandte er sich abrupt ab. Wortlos ging er zur Tür, drehte sich zu uns um, öffnete den vierten Knopf und strich sich über die behaarte Brust.

»Na siehste, geht doch«, sagte Albert zufrieden.

Nabils Blick flog zwischen mir und Albert hin und her. »Ein Mann ohne Respekt ist ein Hund«, sagte er. Lautlos schloss sich die Tür hinter beiden.

»Ich will seinen Bauchnabel sehen!«, rief Onkel Albert, ging um seinen Schreibtisch herum und sank in den Stuhl.

***

Wochenende und Monatswechsel. Es war eine dieser Nächte, in denen das Big Apple so gut besucht war, dass sich das Publikum bereits auf den Stufen drängelte. Gäste konnten wir nur noch hereinlassen, wenn andere den Laden verließen. Nabils Aufgabe war es, die Wartenden bei Laune zu halten. Den Pulli über seine schmalen Schultern gelegt, die Ärmel vor der Brust verknotet, stand er draußen und unterhielt sich mit einem deutschen Stammgast. Ein Araber im eleganten schwarzen Anzug stand an meinem Kassenhäuschen; so einen Kunden musste man hätscheln. Ich verkaufte ihm einen Verzehrbon, drückte den Stempel auf seinen Handrücken und ließ ihn rein.

Doch nach wenigen Minuten bahnte er sich schon wieder den Weg nach draußen. Zu voll, dachte ich und zuckte die Achseln. Erst nach drei Uhr war der Andrang vorüber. Nur ein paar Gäste standen noch mit ihren Drinks draußen auf der Bundesallee. Nabil warf die Tür zu und setzte sich auf den Hocker vor meinem Kassenhäuschen, zündete zwei Zigaretten an, reichte mir eine. Da wurde die Tür aufgerissen. Ein kühler Windhauch stieß herein – und mit ihm der Araber. Er trug keinen Anzug mehr. In ausgebeulter Hose und Pulli lief er an uns vorbei, rempelte die zwei Frauen vor dem Garderobenspiegel an, drückte ein knutschendes Pärchen ans Treppengeländer und lief nach unten. Nabil sprang auf und trat seine Zigarette aus, da stürmten zwei schwarzhaarige Männer herein. Einer rammte im Vorbeilaufen seinen Ellbogen in Nabils Rippen.

Augenblicklich war sie da, die Anspannung. Wie lange würde es dauern, bis die Musik abbrach – denn das würde sie. So voll, wie es unten noch war, vielleicht erst in drei oder vier Minuten, vielleicht in fünf. Mein Herz schlug schon jetzt schneller als die Bässe.

Ich schloss die Geldkassette ab und steckte den Schlüssel in meinen Pumps.

»Ihr geht wohl besser vor die Tür«, sagte ich zu den beiden Frauen vor dem Spiegel. Sie reagierten nicht. »Macht schon! Hier wird's gleich ungemütlich.«

Take me in your … George McCrae schwieg. Jetzt also. Es polterte. Die ersten Gäste stürzten an mir vorbei, in die Nacht hinaus. Tarek schrie etwas über ihre Köpfe hinweg, sprang über den Garderobentresen und griff nach den Gummiknüppeln. Er warf dem deutschen Stammgast, der mit ihm heraufgestürmt war, einen Knüppel zu. »Du helfe Maria zu Büro.«

Ich stellte die Geldkassette auf meine Schenkel, schwang die Beine auf die andere Seite des Tresens. Der Deutsche griff mein Handgelenk. „Bleib dicht hinter mir", sagte er, stemmte sich gegen die Massen und zog mich so hinter sich her, dass die Kassette hinter seinem Rücken verborgen war. Am Rand der Tanzfläche prügelte sich ein Aushilfskellner. Mahmoud jagte einem der

Araber hinterher, bekam ihn am Genick zu fassen, aber der Typ wand sich aus seinem Griff, stieß mich zur Seite und stürmte die Treppen hinauf. Mahmoud hinterher. Auf der Tanzfläche standen ein paar Frauen, die Hand auf dem Mund oder die Arme vor der Brust verschränkt. Das DJ-Podium war leer. Im Büro warf Onkel Albert grad die Kellnerportemonnaies in den Tresor. »Her mit der Kassette!«, sagte er, stellte sie hinein und knallte den Tresor zu. Von draußen schwappte ein Durcheinander an Stimmen in den Raum. Filou drängte sich aufgeregt zwischen Alberts Beine. »Platz, Filou! Und du, Maria, beruhig die Weiber.« Er schob mich aus dem Büro, schloss die Tür ab und bewegte seinen massigen Körper zur Treppe.

Beruhig die Weiber! Und wer beruhigte mich?

Elke schenkte uns Whisky ein, zitternd, so dass die Gläser in einer Pfütze standen. »Beruhig dich, Elke«, sagte ich und kippte den Whisky hinunter. Da war sie wieder, die lähmende Angst. Die Angst um Onkel Albert, jedes Mal, wenn er sich in eine Schlägerei stürzte. Seit jener Nacht im Sommer vor sieben Jahren, als er mit seiner Knarre losgelaufen war, um in der Bleibtreustraße mit einem Kumpel gegen die persischen Zuhälter zu kämpfen. Bleistreustraße nannte man sie danach eine Zeit lang. Es hatte eine Schießerei gegeben und einen Toten. In furchtbar blutigen Details hatte ich mir ausgemalt, dass es mein Onkel war, der getroffen wurde und im Sterben lag. Obwohl er am nächsten Vormittag ganz ohne Blessuren wieder aufgetaucht war, hatte ich die Angst um ihn seitdem nicht mehr ablegen können. Dass Albert kurz danach aus dem Rotlichtmilieu ausgestiegen ist und das Big Apple pachtete, dass wir vom Stutti zum Hohenzollerndamm zogen, machte es nicht besser. Meine Angst um ihn hatte sich mir in jede Faser eingegraben. Die Knarre habe ich nie wieder gesehen.

Ich schob das Glas über den Tresen. »Ätzendes Zeug, aber gib mir noch einen.« Der zweite Whisky brannte nicht mehr so, nach dem dritten oder vierten rief jemand von oben: »Die Polizei kommt!«

Lagen irgendwo Asylanträge herum? Oder Pässe? Standen

die Büchsen mit Filous Hundefutter im Regal vor dem Safe? Ich konnte wieder denken.

Mit angewinkeltem Ellbogen, den Gummiknüppel unter den Arm geklemmt, humpelte der deutsche Stammgast die Stufen herab. Sein Hemd hing aus der Hose. Ein anderer Gast, ein Grieche, hatte eine Platzwunde am Haaransatz, einer der Aushilfskellner blutete aus der Nase; den Kopf in den Nacken gelegt, wurde er zur Bar geführt.

Ich schwankte zur Treppe, stolperte die Stufen hinauf, ohne die schwitzenden Körper und erregten Stimmen um mich herum richtig wahrzunehmen, schnappte nur Bruchstücke auf. »… so unnötig wie ein Loch im Kopf … Tanzfläche … der Discjockey …« Von dem, was die Araber sagten, verstand ich nur die Schimpfwörter – und einen Namen.

Albert, schnaufend, puterrot im Gesicht, packte mich am Arm. »Ab ins Büro! Sofort!«, befahl er. »Nabil, du auch. Tarek bleibt hier und begrüßt die Bullen.« Er kramte den Schlüssel aus seiner Hosentasche. Schloss die Bürotür auf, dirigierte uns beide hinein, knallte die Tür zu. Filou hechelte auf ihn zu.

»Platz! Aber dalli«, schnauzte mein Onkel.

Mit eingezogenem Kopf kroch Filou unter den Schreibtisch.

»Wie konnte das passieren?«, schrie Albert.

»Du weißt doch, wie schnell so was geht!«, schrie ich zurück, »die sind einfach an uns vorbeigerannt. Wir konnten sie nicht …«

»Das Messer!«, schrie er. »Ich rede von dem verdammten Messer. Warum hatte dieser verdammte Mahmoud ein Messer?«

Nabil blickte auf seine blutverschmierte rechte Hand.

»Tarek muss es ihm gegeben haben«, sagte ich kleinlaut. »Es lag an der Garderobe. Ich … ich habe vergessen, es wegzuwerfen.«

Albert sackte in seinen Bürostuhl. »Der Scheißkerl hat es einem in den Bauch gerammt. Oder in den Rücken.« Er strich eine nasse Haarsträhne aus seinem Gesicht. »Der hat sich zu einem BMW geschleppt, dunkelgrau oder blau, ein Fünfer. Dann quietschten schon die Reifen und weg war er.« Er trommelte auf die Schreibtischplatte. »Mahmoud hab ich weggeschickt. Den Ami auch, wegen der Militärpolizei.« Er schob sich eine Handvoll Nüsse in den Mund. »Maria, sobald die Bullen weg sind, fährste zum Stutti und siehst nach Mahmoud. Wir beide reden zu Hause weiter. Jetz' mischt euch unter die Gäste. « Er bückte sich, streichelte Filou. »Alles in Ordnung, alter Herr!«

Im Vorratslager vergewisserte ich mich, dass das Hundefutter den Safe verdeckte, und nahm den Verbandskasten an mich; etwas, woran ich mich festhalten und womit ich mich unauffällig in der Nähe der Gäste aufhalten konnte, während sie vernommen wurden.

Mindestens zehn Uniformen verteilten sich vor der Bar, auf der Tanzfläche, auf den Stufen. Eine zerborstene Sektflasche lag vor dem DJ-Podium; Glasscherben, zerbrochene Gläser und Flaschen, ein kaputter Barhocker. Nur eine Handvoll Gäste war noch hier. Der verletzte deutsche Stammgast kauerte auf einer Bank; ein Bein ausgestreckt, das andere auf den Boden gestellt, lag sein angewinkelter Arm auf seinem Brustkorb, der Knüppel vor der Bank. Ich lief zu ihm, stellte den Verbandskasten auf den Tisch und trat gegen den Knüppel, dass er unter die Bank rollte, bevor ihn ein Bulle entdeckte. Er hätte getanzt, als die Schlägerei begann, sagte er aus. Er sei von hinten angerempelt worden, und da erst habe er begriffen, dass es zur Sache ging. Und sich eingemischt. Er sah mich an, als wolle er sich vergewissern, dass er das Richtige sagte. Er wisse nicht, fuhr er fort, wer begonnen habe, um wen oder was es gegangen sei. Er habe lediglich wegen der Frauen eingegriffen. Anzeige wegen Körperverletzung? Gegen wen? Er kannte keinen von denen. Konnten Türken sein. Oder Griechen. Oder Araber.

»Und Sie, was können Sie mir über den Vorfall sagen?« Der Beamte blätterte in seinem Notizblock und schaute mich an.

»Nichts. Ich sitze ja oben, mache die Kasse.« In einer Nacht wie dieser rannten Hunderte rein und raus, sagte ich. Viele fremde Gesichter, sehr viele. Der Laden war voll, eine Samstagnacht ohne Gedränge, da könnten wir gleich dichtmachen. Und plötzlich hatte es gepoltert. »Ich habe mir die Geldkassette geschnappt und bin ins Büro gelaufen. Der Laden gehört meinem Onkel«, sagte ich und klemmte den Verbandskasten unter den Arm, »aber ich kann mir nicht vorstellen, dass er Anzeige erstattet. Das hat er noch nie getan. Bringt ja nix.«

Diesmal klingelte ich nicht; ich schloss auf und ging in Mahmouds Zimmer. Sein schwarzer Afro ragte unter der Bettdecke hervor. Vor seinem Bett lagen zusammengeknüllte Socken, die Hose, die er vorhin getragen hatte, sein Hemd. Es hatte Blutspritzer. Daneben, ordentlich nebeneinandergestellt, ein paar glänzende Plateauschuhe. Woher er die wohl hatte? Ich rüttelte Mahmoud an der Schulter, bis er die Decke zurückschlug, sie um seine Taille wickelte und mit gesenktem Kopf aus dem Zimmer schlich. Ich folgte ihm in die Küche, wo einer der Libanesen aus dem großen Zimmer saß. Als er mich sah, warf er eine Zeitung auf den Tisch. Zu langsam. Ich hatte ihn gesehen, den braunen Haschischklumpen zwischen Tabak und Zigarettenblättchen.

»Pack deine Sachen und verschwinde«, fuhr ich ihn an.

»Wo soll er hin? Schau auf Uhr.« Omar war hinter mich getreten. Er schlich um mich herum. Was machte Omar morgens um vier hier? Sogar jetzt trug er den Schlapphut.

»Hast du das Zeug von ihm?«, fragte ich den Libanesen.

»La«, knurrte er.

»La ist nein«, übersetzte Omar.

»Erzähl mir was, was ich nicht schon weiß«, antwortete ich.

Omar setzte sich zu Mahmoud. Der fing leise an zu reden.

»Araber haben angefangen«, übersetzte Omar seelenruhig.

»Was wollten die?«, fragte ich.

Mahmoud zuckte mit den Schultern, redete aber weiter.

»Mahmoud weiß nicht. Er wollte auf Big Apple aufpassen.«

»Er hat einem von denen ein Messer in den Leib gerammt!«

»Er hat nur sein Bein getreffen.«

Mahmoud schlang sich die Decke um die Schultern, stand auf und schlich aus der Küche. »Oualla! Oualla!«

»Er schwört«, sagte Omar.

»Was hast du mit dem Messer gemacht?«, rief ich ihm hinterher.

»Messer ist jetzt bei mir. Es wird verschwinden!«, sagte Omar. »Ich bin hier, weil ich helfe.«

»Wir helfen uns selbst.« Ich stand auf und rückte den leeren Stuhl an den Tisch. »Und jetzt will ich endlich deine Papiere sehen. Pass. Aufenthalt. Duldung.«

Omar sprang auf. Er machte zwei, drei Schritte, baute sich vor mir auf. Seine Hutkrempe berührte meine Stirn. Sein Blick bohrte sich in meinen. »Ich habe gesagt, ich bin Palästinenser. Ich habe Aufenthaltserlaubnis.«

Ich hielt seinem Blick stand. »Wer's glaubt, wird selig. Raus hier!«

Die Hände in den Hosentaschen, schlenderte Omar zur Wohnungstür. Ich riss die Tür zum großen Zimmer auf. Drei Männer lagen in ihren Betten, gafften mich verschlafen an. Ängstlich. Überrascht. Der Libanese drückte die Schnallen seines Koffers zu. »Scharmuta«, fauchte er und stieß den Koffer im Hinausgehen gegen mein Knie.

***

Alberts schlechte Laune lag wie Smog in der Luft. »Ruhe da draußen!«, schrie er jedes Mal, wenn Elke eine Schaufel voller Glasscherben in den Treteimer kippte. Nabil wagte sich herein, in einer Hand den kaputten Barhocker, in der anderen, wie einen Prügel, das abgebrochene Hockerbein. »Das können wir noch benutzen.«

»Dann gib Maria den verdammten Hocker und nimm den Rest wieder mit. Tür zu!«, brüllte Albert. »Ich gehe. Heut verirrt sich sowieso keener hierher. Zu Hause is' mehr los wie hier. Filou kann bei dir bleiben.« Er drückte mir den Schlüssel seines Landrovers in die Hand. »Damit der Alte nich' loofen muss.«

Die Tanzfläche war leer, nur Hot Dog und Ines tanzten. Ines lag in seinen Armen wie ein Kartoffelsack, ein Kartoffelsack umarmt von glänzender Seide. »Ich dreh 'ne Runde mit Filou«, rief ich Elke über die Bar hinweg zu. »Danach machen wir Feierabend!«

Um diese Uhrzeit, Sonntag kurz nach Mitternacht, waren keine Motoren auf der Bundesallee zu hören. Um diese Uhrzeit war es still. Filou pinkelte an einen der Sträucher, humpelte zu den Parkhäfen auf dem Mittelstreifen und setzte sich vor Alberts Wagen. Ich öffnete die Heckklappe, schüttelte das Kissen auf. Es roch nach Filous Fell, nach Filous Atem, nach Filous Pisse. Ich hievte ihn in den Kofferraum, streichelte über seine zerfurchte Stirn, während er sich in das Kissen bettete, sein Becken hin- und herschob. Sein Brustkorb dehnte sich wie bei einem letzten, tiefen Atemzug. Eines Tages würden die Tabletten nicht mehr helfen und wir würden ihn einschläfern lassen. Ein Leben ohne Filou? Unvorstellbar. Er lebte schon fast so lange bei mir wie ich bei meinem Onkel. Der Tag, an dem Filou ging, wäre der Tag, an dem ich über ein eigenes Leben nachdenken würde. Nachdenken müsste. Mit einem Zimmer bei Onkel Albert und einem Hocker im Kassenhäuschen des Big Apple würde ich mich dann nicht mehr abspeisen lassen. Wenn Albert wollte, dass ich bei ihm blieb, müsste er mir das Big Apple überschreiben. Er war immerhin schon Mitte vierzig und die krummen Geschäfte forderten seine ganze Energie. Ich würde den Schuppen in eine Nobeldisko verwandeln. Menschen mit Stil, Geschmack und vor allem mit Geld würden von überall herströmen. Ich die Chefin, Hot Dog der Geschäftsführer. Aber der kroch ja lieber zwischen Ines' schwabbelige Schenkel. Und warum klebte dann dieser alberne Aufkleber an der Heckscheibe seines Pontiac? *No Fat Chicks Allowed.* Der Autoschlüssel in meiner Hand näherte sich dem schwarzen Pontiac, schabte über die Beifahrertür.

Bei genauer Betrachtung ähnelte der Kratzer der Narbe auf meiner Stirn.

***

Am Montag kam nur ein Pärchen ins Big Apple. Sonst niemand, außer Ines, aber die zählte nicht. Gegen zweiundzwanzig Uhr beugte sich Onkel Albert zu mir ins Kassenhäuschen. »Ich hau ab zum Stutti, Kleene. Filou lass ich hier. Dem geht's nich' gut. Hoffentlich verreckt er uns nich'. Tschau.«

Gleich darauf kam Tarek nach oben. »Zwei Leute nur hier. Und Scharmuta von Discjockey«, sagte er missmutig und trat zu Nabil vor die Tür.

Ich ging mit der Kassette nach unten. Schon auf der Treppe roch ich es, es kam aus der Nische unter den Stufen. »Hey, macht den Joint aus!« Ich ging auf die beiden zu. »Und dann raus hier! Drogen haben hier Hausverbot. Und ihr auch!«

»Sacht wer?« Die Frau warf ihr schwarzes Haar über die Schulter. Ihr Hals war lang und schmal und ihre Haut so weiß und durchsichtig wie ihre Bluse. Sie nahm einen tiefen Zug, gab den Joint dem Mann mit dem strähnigen Haar und blies den Rauch in meine Richtung.

»Wie ihr wollt.« Ich drehte mich um. »Tarek! Nabil!«, rief ich nach oben. »Kommt sof… « Ich wurde an das Geländer gepresst. Eine große Hand, ich spürte jeden einzelnen gespreizten Finger, drückte mein Gesicht gegen das Treppengeländer. Die Kassette bohrte sich in meinen Rippenbogen, in meinen Magen.

»Lasst sofort die Chefin los!«, keifte Elke von der Bar. Ein Glas zerschellte hinter mir. Einen Moment lang lockerte sich der Druck. Ich trat mit voller Wucht nach hinten und traf ein Bein. Der Typ sprintete die Stufen hoch, die Frau hüpfte auf einem Bein hinterher. Tarek beugte sich über das Geländer.

»Mach Fotos für unsere Galerie und lass sie abhauen«, rief ich. »Die können froh sein, dass ich keinen Nerv für die Bullen habe!«

Jedes Wort stach zwischen meinen Rippen.

Elke kam mit einem Futschi zu mir. Ich nahm das Glas und schlich ins Büro.

»Alles in Ordnung?«, fragte Elke, die mir gefolgt war.

»Ja. Zahlst du heute die Leute aus, bitte?« Ich drückte ihr das Geld in die Hand. »Und danke, dass du eingeschritten bist. Das kaputte Glas muss ich dir natürlich vom Lohn abziehen.«

Elke riss den Mund auf.

»Natürlich nicht!« Ich lachte. Mir tat alles weh, mein Magen, meine Rippen, und mir war kotzübel. Ich wollte an die frische Luft und dann in mein Bett. Aber es war ja Montag, Waschtag, und obwohl ich in der umsatzfreien Sonntagnacht schon Geld aus dem Safe gewaschen hatte, nahm ich auch jetzt ein Bündel heraus und begann zu rechnen.

Das DJ-Podium war leer, die Scheinwerfer ausgeschaltet, nur an der Bar saß ein Schatten. Er stellte sich mir in den Weg.

»Wenn Ali erfährt, dass du geschlafen hast, hast du keinen Job mehr«, sagte ich unbeeindruckt. »Und jetzt trag Filou hoch!«

»Ich meine Arbeit gut mache«, murrte Tarek, aber er wirkte unterwürfig. Er schob beide Arme unter Filous Bauch. Oben saß Nabil auf dem Barhocker. Elke lehnte an dem schwarzen Münztelefon. Beide schauten nach draußen. Elke zeigte in die Richtung, wo vorhin noch Hot Dogs Pontiac gestanden hatte. »Ines und er haben nur dagestanden und blöd gegrinst, als diese Pussy auf dich losging.« Sie nahm den Hörer von der Gabel, warf Geld in den Schlitz. Die Wählscheibe surrte. »Ich besorg uns jetzt ein Taxi zum Athena Grill. Wer kommt mit?«

»Ich geh nach Hause mit Filou.«

»Ich bleibe hier und putze. Dann muss ich das morgen nicht machen«, sagte Nabil.

Elke wartete Tareks Antwort nicht ab, sie hängte den Hörer in die Gabel. Klack. Die Groschen fielen in die Mulde. »Okay, dann fahr ich auch heim.«

Filou und ich bogen langsam um die Ecke in den Hohenzollerndamm; ich gekrümmt, Filou humpelte. An der dritten oder vierten Straßenlaterne blieb er stehen, schnüffelte, hob sein Bein. Ich zündete mir eine Zigarette an. Irgendwo hinter mir wurden Autotüren zugeschlagen. Schritte. Schnell kamen sie näher. Bevor ich mich umdrehen konnte, schlug mich jemand, schubste mich. Ich verlor das Gleichgewicht. Meine Schulter prallte an den Laternenpfahl, ich stürzte, begrub meine Handtasche unter mir. Im Schein der Straßenlaterne sah ich einen wuchtigen Männerschuh. Er trat zu … auf meinen Oberschenkel oder meine Hüfte. Wohin auch immer, ich konnte es nicht lokalisieren. Es tat einfach nur höllisch weh.

Ein Kopf schob sich verschwommen in den Lichtkegel der Laterne. Kein Gesicht, nur Schatten. Schwarzes Nichts.

Etwas blitzte auf.

Das Messer!

Diese feigen Araber würden mir ein Messer in den Bauch rammen.

Meine Augen irrten die Hausfassade hinauf, doch hinter den Fenstern der Altbauten war es dunkel. Nur aus einer Wohnung ganz oben fiel fahles Licht durch zugezogene Vorhänge.

Filou kläffte.

Nicht, konnte ich nur noch denken, nicht, Filou. Sie werden dich töten.

31. August 2011

Die Frau in Alberts Schaukelstuhl pustet sich das graue Haar aus dem Gesicht. Wäre da nicht die Falte auf ihrer Stirn, die in die Narbe mündet – Jasmin würde glauben, da säße die Zwillingsschwester ihrer Mutter, eine Schwester, die sie ihr verheimlicht hat. Nicht nur Mutters Stimme ist ihr fremd, auch die Worte, die sie benutzt, das Tempo, in dem sie spricht. Fast eine Schachtel Zigaretten hat sie in den letzten Stunden weggequalmt. Jede einzelne bis zum Filter. Jede einzelne hat sie im Aschenbecher ausgedrückt und unter den anderen angesengten, stinkenden Kippen begraben. Das graue Muster aus Aschefetzen und Tabakkrümeln auf ihrer dunklen Hose scheint Mutter nicht zu kümmern. Früher wäre sie aufgesprungen und hätte ihre Klamotten in die Waschmaschine gestopft.

»Du bist überfallen worden?« Alberts Stimme klingt belegt. Stundenlang hat er kein Wort gesagt. Keins.

»Ich habe es dir damals nicht erzählt, und ich hatte meine Gründe dafür«, antwortet Mutter.

»Die Sache hatte also keine Konsequenzen?«, fragt Jasmin. »Haben sich die Araber nicht gegen euch Menschenhändler gewehrt?«

»Du hast se wohl nich' mehr alle, Große.« Albert schnellt von der Couch, schiebt die Hände in die Hosentaschen und geht zur Terrassentür. »Wir haben ihnen ein Dach überm Kopf gegeben. Wir haben ihnen Arbeit gegeben und sie anständig bezahlt. Wir waren ihre Familie.« Sein breiter Rücken wirft einen Schatten ins Zimmer. »Nich' mal 'n Danke war denen das wert. Stattdessen …«

»Jetzt fang nicht wieder davon an, Albert.« Noch nie hat Mutter in Jasmins Beisein in diesem Tonfall mit ihm geredet. Heute tut sie es schon zum zweiten Mal.

»Unterbrich mich nich'!«, knurrt er. »Ich fahr gern mit euch nach Neukölln. Dahin, wo die sich zusammengerottet haben. Da gibt's Straßen, wo sich nich' mal die Bullen hintraun.« Albert geht mit ausladenden Schritten zur Schrankwand. »Nich' dass es nich' auch andere gab. Aber die Guten, die sind nich' hiergeblieben.« Der kurze Ärmel seines T-Shirts schneidet in seine Muskeln, als er die mittlere Tür des Wohnzimmerschranks aufreißt und Prospekte und Magazine, Karten und aufgerissene Briefumschläge herausschaufelt. Sie gleiten übereinander hinweg auf die Auslegeware. Ächzend geht Albert in die Knie. »Anhänglich wie ein Hund war er. Irgendwo hier müssen seine Postkarten sein.«

Mutters Mundwinkel zuckt. »Wessen Postkarten?«

»Wessen Postkarten!?« Albert stöhnt. »Postkarten eben. Zuerst waren es noch zwei oder drei im Jahr. Später nur noch eine und noch später schrieb er gar keine mehr. Nabil.«

»Nabil hat Karten geschrieben?«, fragt Mutter.

»Jetz' frag nich' so dämlich, Maria«, schnauzt Albert. »Nabil is' bei Nacht und Nebel zurück in' Libanon, und du, du wolltest damals nüscht mehr mit mir zu tun haben.« Er hält inne. »Und jetz', dreißig Jahre später, willste mir Vorhaltungen machen?«

»Nabil, dieser Türsteher?«, fragt Jasmin.

»Dieser Türsteher hat dich geliebt, Große; wie ein Vater hat er dich geliebt«, presst Albert hervor, »aber sie wollte ihn ja nich' ... Da!« Er hält ihr eine Karte hin. Jasmin erkennt Menschen in antiken Kostümen vor der Kulisse der Säulen von Baalbek: *Lebanon – Baalbeck Festival.* »Bring mir mal die Lesebrille.«

Jasmin läuft nach oben in Alberts Zimmer. Seine Reisetasche, wie achtlos hingeworfen, ragt über die Armlehne seines Ohrensessels. Auf dem Hocker liegen sein uralter Rasierapparat, ein Handspiegel und seine randlose Brille.

»Wo bleibste denn, Große?« Albert wartet an den Stufen. Er reißt ihr die Brille aus der Hand, setzt sie auf, geht zurück ins Wohnzimmer und liest vor: *Merhaba Ali! Ich denke oft an euch. Besonders häufig denke ich an Jasmin, und ich frage mich, wie sie mit ihren fünf Jahren aussieht. Ist ihr Vater noch in Schweden? Er vermisst sie bestimmt sehr. Ich bin mit dem Herzen immer bei euch. Nabil*

»Mein Vater ... lebt in Schweden?«

Mutter sitzt reglos im Schaukelstuhl. Sie schaut hinaus in den Garten. Dorthin, wo die untergehende Sonne die Knochen in der Erde wärmt. Albert wirft die Postkarte in ihren Schoß und kniet sich wieder auf den Teppich.

Mutter nimmt die Karte, reibt mit dem Finger über das Wort *Lebanon,* als könne sie es wegwischen. Sie dreht die Karte um. »Ich verstehe nicht, was Nabil da schreibt. Und ich verstehe nicht, dass du mir Nabils Post nie gezeigt hast, Albert.« Sie klingt nicht beleidigt, nicht wütend. Sie klingt überrumpelt.

Jasmin beugt sich zu ihrer Mutter hinab, so nah, dass sie den kalten Rauch in deren Haar riecht. »Du hast gesagt, mein Vater ist bei einem Autounfall in der Türkei ums Leben gekommen. Du hast mich angelogen!«

Mutter lacht hysterisch. »Ich korrigiere dich nur ungern, Jasi. Aber er kam nach dem Unfall um, nicht dabei.« Mutter presst ihre Finger auf die Armlehnen und schaukelt.

»Nach dem Unfall? Wollte jemand seine Rückkehr verhindern? Wolltet ihr das? Ist er deswegen nach Schweden gegangen?«

»Ich hätte es zwar nicht mehr ertragen, ihm zu begegnen, aber das hätte ihn nicht abgehalten.« Die Fingerknöchel unter Mutters dünner Haut stechen hervor. »Solange es die DDR gab, hätte er jederzeit unbemerkt einreisen können.«

»Da hat deine Mutter recht«, bestätigt Albert. »Lächerliche zwölf, vierzehn Beamte haben die Bullen damals für die AGA abgestellt. Hätte ja auch nich' gut ausgesehn, wenn die DDR Flüchtlinge rettet und die BRD sie gleich wieder abschiebt.« Er fährt mit den Fingern durch den Papierberg. »Moritz, der Herr hab ihn selig, hatte seine eigene Theorie: Die DDR hat die BRD durch die anhaltende Asylantenschwemme gezielt geschwächt. Er hat von politischer Instabilität gefaselt und Kriminalität, von finanziellem und logistischem Aufwand. Jeder Flüchtling ist eine Termite in unserem demokratischen Gebälk, hat er immer gesagt. Stimmt's, Kleene?«

»Wen interessiert das alles?«, antwortet Mutter.

Albert hält wieder eine Postkarte in der Hand. »Vielleicht

interessiert dich ja das hier: *Merhaba Ali! Unser Land ist gespalten. Christen. Moslems. Kommunisten. Phalangisten. Israelis. Syrer. Palästinenser. Feinde. Verbündete. Trotzdem gebe ich die Hoffnung nicht auf, dass wieder Friede einkehrt. Inschallah. Kein Tag vergeht, an dem ich nicht an euch denke.*

Mutter wischt über ihre Hose. »Nabil war ein Freund«, sagt sie, »der einzige, den ich je hatte.« Sie fasst sich an die Stirn, als vergewissere sie sich ihrer Narbe. »Zehn Jahre! Zehn Jahre ist es her, dass Moritz gestorben ist und ich zu dir zurückgekommen bin. Nichts hat sich geändert zwischen uns.« Sie ist aufgebracht. »Der Ali in dir hatte immer das Sagen, oder soll ich sagen: das Schweigen.« Der Schaukelstuhl knarrt widerwillig, als sie ihre Beine auf den Boden stemmt. »Ich muss mit Nabil sprechen.«

Albert schüttelt den Kopf, räuspert sich. »Nabil … is' abgekratzt.«

Mutter schlägt sich die Hand vor den Mund, aber sie gibt keinen Laut von sich.

»Anfang der Neunziger, ein, zwei Jahre, nachdem es da ruhig wurde, war Moritz im Libanon. Da hat er es erfahren. Nabil hat sich mit Plünderern angelegt und wurde abgeknallt.«

Ein Ausdruck, den Jasmin noch nie bei Albert gesehen hat, irgendwie zärtlich, liegt auf seinem Gesicht. Er geht auf Mutter zu, fährt mit dem Daumen über die Narbe auf ihrer Stirn. »Sag der Großen die Wahrheit. Und du, Große, sei nich' so hart zu deiner Mutter. Wenn se was von mir gelernt hat, dann wie man lügt und betrügt.« Er öffnet die Terrassentür, geht hinaus, schiebt den Korbstuhl zur Seite und greift nach einem Teller. » Will jemand Pflaumenkuchen?«

4

Sommer 1977

Es hatte sich in mein Fleisch gebohrt, in das Bein, mit dem ich das Messer hatte abwehren wollen. Es schnitt in meine Wade. Der Schmerz zerriss mich fast. Sie geben es mir eins zu eins zurück, sein Bein gegen meins, konnte ich nur denken, irgendwie erleichtert, weil ich wusste, dass sie gleich von mir ablassen würden, doch da mischte sich eine grelle, sich überschlagende Frauenstimme in Filous Kläffen. »Dafür, dass de mir jetreten hast!«

Es war kein Messer; es war ein Pumps mit Messingabsatz, der mich traf. »Und det is' fürs Hausverbot!« Der Absatz rammte sich nochmals in meine Wade. Ich sah, dass Filou schwerfällig aufsprang. Der Mann trat nach ihm. Filou jaulte auf.

»Pech für dir, dass de keen Nerv uff die Bullen hast! Sei froh, dass wa dir leben lassen!« Die beiden rannten davon. Der Motor heulte auf.

Filou schnaufte, schnupperte, stupste. Leckte meine Schläfe. Meine linke Wange glühte. Die Zigarettenglut. Irgendwie rappelte ich mich hoch; mir war, als würde mir mein Körper nur in Zeitlupe folgen. Ich drückte meine Hände auf Filous Ohren. »Diese Schlampe! Diese Fotze! Diese verdammte Nutte! Dieses Flittchen! Die und dieser Penner sollen verdammt noch mal gegen einen Baum fahren und verrecken!« Meine Stimme zitterte, mein Unterkiefer zitterte, meine Knie zitterten. Ich tastete das Hosenbein ab. Blut sickerte in den Stoff. »Kaputt«, schluchzte ich, »mein Bein, meine Hose.« Ich hängte mir die Handtasche um den Hals, schaffte es irgendwie, aufzustehen, hinkte zum Big Apple zurück.

Ich sank an Nabils Brust. Sein Herz pochte gegen meinen Wangenknochen, seine Hände strichen behutsam meinen Rücken auf und ab. Er löste sich von mir, setzte mich auf den Garderobentresen, bückte sich und schob das Hosenbein bis über mein Knie hoch. Blut tropfte auf den Boden.

»Ich hole den Verbandskasten. Gib mir den Büroschlüssel.« Nabils Stimme drang wie aus einem tiefen Brunnen zu mir. Ich zeigte auf meine Hosentasche. Umständlich und vorsichtig zog er den Schlüssel heraus. Während er ins Büro rannte, schaute ich in den Garderobenspiegel, in ein graues Gesicht mit schwarzen Schlieren, in dem ein schweißnasser Pony klebte und ein dunkelroter Fleck glühte. Alles brannte: die Mascara in meinen Augen, der Brandfleck auf meiner Wange, die Wunden in meiner Wade. Aber am meisten brannte die Wut in meinem Bauch.

Die Stufen knarrten unter Nabils hastigen Schritten. Ich presste beide Hände auf mein Gesicht.

»Ich habe Alis Handtuch nass gemacht«, sagte er und streifte meinen Schuh ab, wischte mit dem feuchtwarmen Frottee von meiner Ferse hoch in meine Kniekehle, von der Ferse hoch in meine Kniekehle. »Wurdest du ausgeraubt?«, fragte er kaum hörbar.

Ich schüttelte den Kopf.

»Ich desinfiziere jetzt die Wunden.«

Das Jod biss. Ich zuckte zusammen.

»Ich mache dir einen Verband. Das waren die Araber, richtig?«

Ich verkrampfte mich bis in die Zehen. Niemand würde erfahren, dass es eine Frau war, die mich so zugerichtet hatte. Niemand.

»Halt den Verband fest«, sagte er.

Ich nahm eine Hand vom Gesicht, legte die Finger auf die Mullbinde. Unsere Fingerspitzen berührten sich. Nabil zuckte zurück. Er klappte den Verbandskasten zu. »Ich bringe euch nach Hause«, sagte er, schob den Büroschlüssel in meine Hosentasche zurück und streifte mir meinen Schuh über. Meine Handtasche klemmte er sich unter den Arm und hielt mir, ohne mich anzusehen, seine Hand hin. Ich nahm sie, dankbar und beschämt zugleich. Meine Schritte waren schleppend und müde, wie die des schnaufenden Filou neben mir. Meine Hände ballten sich wie von selbst zu Fäusten. »Warum ausgerechnet du?« Ich trommelte gegen seine Brust. »Warum musst ausgerechnet du für mich da sein?«

Filou fiepte. Nabil sah mich an. Zum ersten Mal fühlte es sich an, als schaute er auf mich herab.

Er stieß mich von sich. »Weil der, an den du denkst, gerade Ines bumst.« Er drehte sich um und ging davon. Es sah aus, als zitterte er am ganzen Leib. Aber diejenige, die zitterte, war ich.

»Nabil!«, rief ich.

Er blieb stehen.

»Bitte.«

Er rührte sich nicht.

»Bitte geh nicht.«

Er drehte sich um.

»Ich habe keine einzige Minute an Hot Dog gedacht! Oualla! Ich schwöre!«

Er kam zurück.

»Schukran«, sagte ich und hakte mich bei ihm ein.

Erst vor der Haustür brach Nabil das Schweigen. »Schaffst du es alleine nach oben?«

»Ich – ja. Aber Filou nicht.« Ich schloss die Haustür auf und Nabil, Filou bereits auf den Armen, ging an mir vorbei. Bedächtig und sicher ging er vor mir her. Sein langer, schmaler Rücken dehnte sich. Sein Hintern zeichnete sich in der engen Hose ab. Seine Muskeln spannten sich an, entspannten sich, spannten sich an, entspannten sich.

Vor der Wohnungstür setzte er Filou ab und richtete sich langsam wieder auf.

»Ich sehe schrecklich aus, stimmt's?« Ich senkte den Kopf, doch Nabil strich mit dem Fingerrücken über meine Wange, die mit der Brandwunde.

»Du bist trotzdem schön.« Seine Stimme bebte.

»Du lügst.« Ich reckte mich ihm entgegen. Meine Lippen legten sich auf seine. Wie weich sie waren. Zurückhaltend. Abwartend. Zärtlich und warm. Nabil erwiderte meinen Kuss ohne eine Spur von Forderung. Seine Hände legten sich auf meine Schultern, während meine Finger den Schlüssel … Was tat ich da?

Filou stieß die Wohnungstür auf.

***

Der Wecker auf meinem Nachttisch zeigte fünf Uhr vierunddreißig. In der Küche klapperte Geschirr. Wie immer, wenn Albert vom Stutti kam, brutzelte er sich irgendetwas in der Pfanne. Ich zog mir die Decke über den Kopf. Unter meinem nackten Hintern war das Laken noch nass. Nur einmal hatte ich mein Becken gegen Nabils gedrückt, da hatte er schon aufgestöhnt und ich spürte nur, wie er aus mir hinausglitt und sein Körper auf mir zusammensackte. Sein Sperma sickerte ins Laken, während er eine Entschuldigung stotterte und sich davonmachte.

Ich tastete über meine Wange. Ich streckte mein Bein aus. Der brennende Schmerz schoss von der Ferse bis in den Oberschenkel. Letzte Nacht hatte sich das Brennen bis in meine Haarspitzen ausgebreitet. Ich hatte es mit Lust verwechselt. Aber es war nur Wut gewesen. Oder Scham. Oder beides.

Den ganzen Tag über war ich im Bett geblieben. Abends, vor dem Eingang zum Big Apple, biss ich die Zähne zusammen. Keiner durfte sehen, dass ich hinkte. Keiner durfte von dem Überfall wissen – am wenigsten Onkel Albert. Er würde mir wieder seine Kumpel schicken; eine undurchdringliche Mauer aus Männerrücken, die mich abschotten würde – bis vor die Klotür würden sie mir folgen. Das kannte ich schon und wollte es nie wieder erleben.

Nabil putzte den Spiegel an der Garderobe. Unsere Blicke trafen sich. Nur kurz hielt er stand; dann schaute er zu Boden. Etwas anderes hatte ich auch nicht erwartet. »Letzte Nacht hat nicht stattgefunden«, sagte ich. »Und damit meine ich: Nichts davon ist passiert.« Ich stellte den Korb am Treppengeländer ab und vergewisserte mich, dass niemand auf den Stufen war.

»Diesmal solltest du Ali nicht petzen, dass jemand in meinem Bett gelegen hat. Dann bist du nämlich deinen Job los, deine Bleibe und deine Duldung auch. Verstehn wir uns?«

Hassan saß im Büro. Albert schaute auf, tippte an seine Wange, zeigte auf meine. Ich legte den Finger auf das Pflaster. »Ein Pickel«, sagte ich, stellte den Korb auf den Tisch und ließ mich in einen Stuhl fallen.

»Wegen 'nem Pickel warste heut zu nüscht zu gebrauchen?«, fragte Albert und wandte sich wieder Hassan zu. »Was weißt du über die Messerstecherei, Hassan?«

»Nichts.«

»Nichts!«, wiederholte Onkel Albert. »Im Himmel is' Jahrmarkt und ich bin im Namen des Herrn unterwegs. Maria, wo is' das Messer jetz'?«

»Entsorgt«, log ich.

»Dein Cousin darf sich 'ne Weile nich' hier blicken lassen. Ab morgen wird er schrauben. Nur schrauben. Sonntag kommt er mit zum Automarkt. Ich will sehn, was er auf der Pfanne hat.«

Hassan faltete einen Zettel auseinander, reichte ihn Albert. »Ich habe Bestellungen für zwei BMWs, einen Ford Transit, drei Mercedes Benz.«

Onkel Albert nickte zufrieden und schob die beiden Umschläge mit den Asylanträgen zu Hassan hinüber. »So sieht 'ne halbe Million aus.« Sein Arm schnellte über den Schreibtisch. »Und bevor de drüber nachdenkst, dich damit zu verdünnisieren … Ich hab 'nen verdammt langen Arm, Hassan. Und der Arm von Moritz ist noch viel länger. Du willst gar nich' wissen, wer da alles dranhängt.«

Hassan befreite sich aus Alberts Griff, reckte den Hals und lockerte seine Krawatte. »Moritz hat mir schon alles erklärt.« Er klopfte auf den Zettel mit den Autobestellungen. »Die Liste wird immer länger, solange Bomben fallen. Wir werden mehr Fahrer brauchen.«

»Ich lasse mir was einfallen.«

»Für so etwas habt ihr mich, Ali. Ich habe eine Lösung.«

Hassan hob den Daumen. »Deutsche Fahrer können wir uns nicht leisten. Außer meinem Schwager, aber den brauchen wir in der Werkstatt.« Er streckte den Zeigefinger aus. »Illegale können wir natürlich nicht als Fahrer beschäftigen.« Er streckte den Mittelfinger aus. »Asylanten würde man die Duldung nicht verlängern mit den Transitvisa im Pass.« Den Ringfinger benutzte er für sich und seinen Kumpel Antar. »Wir sind die Einzigen, die eine Aufenthaltserlaubnis besitzen, mit der wir uneingeschränkt reisen können.« Übrig blieb Hassans kleiner Finger, er bewegte ihn hin und her. »Wir brauchen ...« Er legte eine Pause ein. »Wir brauchen Moustache. Ein alter Mann, ungefähr sechzig, mit dickem, weißem Bart auf seinem Mund. Keiner kennt seinen richtigen Namen.«

»Komm zur Sache«, schnauzte Albert.

»Moustache macht alles, was du brauchst. Und was du brauchst, sind Pässe für die Asylanten. Damit können sie hin- und herreisen und ihre echten Pässe bleiben sauber.« Noch einmal hob Hassan einen Finger nach dem anderen. »Pässe, Führerscheine, Visa, Aufenthaltserlaubnisse.« Wieder blieb sein kleiner Finger übrig; wieder wackelte er hin und her. »Moustache ist der beste Fälscher im Libanon.«

Das klang gut. Nein, es klang sensationell. »Wie schnell kannst du ihn auftreiben?«, fragte ich.

Hassan zuckte mit den Schultern. »Moustache lebt im Hinterland, in den Bergen. Keiner weiß, wo genau.«

»Lass die preistreibende Vorrede«, unterbrach ihn Albert. »Also, wie schnell!«

»Schnell.«

»Na siehste! Geht doch.« Albert blähte die Nasenflügel. »Das war's. Ich muss jetz' was futtern.«

Hassan blieb sitzen und erklärte, dass er die Autos nicht mehr alleine zum Zollamt bringen könne. »Mahmoud wird in der Werkstatt schnell und gut arbeiten. Aber er ist Analphabet und kann mich nicht unterstützen, wenn es um die Papiere geht. Und mein Schwager ist zu dumm.«

»Dann spann deine Frau ein.«

»Unmöglich. Bald kommt unser Baby. Dann kann sie sich nicht mal mehr um das Ausfüllen der Formulare kümmern.«

»Euer Baby? Ich wär mir nich' so sicher, dass es dein Baby is'«, lachte Onkel Albert. »Bist ja immer nur 'n halben Monat hier, und wenn ich mich recht erinnere, geht deine Ehe ja auf Moritz' Konto.«

»Warum muss es sich dann gleich um eine Scheinehe handeln? Meine Frau liebt mich«, protestierte Hassan. »Und ich liebe sie.«

»Ja, ich wette, dass du sie liebst«, sagte ich. »Habt ihr euch nicht erst beim Kammergericht kennengelernt, als ihr das Ehefähigkeitszeugnis beantragt habt?«

»Schau mal, wie rot er wird, Kleene!«, lachte Onkel Albert.

»Nicht nur das Ausfüllen der Formulare kostet Zeit«, fuhr Hassan unbeirrt fort. »Für jedes Zollkennzeichen benötige ich einen halben Tag. Jedes Fahrzeug muss ich bei der Polizei und beim Zollamt vorführen.«

»Bis Sonntag hab ich 'ne Lösung.« Onkel Albert rieb seinen Bauch. »Aber jetz' sieh zu, dass de Land gewinnst.«

Die Lösung präsentierte Albert mir ein paar Minuten später beim Essen. »Du füllst Papiere doch im Schlaf aus, Kleene.« Er schaufelte Kartoffelsalat auf seine Gabel. »Dann gibste se Nabil und der fährt auf die Ämter. Ihr arbeitet Hand in Hand. Wie oben an der Kasse. So kann er sich 'n paar Mark dazuverdienen.« Er stieß die Gabel in die Blumenkohlboulette. »Imponiert mir, wie der Junge sich abstrampelt, nur um sauber zu bleiben.«

Ich hatte eine bessere Idee. »Wenn dieser Moustache so gut ist, wie Hassan behauptet, kann er auch Zollpapiere fälschen und wir können die Zollkennzeichen mehrmals benutzen.«

Albert ließ die Gabel sinken. »Irgendwas hab ich falsch gemacht in deiner Erziehung.« Er sah mich betroffen an. Dann zwinkerte er. »Du bist ja geschäftstüchtiger wie ich. Wird zwar teurer wie echte Papiere, aber dafür geht noch weniger über die Bücher in der Werkstatt.« Er schob sich die Gabel in den Mund und kaute nachdenklich.

»Und wir sparen Zeit. Um die Kennzeichen, die dann noch angemeldet werden müssen, kümmer ich mich alleine – wenn du was extra springen lässt.«

»Ja, ja. Noch 'n Kleidchen. Noch 'n Röckchen. Noch 'n Schühchen«, nuschelte er. »Aber wenn mein Abendessen nich' mehr pünktlich aufm Tisch steht, is' Nabil dabei. Basta.«

***

Keine arabische Musik, keine Stimmen, nur der Fernseher im großen Zimmer lief. Die staubgraue Gardine wehte, streifte über den Bilderrahmen mit dem Foto von Mahmouds Eltern. Ich öffnete den Kleiderschrank. An der Innenseite der Tür hing ein Foto von Mahmouds Vater auf einer Wiese, in die Kamera lächelnd, den Arm um eine andere Frau gelegt. Darunter eines, mit Pflaster an die Schranktür geklebt, von einem kahlköpfigen Mann mit gebogener Nase, der sich über eine offene Motorhaube beugte, in einer Hand ein Schutzschild; Funken sprühten.

Jedes Regalbrett tastete ich ab, von links nach rechts und bis an die Rückwand des Schrankes. Ich musste es finden. Ich fuhr zwischen die Hemden, Pullover, die Wäsche. Ich wühlte in einem Karton, halb voll mit zusammengelegten Blusen und noch verpackten Hemden und Socken. Das Messer war nirgendwo, aber was waren das für Klamotten? Jemand schloss die Wohnungstür auf. Schnell schlüpfte ich noch mit den Händen in Mahmouds Arbeitsschuhe, dann stand ich auf. An der Zimmertür prallte ich auf Nabil. Sein Blick glitt an mir hinab. »Hast du noch Schmerzen?«

»Nein«, log ich, obwohl sich der Schmerz bis in meine Hüfte hochgefressen hatte. »Wem gehören die Klamotten in dem Karton?«

Nabil drückte sich an mir vorbei. »Weiß ich nicht.«

»Willst du mich verarschen? In diesem Zimmer leben nur drei Personen: du, Tarek und Mahmoud. Also, wem gehören die Klamotten?«

Nabil zuckte mit den Schultern.

»Sag es mir.«

»Sie gehören … mir. Sie sind für meine Familie. Hassan wird sie bald mitnehmen.«

Er schob mich aus dem Zimmer und schloss die Tür.

***

Autolackiererei & Karosserie Albert Gercke

Die hohen, rot lackierten Türen waren geöffnet wie ausgebreitete Arme. In der Werkstatt im Hof roch es nach verbranntem Motoröl, nach glühendem Metall. »Ist jemand da?«, rief ich.

»Hier hinten!«

Ich ging in die Richtung, aus der Hassans Stimme gekommen war. In verschmierter Cordhose statt Anzug, in löchrigem T-Shirt statt Hemd und Krawatte stand er an einem wackligen Schreibpult. Ein abgebrochenes Bein war durch einen abgesägten Stiel verlängert, mit Paketschnur festgebunden. Hassan rüttelte an der Schublade. Sie krächzte, das Pult wackelte. Passfotos lagen auf einem Wust von Papieren. »Die sind für Moustache. Er wird die ersten Pässe für uns machen, wenn ich im Libanon bin«, sagte Hassan, nahm Papiere und Autoschlüssel heraus und drückte sie mir in die Hand. »Ein grüner Kadett. Steht auf der Straße. Stadtplan liegt auf dem Sitz.« Ein unrasierter Mann mit ungekämmtem Haar und Schatten unter den Augen kam aus einer schmalen Tür. »Das ist Peter, mein Schwager«, sagte Hassan.

»Ich habe dir alle Adressen aufgeschrieben.« Peter reichte mir einen zerknitterten Zettel. »Ich kann dich auch begleiten und dir alles zeigen.«

»Seh ich so aus, als bräuchte ich ein Kindermädchen?« Nur mit den Fingerspitzen fasste ich den Zettel an. Die Schrift war so unsympathisch wie der ganze Kerl.

Peter folgte mir auf den Hof. An die rot lackierte Tür gelehnt, Beine über Kreuz, Daumen in die Träger seiner dreckigen

Latzhose gehakt, grinste er, als ich den Kadett abwürgte beim Versuch, ihn aus der engen Parklücke zu manövrieren. »Witzfigur«, zischte ich und bemühte mich, beim Reißen in meinem Bein, wenn ich die Kupplung treten musste, keine Miene zu verziehen. Die Schaltung des Kadetts war schwergängig und knackte.

Warum hatte Hassan mir nicht gesagt, dass es so lange dauerte, bis ich endlich die Versicherungskarten für das Zollamt hatte? Und dass der Kadett beim Kraftverkehrsamt auf eine Hebebühne musste, bevor man mir das Dokument, Deutscher Internationaler Zulassungsschein, las ich, aushändigte? Dass ich noch mal zum Zollamt fahren musste? Als ich endlich alles hinter mir hatte, im Besitz der kleinen ovalen Blechschilder mit schwarzem Rand, kam es mir vor, als glitten die Gänge viel weicher ineinander. Ich fuhr zurück nach Tegel, parkte den Kadett auf der Straße und prüfte im Innenspiegel, ob mein Pony saß. Ich fuhr mit dem Lippenstift über meine Lippen, machte ein paar Striche auf meine Wangen, verrieb die Farbe, zupfte den Pony in die Stirn, stieg aus. Peter stand da, als habe er den ganzen Tag auf mich gewartet. Wortlos ging ich an ihm vorbei. In der Halle stand jetzt ein Mercedes. Mahmoud, im blauen Overall, saß auf einem Brett mit Rollen an die Fahrertür gelehnt, hielt ein Fahrzeugteil in der Hand und redete mit Hassan. »Geht gut, Maria?«, fragte er.

»Ja. Und dir? Gefällt's dir hier besser als im Big Apple?«

»Schwey, schwey.« Mahmoud legte sich auf das Brett und rollte unter den Mercedes.

»Schwey heißt langsam«, übersetzte Hassan. »Du musst langsam mit ihm reden, aber jetzt ist sowieso keine Zeit, zu flirten. Mahmoud hat noch viel zu tun, bis ich morgen früh nach Beirut fahre.« Er nahm mir den entwerteten Fahrzeugbrief, die Papiere vom Zollamt und die Autoschlüssel ab und warf sie ins Schreibpult.

***

Am Abend nach seiner Rückkehr aus dem Libanon blätterte Hassan das Geld auf Alberts Schreibtisch. »Die Asylanträge sind begehrt«, sagte er. »Autos auch. Und für die Pässe macht Moustache uns einen guten Preis. Die nächste Tour machen wir dann schon zu viert.« Er zeigte mir die beiden gefälschten Pässe. »Ich lade dich zum Essen ein, Maria. Am Ku'damm gibt es ein neues Restaurant, das Burger King. Das gibt es nur in den USA. Die Whopper, das sind Hamburger, sind köstlich, sagt Mahmoud.«

»Sagt er das.« Albert schaute hoch. »Natürlich Rindfleisch, richtig?«

»Esst ihr Christen jeden Freitag Fisch? Beichtet ihr alle eure Sünden? Habt ihr alle eine Bibel im Haus?«

»Erstens bin ich Vegetarier. Zweitens beichten nur die Katholen. Und drittens – was is' eine Bibel?«

»Ah, Christen gehen unterschiedlich mit ihrem Glauben um.« Hassan grinste abfällig. »Ich habe Neuigkeiten, Ali. Moslems tun das auch. Meine Frau brät die besten Schweinekoteletts der Welt und seit ich erwachsen bin, habe ich den Koran nicht mehr in die Hände genommen.«

Albert winkte ab. »Ja, ja, du mich auch.«

»Morgen früh beantrage ich die ersten Visa für die neuen Fahrer. Wir sehen uns im Burger King, Maria.«

***

»Auto fertich.« Mahmoud klappte die Motorhaube des Citroen zu.

»Sind die Papiere im Pult?«, fragte ich.

»Ana marid«, antwortete er.

Ich rüttelte an der Schublade, wie Hassan es getan hatte, durchwühlte mit beiden Händen die Papiere. Da legte Mahmoud seinen Daumen auf meinen Mund, wischte den Lippenstift ab. »Lass das!« Ich stieß ihn weg.

»Mehr schön«, sagte er, stieg in den Citroen und fuhr ihn auf die Straße. Dort hielt er mir die Tür auf. »Ana marid«, sagte er wieder.

Es war nicht Mahmoud, an den ich den ganzen Tag über dachte; es waren seine Worte, die sich erst wieder aus meinen Gedanken verabschieden würden, wenn ich wusste, was sie bedeuteten. Ich fand einen Parkplatz in der Meinekestraße. Schon von Weitem sah ich die lange Fensterfront des Burger King. Das sollte ein Hamburgerladen sein? Vor ungefähr zehn Kassen standen Warteschlangen wie vor dem Big Apple in einer Samstagnacht. Am Fenster zum Ku'damm wurde ein Tisch frei. Ich drängelte mich an zwei Mädchen vorbei, setzte mich auf die Bank und zuckte nur mit den Schultern, als sie meuterten. Da erst sah ich den Schlapphut am Nebentisch; mit drei Arabern vom Stutti saß er dort. Sie nickten mir zu, lächelten mich sogar an, senkten jedoch die Blicke, als Hassan ein Tablett vor mir abstellte und sich ihnen zuwandte. »Merhaba. Salam aleikum«, sagten sie respektvoll. Händeschütteln und Schulterklopfen, freundschaftliche Küsse auf die Wangen. »Inschallah. Kifak. Habibi.« Nur einer ignorierte Hassan, wie er zuvor auch mich ignoriert hatte: Omar.

»Ich komme gerade aus Ost-Berlin«, sagte Hassan und setzte sich zu mir. »Die ungarische Botschaft hat heute sehr lange gebraucht. Ich habe schon befürchtet, wir fliegen auf, aber Moustache arbeitet hervorragend.«

»Was heißt ana marid?«, fragte ich.

»Hat das Mahmoud gesagt? Ana marid heißt: Ich bin krank.« Hassan wickelte einen handtellergroßen Hamburger aus. »Mein Cousin hat noch nie ohne seine Familie gelebt. Er war immer im Libanon, nicht weiter als bis zur Bekaa-Ebene ist er gekommen. Er hat Heimweh. Sehnsucht. Für ihn fühlt es sich an wie eine Krankheit.«

Heimweh. Sehnsucht. Wie ich das kannte.

»Bei jeder Fahrt transportiere ich Kassetten zwischen Berlin und Beirut«, fuhr Hassan fort. »Mahmoud bespricht sie für seine Familie und sie sprechen auf die gleiche Weise mit ihm. Er ist besorgt. Chaled, sein Bruder, hat sich einer Widerstandsbewegung angeschlossen, deren Parolen er schluckt und wie Gift wieder ausspuckt. Chaled ist bewaffnet und beteiligt sich an Straßenkämpfen. Er lässt seine Mütter und Schwestern unbeschützt, obwohl Plünderer in Beirut durch die Straßen ziehen.« Hassan hob die Augenbrauen, deutete mit dem Kopf auf die Araber an Omars Tisch. Sie alle, auch er selbst, hatten ein schlechtes Gewissen, weil sie in Sicherheit lebten, während ihre Familien dem Krieg ausgeliefert waren, sagte er. »Mahmoud ist impulsiv. Seine Sorgen brennen in ihm.« Hassan warf den Kopf in den Nacken. »Er braucht Geld für seine Familie. Wenn er lesen könnte, könnte er einen Konvoi begleiten. Aber so? Wenn wir getrennt werden, in der DDR, in der Tschechoslowakei oder in einer Metropole wie Istanbul …« Er biss in den Whopper. »Unmöglich.«

Die ganze Zeit über stierte Omar zu uns herüber. »Warum hat Omar dich nicht begrüßt?«

»Umgekehrt, Maria. Es war umgekehrt. Ich habe ihn nicht begrüßt. Von Omar sollte man sich fernhalten.« Hassan stutzte. »Woher kennst du ihn überhaupt? Ich kann mir nicht vorstellen, dass Nabil ihn ins Big Apple lässt.«

»Warum nicht?«

»Eine alte Geschichte. Aus dem Libanon.«

5

Onkel Albert warf das schmutzige Geschirr in den Korb und schlug die BZ auf, als die Bürotür aufgestoßen wurde. Moritz stand im Türrahmen. »Elvis ist tot.«

»Du spinnst. Das is' nich' …« Albert stockte. Seine Stimme klang kratzig. »Das … das is' … nich' witzig!«

»Herzversagen.« Moritz presste die Lippen zusammen.

Albert stürzte sich auf ihn, ich dachte, er wolle Moritz schlagen, aber er fiel ihm in die Arme. Die beiden hielten sich aneinander fest – und flennten. Filou trottete zu ihnen, strich um die beiden herum und fiepte.

»Das Leben is 'n Arschloch«, heulte Onkel Albert. Seine Stimme hatte bisher nur am Grab meiner Mutter so geklungen.

»Komm, Alter.« Er schob Moritz aus dem Büro. »Ich muss mich vollaufen lassen.«

Eine Stunde später klopfte er an mein Kassenhäuschen. »Den Re… Rest musste … alleene machen, Kleene«, lallte er. »Fi… Filou …« Er warf mir den Autoschlüssel hin.

»Schon klar. Wankt ihr ruhig nach Hause.«

Überall brannte Licht; im Flur, in der Küche, in Alberts Zimmer. Aus dem Wohnzimmer kroch der schwache Schein der Stehlampe, der Fernseher rauschte, der Plattenspieler knackte. Ich stellte das Gerät ab. Die Schallplatte drehte sich langsamer, stand still. *In the Ghetto.* Die Luft war verqualmt, der Aschenbecher quoll über. Albert kauerte auf dem Zweisitzer, eine Elvisplatte im Arm, den Kopf seitlich abgeknickt, und schnarchte. Auf seinem Schoß lag der Lederordner mit den vergilbten Zeitungsausschnitten, die er in der Zeit gesammelt hatte, als Elvis in Deutschland stationiert gewesen war. Ich klappte den Ordner zu, wollte meinem Onkel die Elvisplatte aus den Armen ziehen, doch er hielt sich daran fest und stöhnte. »Schon gut, schon gut.« Ich strich über seine schweißnasse, kalte Stirn. Moritz schlief auf dem Boden sitzend. Sein Jackett wölbte sich im Nacken, die Schulterpolster stießen an seine Ohrläppchen. Sein Kopf lag auf Alberts Oberschenkel. Das Hemd hing ihm aus der Hose, in seine spärlichen Brusthaare hatte sich Zigarettenasche eingenistet. In das aufgeklappte Fotoalbum auf seinem Schoß hatte sich eine Kippe eingebrannt. Ich setzte mich neben ihn und blätterte darin, bis ich auf das Foto stieß: Elvis, irgendwo ausgeschnitten und zwischen den Luftgitarre spielenden Albert und den singenden Moritz geklebt. Moritz hatte den Arm um eine Schulter gelegt, über die blonde, lange Haare fielen. Der Rest des Fotos war herausgerissen. Die blonde Schulter gehörte Helene, eindeutig. »Bist du mein Erzeuger, Moritz?«, fragte ich und beugte mich zu ihm. Er blies mir seinen süßsauren Atem ins Gesicht. »Ich finde die Wahrheit noch heraus«, flüsterte ich, strich mit dem Finger über seine großporige Haut und stand auf, um Decken zu holen.

***

Albert schimpfte. Und soff. Er weinte. Und soff.

Zwei Wochen lang musste ich alle Entscheidungen allein treffen, und ich traf sie allein. Einmal tänzelte Mahmoud in der Werkstatt auf mich zu, knöpfte den Overall bis zum Bauchnabel auf und streichelte seine behaarte Brust. »Ich wieder Arbeit Big Apple?« Im Gegensatz zu Peters Fingernägeln waren Mahmouds zwar sauber, aber das reichte nicht. Sein Afro war keiner mehr. Die Spitzen waren ausgedünnt, das nachwachsende, glatte Haar gescheitelt. Die steile Falte zwischen den Augenbrauen zerschnitt seine Stirn. Seine dunklen Augen waren matt, seine Wangen eingefallen. »Du brauchst Geld, ich weiß, aber schau mal in den Spiegel. Du bist nicht mehr schön.« Er schlug die Augen nieder und ging mit hängenden Schultern davon.

Am Tag danach kam er wieder auf mich zu. Er tänzelte nicht, er schlich. »Ich muss Libanon«, sagte er, aber den Pass aus dem Safe zu holen und ihn nach Hause zurückkehren zu lassen, das traute ich mich nicht; marid hin oder her. Albert würde mir den Kopf abreißen. »Ali marid«, antwortete ich und ließ ihn stehen.

***

Am letzten Montag im August stieß Albert seine Schlafzimmertür auf und rief: »Maria! Lass mir Badewasser ein.«

Abends im Büro riss er eine Tüte Paranüsse auf, die erste seit Elvis' Tod. »Das waren die besten Jahre in meinem Leben«, seufzte er. »Wir waren ein Gespann! Ich, Moritz, Helene und Elvis. Die beiden haben vielleicht einen Rock'n Roll hingelegt!«

»Helene und Elvis?« Ich zog die neuen Sandaletten aus und spreizte die Zehen.

Albert grinste. »Helene und Moritz natürlich.«

»Und sonst? Was haben die beiden sonst miteinander gemacht?«

Mein Onkel warf sich Nüsse in den Mund. »Deine Mutter hat jeden zwischen die Beine gelassen. Jeden. Aber Moritz?« Er zermalmte die Nüsse. »Ich hab es dir schon hundertmal gesagt: Moritz und ich waren Blutsbrüder. Ich hätt ihn kaltgemacht, wenn er's mit Helene getrieben hätte. Das wär wie Blutschande gewesen.«

Ich schlüpfte wieder in die Sandaletten. »Morgen früh geht der nächste Konvoi. Sie fahren zu viert.«

Er spuckte den Nussbrei in den Aschenbecher. »Gut gemacht, Kleene.«

Der Morgen stahl sich bereits durch den Spalt zwischen den Vorhängen in meinem Zimmer, als es Sturm klingelte. Ich lief in den Flur. Mir fiel auf, dass Alberts Schuhe nicht in ihrer Ecke standen. Entweder er hatte wieder gesoffen und traf das Schlüsselloch nicht oder die Bullen hatten ihn eingesackt und standen unten vor der Tür.

»Hallo?«, rief ich in die Sprechanlage. Meine Stimme klang viel zu dünn, viel zu unsicher. »Wer will was?«, fügte ich an.

»Ich will zu Ali!« Hassan.

»Er ist noch nicht zu Hause. Was ist los?«

»Der neue Fahrer ist nicht gekommen. Seine Freundin sagt, er ist seit gestern nicht zu Hause gewesen.«

»Schmeiß die Papiere und die Schlüssel unten in den Briefkasten! Und dann fahrt los. Ich kümmere mich darum. Gute Fahrt.«

»Inschallah.«

Ich rief Moritz an. Albert, der ein paar Minuten später nach Hause kam, erzählte ich nichts.

Ich wartete auf Moritz. Er ließ sich erst mittags blicken und kam direkt aus dem Polizeigewahrsam. Unser Fahrer war in eine Razzia auf dem U-Bahnhof Kurfürstendamm geraten. Er hatte den gefälschten Pass voller Visa bei sich gehabt und widersetzte sich deshalb der Kontrolle. »Widerstand gegen die Staatsgewalt. Missbrauch des Asylrechts.« Moritz tippte sich an die Stirn. »Ich kann kaum noch etwas für ihn tun, denn die Visa beweisen, dass er dorthin reisen wollte, wo er angeblich politisch verfolgt wird. Und sie werden natürlich feststellen, dass der Pass …«

Albert, unrasiert, in gerippter Unterwäsche, haute mit der Faust auf den Tisch. »Und wenn der quatscht?«

»Er weiß nicht genug.«

»Hassan, dieser dämliche Sack!«, schimpfte Albert. »Ich bleche für den Pass. Ich bleche für die Visa. Es war abgemacht, dass er die Papiere nich' aus der Hand gibt.«

»Wir brauchen Reservefahrer«, sagte ich. »Ich werde mir alles besorgen, was dazu nötig ist.«

»Hast du sie noch alle? Das is' zu anstrengend. Das is' zu gefährlich. Kommt nich' in Frage!« Albert blickte hilfesuchend zu Moritz. »Sag was, Alter!«

»Halt Moritz da raus. Ich habe dich nicht um Erlaubnis gefragt«, fuhr ich Albert an. »Außerdem nehme ich Mahmoud mit.«

Onkel Albert grinste. »Der kann nich' lesen, der kann nich' schreiben. Würd mich wundern, wenn der fahren könnte.«

»Wenn er ein guter Mechaniker ist, kann er das«, mischte sich Moritz ein. »Erinnerst du dich an unsere Spritztouren, lange bevor wir Fahrstunden …?«

»Das steht auf einem anderen Blatt«, unterbrach ihn Albert, »fällste mir jetz' in' Rücken, Alter?« Er sprang auf; so energisch, dass der Küchentisch wackelte und der Kaffee aus der Tasse schwappte.

»Schieb ab, Moritz!«

»Ich versteh dich nicht«, sagte ich. »Wollen wir das Geschäft ausbauen? Ja! Sind wir vorbereitet? Nein! Wir brauchen jemanden, der kurzfristig einspringen kann. Einen, dem wir vertrauen können. Einen, der zuverlässig ist, so zuverlässig wie – ich. Kann doch nicht so schwer sein, das zu kapieren. Alles, was ich brauche, ist ein Reisepass. Das dauert vier bis sechs Wochen. Aber Moritz kann das bestimmt beschleunigen.«

»Untersteh dich, Alter«, schnauzte Albert.

»Das macht mal unter euch aus. Ich bin weg.«

Die Wohnungstür fiel zu.

»Du hast genug Zeit, dich an den Gedanken zu gewöhnen«, sagte ich. »So viel Zeit, wie es braucht, den Pass und alle Visa zu besorgen. DDR, Tschechoslowakei, Ungarn, Jugoslawien, Bulgarien, Türkei, Syrien, Libanon«, zählte ich ihm vor. »Acht Länder. Acht Visa. Ohne Moritz' Hilfe bekomme ich den Pass nicht vor Mitte Oktober, und bis ich die Visa habe, sind wir wahrscheinlich schon in der Winterpause.«

»Und? Nimmste Filou mit in den Libanon?«, schnaufte Albert. »Sonst lassen wir ihn einschläfern. Ich kann mich nämlich nich' um deinen Köter kümmern.«

»Hör nicht auf ihn, Filou. Ich würde dich nie im Stich lassen!«

***

Zwei Wochen nach seiner Abfahrt, er hätte längst im Büro auftauchen müssen, rief Hassan an.

»Wo bleibst du, du Arschficker?«, brüllte Albert sofort los.

»Und der Schaden, den de mir eingebrockt hast, geht auf deine Kappe.« Hassan behauptete, der Flughafen Beirut läge unter Granatenbeschuss und wäre geschlossen. In der BZ stand nichts darüber und Albert glaubte Hassan kein Wort.»Der taucht ab, wirste sehn, Kleene. Die Pässe hat er verkauft, unsre Anträge wird er auch unter die Leute bringen, und ruht sich sein Lebtach auf der Kohle aus. Aber den schnapp ich mir. Darauf kannste Gift nehmen.«

Ich wusste, dass Hassan die Wahrheit gesagt hatte – aus den Nachrichten. Aber ich schwieg.

***

Erst Ende Oktober saß Hassan wieder im Büro, ein dickes Kuvert in der Hand.

»Sechs Wochen lang rumfaulen«, meckerte Albert. »Nächstes Mal schick ich dir Maria hinterher. Die wird dich holen, ob de willst oder nich'.« Vor Hassan konnte er seine Erleichterung vielleicht verbergen, aber nicht vor mir. Er lehnte sich über den Schreibtisch. »Pass hatse schon.«

Hassan schaute mich ungläubig an. »Was bedeutet das?«

»Künftig werde ich einspringen.«

»Aber das ist zu anstrengend für eine ...«

»Für 'n Weib, meinste? Das lass mal ihre Sorge sein«, winkte Albert ab. Er gaffte auf das Kuvert. »Und jetz' zeig mir, was de mir mitgebracht hast. Ist doch so üblich, dass man Geschenke mitbringt aus'm Urlaub.«

»Ich schwöre beim Leben meiner Frau. Es war unmöglich, zurückzufliegen.« Hassan machte eine Pause. »Aber ich habe fast vier Dutzend Asylanträge verkauft. Alle wollen jetzt fliehen, auch Moustache, aber er verlangt eine Einschleusung ohne Asylantrag.«

»Er verlangt? Dass ich nich' lache!«

»Moustache ist ein Mann mit Würde. Er wird nie Asyl beantragen. Er wird nur vorübergehend bleiben, um in Ruhe seiner Arbeit nachzugehen. Wenn sich die Lage im Libanon wieder stabilisiert, fliegt er zurück.« Hassan wippte auf seinem Stuhl. »Moritz besorgt ihm eine Wohnung und Moustache macht uns alles, was wir brauchen, innerhalb eines Tages.«

Onkel Albert schüttelte den Kopf. »Jetz' wo wir in die Winterpause gehn? Da brauchen wir ihn nich'.«

»Moritz schon. Er hat Ja gesagt.«

»Wieso gehst du zu Moritz, bevor du mit uns redest?«, unterbrach ich ihn.

»Ich habe ihn aus dem Libanon angerufen. Ali wollte ja nicht mit mir reden. Die Mandanten von Moritz interessieren sich für Pässe, um unter anderen Namen weitere Asylanträge zu stellen. Oder hin und wieder nach Hause zu fahren. Auch Führerscheine sind begehrt.«

Albert tippte nachdenklich mit dem Zeigefinger an sein Kinn. »Moritz macht mit, sagst du? Und was hab ich davon?«

Hassan zuckte mit den Schultern. »Frag Moritz.«

Das Misstrauen stand Albert auf die Stirn geschrieben. »Ich denk drüber nach. Aber jetz' zieh Leine – und pass auf, dass dir beim Rausgehen die Tür nich' ins Kreuz fällt.«

***

Moustache hatte uns kein Foto von sich gegeben. Ich würde ihn an seinem Bart erkennen, hatte Hassan gesagt, bevor er wieder in den Libanon gefahren war, diesmal mit seinem Ford Taunus, um von dort Moustaches Fälscherbesteck, Pässe und Führerscheine einzuschmuggeln. Sogar Geburtsurkunden würde Moustache ihm mitgeben, aber eben kein Foto.

Die Stahltür spuckte einen Mann mit schlohweißem Haar aus, dessen Bart seine Ober- und Unterlippe überwucherte. Der Anzug war zu elegant für einen aus den Bergen und zu dünn für die Jahreszeit. Zielsicher kam der Mann auf mich zu und stellte einen kleinen Koffer neben sich, um mir die Hand zu geben. »Guten Tag, junge Dame. Ist alles bereit?« Unter den nikotingelben Bartspitzen zeigte sich eine schmale, rissige Unterlippe. Er klang überraschend jung und klar.

»Alles ist perfekt«, antwortete ich. »Ich bringe Sie in Ihre Wohnung.«

In der U-Bahn setzte sich Moustache mir gegenüber, schaute mich an, erforschte mich geradezu, genau wie ich ihn. Schwarze Augen unter buschigen Brauen in einem gegerbten Gesicht, Tränensäcke, welliges weißes Haar. Eine Zigarette steckte hinter seinem Ohr. Er wirkte nicht aufgeregt, eher ungeduldig. Wie auf einer Schreibmaschine tippte er auf den kleinen Koffer. Seine Hände waren gepflegt, seine Fingernägel gefeilt, bis auf den kleinen Finger seiner Rechten, der einen langen, herausgewachsenen Nagel hatte. Ich kannte das – so einer war er also, ein Kokser.

Moustache brauchte keine Schleuserin. Ohne mich nach ihm umzusehen, eilte ich am Bahnhof Reinickendorfer Straße die Stufen hinauf, lief durch den Schneematsch in die Ravenéstraße, stieg in meinen Käfer. Im Rückspiegel sah ich Moustache ganz gemächlich um die Ecke biegen. Er riss die Beifahrertür auf, warf seinen Koffer auf den Rücksitz, sank, Schneeflocken auf seinen Schultern, neben mich. »Ich hatte noch keine Gelegenheit, mir den Einreisestempel anzusehen«, sagte er und blätterte in seinem Pass. »Berufliches Interesse.« Schmunzelnd zeigte er auf den Stempel. Ein goldener Manschettenknopf blitzte kurz auf. »Sehen Sie das winzige Flugzeug? Sogar die Uhrzeit meiner Ausreise aus der DDR ist dokumentiert. Deutsche und ihre Gründlichkeit.« Sein Lachen glich einem Grunzen. Er steckte den Pass ein. »Bringen Sie mich jetzt in mein Quartier. Bitte.«

»Sie sprechen sehr gut deutsch. Woher ...«

»Ich habe in Ihrem Land gelebt und studiert, lange bevor Sie geboren wurden. Ich bin sehr müde. Unterhalten wir uns später.« Moustache fügte nochmals ein »Bitte!« an, aber es klang wie ein Befehl.

6

Winter 77/78

Die Warteschlange war mehr als doppelt so lang wie in einer lauen Sommernacht. So begehrt war das Big Apple an Silvester noch nie gewesen. Es herrschte Fieber, das *Saturday Night Fever*. Seitdem der Film im Marmorhaus lief, legte Hot Dog die Bee Gees jede Nacht auf, spielte Tanzlehrer und wir veranstalteten einen Contest. Fünfhundert Mark Preisgeld für denjenigen, der wie John Travolta als Tony Manero das Publikum eroberte. Zwanzig Tänzer waren zugelassen; jeder musste fünfundzwanzig Mark Startgeld hinlegen und bekam dafür eine Startnummer. Das mit dem Startgeld war meine Idee, denn so belastete das Preisgeld unsere Kasse nicht. Neben den Startnummern lagen die Eintrittskarten, vierhundert hatten wir drucken lassen. Für fünfzig Mark Eintritt spendierten wir immerhin ein Glas Sekt und einen Pfannkuchen.

Nabil ließ die Gäste nur schubweise rein. Die meisten Startnummern waren schon weg, als Hassan eine kaufte. Er schob Mahmoud in mein Blickfeld. War das der Mann, der vor ein paar Wochen noch so ausgezehrt ausgesehen hatte? Den Afro, der keiner mehr gewesen war, gab es nicht mehr. Mahmouds Haar, glatt und glänzend, war aus dem Gesicht gekämmt; die steile Falte zwischen seinen Augenbrauen kaum sichtbar, die Kerbe in seinem Kinn umso markanter.

»Gefellt dir?« Er knöpfte seinen Mantel auf. »Ich mache tanzen.« Sein Adamsapfel, der aus einem schwarzen Hemdkragen herausragte, hüpfte aufgeregt.

»Du wirst dich …« Blamieren, hätte ich beinahe gesagt. Kein einziges Mal war er hier gewesen, um zu üben. Ich gab ihm die Startnummer, die siebzehn, und widmete mich den nächsten Gästen.

Von den Eintrittskarten war nur noch ein kleines Häufchen übrig, da rief Hot Dog die ersten beiden auf, die gegeneinander antreten sollten. *You should be dancing* drang kaum bis zu mir in mein Kassenhäuschen, aber der Jubel ebbte schnell ab; zurückhaltender Applaus. Bei den nächsten Tänzern variierte der Beifall. Einige schienen wirklich gut zu sein. Startnummer neun allerdings hatte höchstens eine Handvoll Anhänger, während Startnummer zehn das Publikum zu begeisterten Pfiffen hinriss. Startnummer elf wurde ausgebuht, Startnummer vierzehn ausgepfiffen. Als die Startnummern fünfzehn und sechzehn gegeneinander antraten, klappte ich meine Kassette zu und bahnte mir den Weg nach unten, vorbei an Chanel Nr. 5, knutschend mit Old Spice; Bierfahnen, Qualm und Schweiß brannten in meinen Augen und belegten meine Zunge.

Startnummer siebzehn. Mahmoud, in weißem Anzug und schwarzem Hemd, mit kreisenden Hüften im Lichtkegel der Scheinwerfer, die ihn verfolgten. Sein Schatten lag vor ihm, fiel hinter ihn. Seine Plateauschuhe schienen die Holzdielen kaum zu berühren. Startnummer achtzehn gab auf. Tosender Beifall, Trampeln, der Holzboden bebte. Barry Gibbs Stimme vibrierte in mir. Eine Kurzhaarige im giftgrünen Abendkleid rief: »Bist du im Bett genauso gut?« Die Gäste klatschten: »Zu-ga-be! Zu-ga-be!« Mahmoud verneigte sich scheu. Sein atemloser Blick traf mich. Ich drückte die Kassette an meine Brust – und floh ins Büro.

Albert lehnte in seinem Bürostuhl, die großen Hände auf seinem Bauch, die Finger ineinander verschränkt. »Jetzt hör dir das mal an, K… Kind.«

Wenn mein Onkel mich Kind nannte, war sein Alkoholpegel höher als sonst. »Ja, ziemlich viel Lärm da draußen«, sagte ich.

Er griff zur Champagnerflasche, setzte sie an seine Lippen. »Dieser … Läääärm«, er zog das Wort in die Länge, »beruhigt mich bis in die Knochen. Nüscht hat so … so 'ne Wirkung auf mich. Nich' mal 'n Weib, wenn se …« Er rülpste. »Und jetz' gib … deinem Onkel das Ding da.« Er grinste die Kassette an. »So ville Pipusse … viel zu schwer für 'n Flie… Fliegenjewicht wie dich.«

»Verzähl dich nicht«, sagte ich. »Ich helfe den Mädels beim Sektverteilen.«

»Aber mach ’n anderet Jesicht da dr… draußen. Siehst aus, wie … wie wenn … wärste grad ’nem Geist bejegnet.«

»So ein Quatsch!«

Elke bediente die Gäste an der Bar. Die Aushilfe, die sie mitgebracht hatte, eine unscheinbare Frau in trägerlosem Top und Minirock, reihte Sektgläser aneinander und füllte sie. Kurz vor Mitternacht waren die Flaschen leer, ich hatte die Gläser und Pfannkuchen verteilt und Hot Dog rief die Namen der drei Tänzer aus, die es in die Endausscheidung geschafft hatten.

Die Champagnerflasche lag auf dem Schreibtisch, leer, Albert kämpfte mit einer zweiten, bis der Korken ploppte. »Ist das et… etwa unser Machmuuud?«, fragte er Hassan, der auf der Tischkante saß.

»Mein Cousin war jeden Abend im Kino, hat sich die Tanzschritte eingeprägt und mit Tarek geübt. Tarek hat die LP gekauft, aber schnell aufgegeben.« Hassan hielt Albert ein leeres Glas hin. »Du solltest meinen Cousin wieder hier arbeiten lassen, Ali. Hier ist er nützlicher für dich. Die wenigen Aufträge in der Werkstatt erledigt mein Schwager alleine.«

»Hoffen wa, dass … er jewinnt, dann sparn wa uns ers’ mal dit … Preisjelt«, lallte Onkel Albert. Seine Unterlippe wölbte sich, hing auf einer Seite herab. Wenn sich sein Mund so schief aus dem Gesicht stülpte, hatte er einen Pegel erreicht, der nur einen Schluck vom Umfallen entfernt war.

»Du kannst ihm den Gewinn nicht verweigern! Er braucht das Geld dringend für seine Familie«, protestierte Hassan. »Außerdem habe ich ihm das Geld für den Anzug geliehen.«

Ich holte das Klappbett aus dem Vorratslager und baute es auf.

»Mahmoud wird das Geld bekommen«, sagte ich.

Die Musik brach ab. In die Stille hinein zählte Hot Dog ins Mikrofon, das Publikum fiel ein: »Sieben – sechs – fünf – vier – drei – zwei – eins … welcome seventy-eight!«

Onkel Albert warf den Kopf in den Nacken, leerte das Glas in einem Zug, schwang sich aus dem Stuhl. Er tastete sich um den Schreibtisch herum. »Auf jute Jeschäfte.« Er klopfte Hassan auf die Schulter. »Und jetz' mach … dass de raus kommst.« Kaum war die Tür zu, packte er mich an den Schultern. »Kind … Kleene … Maria … du bis wie 'ne Tochter für mich … Ver… versprich mir, dass de …nich' an einem von denen da draußen …«, er zeigte auf die Bürotür, »… kl… kleben bleibst. Von denen macht dich k… keener glücklich.«

Ich nahm seine Hände von meinen Schultern. »Das kannst du doch gar nicht wissen.«

»Glaub 'nem alten Mann, der mehr … mehr Lebenserf… ahrung hat, wie … 'n Mensch brauch. Die … die sin' wie ich. Aber ich weiß, dass ich keine … glücklich mache. Die da draußen … fragen da gar nich' nach.«

Ich lenkte ihn zum Klappbett. »Ich habe gar nicht vor, mich an einen Mann zu hängen. Du, das Geschäft und Filou. Ihr seid mir genug.«

»Mach mir nüscht vor, Kind. Ich bin … nich' dein Vata, aba … viel… vielleich' kenn ick mir grad des…swegen so mit dir aus.«

Ich gab ihm einen leichten Schubs. Er sackte auf das Bett, stöhnte auf – und fing an zu schnarchen.

Auf dem DJ-Podium flirtete Hot Dog mit einer schwarzen Schönheit. Die Tanzfläche war leer. Auch die Bar war leer; nur an wenigen Tischen saßen noch vereinzelt ein paar Gäste. Oben lehnte Nabil sich an die offene Tür und schaute auf die Bundesallee. Seit der Nacht im Sommer hatten wir uns nicht mehr berührt. »Gutes neues Jahr«, flüsterte ich ihm ins Ohr, hauchte ihm einen Kuss auf die Wange und umarmte ihn. Seine Arme hingen schlaff herab. »Schukran.« Sein Kinn drückte auf mein Schlüsselbein.

Papierschlangen wehten über die Bundesallee. Böller explodierten. Feuerwerkskörper zogen sprühend Bahnen in den Himmel. Ich schüttelte Hände. Umarmte die einen und wechselte ein paar Worte mit den anderen, während ich über ihre Schultern schaute, aber den, den ich suchte, entdeckte ich nicht. Autos schlichen hupend vorbei. An der Kreuzung zischte eine Rakete aus einer Sektflasche, die Flasche kippte um, rollte auf den Hohenzollerndamm. Ich rannte hin, um sie aufzuheben. Da sah ich Mahmoud auf dem Mittelstreifen zwischen parkenden Autos. Den Mantelkragen hochgestellt, hantierte er mit etwas und sprach mit einem Mann mit heller Mütze und dunklem Parka. »Mahmoud?«, rief ich. Der Mann mit der Mütze eilte davon. Mahmoud schob seine Hand in die Manteltasche und lief mir entgegen. Ich fror in meinem dünnen Kleid, stellte mich in einen Hauseingang. Aus einem Fenster über mir dröhnten Bässe. Gelächter fiel vom Balkon. Es roch nach Schwarzpulver. »Wir lassen dich wieder im Big Apple arbeiten«, sagte ich, als Mahmoud vor mir stand.

»Oualla? Schukran!«, rief er.

»Aber erst zeigst du mir, was du da hast. Falls es Drogen sind, kannst du das nämlich gleich wieder vergessen.«

Er zögerte, dann zog er seine Hand aus der Tasche. Der Goldregen über uns warf schwaches Licht auf das Ding. Ich schnappte nach Luft. »Eine Knarre? Der Typ eben, wer war das?«

»Du zitterst ja, Maria.« Das war Hassans Stimme hinter mir. Schon raste seine Faust in Mahmouds Brustkorb. »Kissortak Scharmuta!«, schrie er und riss ihm die Knarre aus der Hand. Mahmoud starrte ihn nur an, mit dem ausgelieferten Blick, den ich von den Polaroidfotos in Onkel Alberts Schublade kannte. Hassan steckte die Waffe ein. »Ich werde das regeln, Maria. Ali muss das nicht erfahren.«

Ich sagte nichts. Ich drehte mich um und lief ins Büro.

Die unscheinbare Aushilfe saß auf Alberts Schreibtisch. Ihr Minirock war hochgerutscht bis zur Taille, ihre Beine waren um Elke geschlungen. Eine Hand wühlte in Elkes Haar; die andere presste sich auf Elkes Arsch. Die beiden knutschten. Ich knallte die Tür zu. Sofort fuhren sie auseinander. Elkes Hand fuhr aus dem Top der Aushilfe. »Wir … wir …«, stammelte Elke, »wir sind ein Paar.«

»Schön für euch, aber für so was ist jetzt keine Zeit. Nebenan warten Gäste. Also, packt eure Brüste ein und dann raus hier!« Ich sank in Alberts Ledersessel, schmiegte mich in die Rückenlehne. Sein Rasierwasser kribbelte in meiner Nase. »Wenn du wüsstest, was du alles versäumst, Onkelchen«, flüsterte ich in sein Schnarchen.

Ich hörte die Gäste klatschen. Zuerst nur vereinzelt, dann gesellten sich mehr und mehr dazu, einige begannen zu grölen. »Zu-ga-be!«, riefen sie. »Zu-ga-be! Zu-ga-be!« Die Bürotür wurde aufgerissen. »Komm, Maria. Wir müssen Mahmoud anfeuern.« Hassan hatte die Polaroidkamera in der Hand und lächelte, als habe er seinen Cousin nicht eben noch geschlagen und beschimpft.

»Haben wir ein Problem?«, fragte ich.

Hassan warf einen Blick auf Albert, winkte ab. »Nur kleine Ganoven, die von unseren Geschäften profitieren wollen.«

In der Endausscheidung hängte Mahmoud seine Konkurrenten ab. Hot Dog drückte ihm unter Jubel und Beifall die fünfhundert Mark in die Hand. Die Kurzhaarige im giftgrünen Kleid stöckelte auf die Tanzfläche, umarmte Mahmoud, als gehöre sie an seine Seite. Ich schickte sie weg. »Komm mit ins Büro«, sagte ich zu Mahmoud. Dort nahm ich ihm das Preisgeld bis auf fünfzig Mark ab. »Komm heute Abend arbeiten.«

»Du hast gesagt, er bekäme sein Geld«, empörte sich Hassan. Er stand im Türrahmen, die Sommersprossen kaum noch zu sehen, weil ihm das Blut ins Gesicht schoss.

»Hab ich gesagt, dass ich es auszahle? Wir verrechnen es.«

»Er schuldet mir Geld.«

»Uns auch.«

Mahmoud knüllte den Geldschein zusammen.

***

Onkel Albert riss einen Pfannkuchen auseinander und leckte die Marmelade heraus. Schmatzte, saugte die andere Hälfte aus, warf die Reste in den Papierkorb und griff sich den nächsten. »Wie viel Schulden hat der Junge jetz' eigentlich noch?«

Ich schaute vom Schuldenheft auf. »Knapp zweitausend seit letzter Nacht. Aber ich habe eine Idee, wie er die Summe ganz rasch halbieren kann.«

Onkel Albert leckte seine Finger ab. »Ich höre«, sagte er und zerteilte den nächsten Pfannkuchen.

»Wenn du die alle auslutschen willst, platzt du noch«, sagte ich und lachte, aber das Lachen war nicht echt. Es war ein Lachen gegen mein schlechtes Gewissen, weil ich Albert nichts von letzter Nacht erzählt hatte. Gar nichts. Er stutzte. Ich war versucht, doch noch mit der Wahrheit rauszurücken, aber ich stand auf und rief Mahmoud herein. »Du kannst deinen Titel verteidigen, an jedem Samstag im Januar. Das Preisgeld wird geteilt«, sagte ich. »Eine Hälfte fürs Schuldenheft, die andere für uns.«

Onkel Albert stieß einen Pfiff aus. »Ich leg noch was drauf, Junge«, sagte er, »du zahlst nur die Hälfte vom Startgeld, und wo wir schon dabei sind – zehn Prozent von jedem Drink, den die Weiber dir spendiern. Das gilt weiterhin.«

Mahmoud schlug sofort ein. »Danke, Maria. Fir immer.«

***

Ohne zu murren knöpfte Mahmoud nachts sein Hemd auf. Die Frauen scharten sich um ihn, und irgendwie schaffte er es, dass jede, zumindest fast jede, mit der er tanzte, ihm einen Drink ausgab. Ines und die Kurzhaarige gerieten seinetwegen aneinander, aber Mahmoud kam allein und ging allein. Immer. Mein Plan war aufgegangen. Zweimal verteidigte Mahmoud vor viel Publikum seinen Titel. Am dritten Samstag sank das Interesse der Gäste merklich. Aber da hatte Albert eine Idee.

»Heute wirste mal verliern, Junge«, sagte er.

Mahmoud zuckte. »Ich alle Geld brauche.«

»Den Leuten wird langweilig. Nächsten Samstag holste dir den Titel zurück.«

Mahmoud hob die Augenbrauen, als sei er nicht einverstanden, aber er verlor an jenem Abend. Und gewann den Titel wieder zurück. So schwappte in den umsatzschwächsten Wochen des Jahres so viel Geld in unsere Kasse, dass wir den Safe nicht belästigen mussten.

***

Im Februar stand Mahmoud in der Bürotür und wedelte mit der Duldungsbescheinigung. »Ich brauche mein Passport.«

»Erst wenn de schuldenfrei bist, und das is' auch noch nich' sicher.« Gelangweilt blätterte Albert in der BZ.

»Nabil sagt, ich muss Auslenderpolisei.«

»Dann soll Nabil den Pass später bei mir abholen.«

Mahmoud rührte sich nicht, schaute mich hilflos an.

»Ich mach das. Ich fahr mit dir hin, Mahmoud. Jetzt geh und mach deine Arbeit.«

»Danke, Maria«, sagte er, legte die Hand auf sein Herz und schloss die Tür hinter sich.

»Was sollte das denn?«, fragte Albert.

»Du behandelst ihn wie einen Fußabtreter. Dabei ist er unser bestes Pferd im Stall – und er steht auf mich.«

Onkel Albert schaute von seiner BZ auf.

»Guck nicht so. Ich will ihn nur bei Laune halten.«

***

Vor dem Gebäude in der Puttkamerstraße hielt Mahmoud seinen Pass fest.

»Deine Duldung wurde verlängert. Jetzt gib mir das verdammte Ding zurück.« Ich steckte den Pass ein. »Du hast wohl gehofft, du kriegst eine Abschiebung? Einen kostenlosen Flug in die Heimat? Aber das Leben ist nicht so.«

Mahmoud ließ den Kopf hängen. »Mein Herz ganz kalt. Geht kaputt. Ich muss Libanon.« Er steckte die Hände in die Taschen seines Jacketts, klapperte mit den Zähnen, stammelte etwas von seinem kranken Körper, der nicht nur an den Minustemperaturen sterben würde. Noch am gleichen Abend stand er mit eingesunkenen Schultern in Alberts Büro. »Ich lange gewartet. Jetz ich muss Libanon. Bitte, Ali. Ich Angst habe fir meine Familie. Meine Familie mich brauch. Ich komme zurick. Oualla, Ali.«

»Wir sind deine Familie«, brummte Albert.

Mahmoud ballte die Hand zur Faust und schlug sie gegen sein Herz. »Sirer nehmen mein Land.« Wieder schlug er zu. »Palästinenser nehmen mein Land.« Ein drittes Mal schlug er sich gegen die Brust. »Israel nehmen mein Land. Ich. Muss. Libanon.«

Onkel Albert schaute auf, musterte Mahmoud. Schwieg. Dann strich er sich die Haare aus dem Gesicht. »Ich denk drüber nach.« Seine Stimme kratzte.

»Wir besorgen dir Passfotos«, sagte ich.

***

Moustache öffnete die Tür. In einer dunkelroten, weiten Hose, einem Hemd im gleichen Farbton, einem Fez auf dem Kopf stand er vor mir. Der Flur war so winzig, dass er einen Schritt zurück machen musste, damit ich eintreten konnte.

»Möchten Sie einen Mokka oder einen Tee?«, fragte er.

»Einen Mokka bitte.« Im Flur hing das Foto einer Zeder. Das Fenster in dem kleinen Zimmer war mit einem dünnen bunten Tuch verhängt, das die verschneite Welt draußen in schimmerndes Licht tauchte. Die Matratze lehnte hochkant an der Wand, davor lag ein kleiner Teppich. So sah also ein Gebetsteppich aus. Orientalische Musik lief, eine Frau mit tiefer Stimme sang.

»Das ist Fairuz«, sagte Moustache. »Bei uns im Libanon gehört Fairuz zum Morgen wie der Ruf des Muezzin. Genießen Sie sie, solange ich den Mokka zubereite.«

Ich setzte mich auf die zerschlissene Couch. Hätte ich geahnt, dass der Mann aus den Bergen, den ich mir in einer

Höhle hausend vorgestellt hatte, ein gepflegter, gebildeter Mann war, hätte ich nicht zugelassen, dass Albert Sperrmüll in die Wohnung stellte. Selbst den alten Tisch, den mit dem Sprung in der Glasplatte, hatte er aus dem Keller am Stutti geholt. Jetzt stand er unter dem Fenster, bedeckt mit dickem, weinrotem Samt. Ein fremder Geruch schwebte im Zimmer. Gerade als ich mich über die blubbernde Wasserpfeife beugte, kam Moustache zurück. Er schob den Samt eine Handbreit zur Seite, stellte die Mokkatasse auf die Glasplatte und führte ein kleines Teeglas an seinen Bart, spreizte dabei den kleinen Finger ab. Mit dem langen Fingernagel sah das albern aus.

»Geht es also endlich weiter. Ich beginne mich zu langweilen. Die Aufträge Ihres Rechtsanwalts beanspruchen mich kaum«, sagte Moustache, als ich die zwei Fotos von Mahmoud aus meiner Tasche zog. »Ich hatte vergessen, wie trist und lang die Winter in Deutschland sind.«

»Wir brauchen einen Pass und einen Führerschein.« Ich reichte ihm die Fotos. »Das ist Mahmoud Nouri. Geburtsdatum steht hinten drauf.«

»Namen sind Schall und Rauch. Besonders in meinem Beruf. Ich orientiere mich an Gesichtern.« Moustache warf nur einen kurzen Blick auf die Rückseite. »Ist Ihnen aufgefallen, dass wir mit den Daten nicht so genau sind wie Sie?«

Ich verstand ihn nicht.

»Finden Sie es nicht bemerkenswert«, fuhr er fort, »wie viele, wenn man den Pässen glaubt, in meinem Land an einem 1. Januar geboren sind?« Er lächelte. »Die Wahrheit ist: Kaum einer kennt sein Geburtsdatum. Väter lassen die Geburten ihrer Kinder nur einmal jährlich registrieren. Wenn sie aus den Bergen anreisen etwa. Wenn mehrere ihrer Ehefrauen gebären, lassen sie alle Geburten gemeinsam registrieren. Für euch Deutsche unvorstellbar, ich weiß.« Er sah sich Mahmouds Foto an, wurde ernst, schüttelte schließlich den Kopf. »Trinken Sie Ihren Mokka.«

Der Mokka schmeckte bitter. Ich stellte die Tasse ab. »Kennen Sie ihn?«

»Kommen Sie übermorgen um die gleiche Zeit und bringen Sie ihn mit. Er muss unterschreiben.«

***

»Salam aleikum.« Mahmoud wischte seine Hand am Overall ab und legte sie auf sein Herz.

»Aleikum salam. Wir sind in Deutschland, sprechen wir also deutsch.« Moustache trat zur Seite. »Außerdem ist es unhöflich in Gegenwart der jungen Dame.«

Alles sah aus wie bei meinem ersten Besuch, aber Fairuz sang nicht und die Wasserpfeife blubberte nicht.

Moustache deutete auf den Pass auf dem dunkelroten Samt. »Sieh ihn dir an. Und dann unterschreib.«

Mahmoud fuhr mit dem Daumen über die goldene Zeder, blätterte im Pass, reichte ihn mir. »Schaust du.«

Moustache hielt mir eine Lupe hin. »Bitte, vielleicht entdecken Sie ja einen Fehler«, sagte er herablassend.

»Er kann nicht …«, setzte ich an, aber Mahmoud unterbrach mich. »Wo unterschreiben?«, fragte er und sah auf seine linke Handfläche. Große ungelenke Buchstaben waren dorthin gekritzelt; an den Lebenslinien franste die blaue Tinte aus. Er malte die Buchstaben ab. »M-a-h-m-o-u-d-n-o-u-r-i«, sagte er, obwohl er von rechts nach links malte und mit dem I begonnen hatte.

»Und jetzt will ich deine Hand sehen«, befahl Moustache.

Mahmoud schlug die Augen nieder, zögerte, streckte schließlich die rechte Hand aus.

Moustache wurde laut; er sprach arabisch. Es klang wie eine Warnung. Oder eine Drohung.

Dann klebte er die Schutzfolie auf die Seite mit dem Foto und der Unterschrift und gab mir den Pass.

»Was ist hier eigentlich los?«, fragte ich.

»In zwei Tagen ist sein Führerschein fertig.«

7

Frühjahr 1978

»Wie viel Zeit noch warten? Ich muss Libanon«, bettelte Mahmoud.

»Nach Ostern besorge ich die Visa für uns.«

»Wann Oster?«

»Nächstes Wochenende.«

»Danke.« Mahmoud atmete auf. Er spuckte in seine Hände, wischte sie an den Hosenbeinen ab und streckte die Arme nach mir aus. Einen Moment lang glaubte ich, er würde mein Gesicht in seine Hände nehmen und mich küssen. Aber er strich über mein Haar, drückte es platt und zog an den frischen Locken.

»Mehr schön«, flüsterte er, griff in seinen Overall und zog eine Toblerone heraus. »Fir dich. Gut Tag.«

Ich stand da, glotzte auf die Schokolade, wusste nicht, ob mir das gefiel oder nicht, da klopfte Hassan mir auf die Schulter wie einem alten Freund. »Die ersten PKWs sind bereits fertig.«

»Deswegen bin ich hier«, antwortete ich, etwas zu patzig. »Ich besorge dann die Visa für Mahmoud und mich.«

Hassan stöhnte. »Es ist noch zu früh für euch. Im Riesengebirge liegt noch Schnee. Man braucht Ketten für die Reifen und Drahtseile für die Nerven. Außerdem«, er hob den Daumen, »sieben Tage kein Bad, keine Toilette.« Er hob den Zeigefinger. »Sieben Nächte kein Zimmer, kein Bett.« Den Mittelfinger: »Überfälle.« Den Ringfinger: »Krieg.« Er bewegte den kleinen Finger hin und her. »Nichts für eine Frau.«

Überfälle. Krieg. Ich schluckte, aber trotzdem sagte ich: »Schau genau hin.« Ich streckte einen Finger nach dem anderen aus. »Ich – fahre – in – den – Libanon.« Dann riss ich die Toblerone auf und biss hinein.

***

Über Nacht war es wieder kalt geworden. Auf der kurzen Autofahrt vom Hohenzollerndamm zum Stutti legte sich mein Atem eisig auf die Windschutzscheibe. Mahmoud wartete bereits vor dem Haus, in seinem viel zu dünnen Jackett, einen Schal um den Hals gewickelt. Nur seine schwarzen Augen und sein schwarzes Haar lugten hervor. Er stieg ein, nahm den Eiskratzer, beugte sich zu mir herüber und kratzte das Ausstellfenster frei. Sein Ellbogen streifte meine Wange, aus seinem Schal kroch der herbe Duft irgendeines Eau de Toilette. Er schniefte, aber es klang nicht nach Schnupfen. Ich zog den Schal unter sein unrasiertes Kinn. Weinend, mit zitternden Lippen und bebender Stimme, sagte Mahmoud, er könne seine Familie nicht mehr erreichen. Die Telefonleitung sei tot. »Filleich«, schluchzte er, »filleich mein Familie auch tot.«

Was hätte ich sagen sollen außer: »Deine Familie lebt bestimmt.«

»Hoffenlich«, sagte Mahmoud. Seine Familie sei nirgends sicher. Nirgends. Die Bomben fielen auf Beiruts Dächer und in den Straßen herrschten Kalaschnikows. Seine Schwestern riskierten täglich ihr Leben, wenn sie für ein paar Lira arbeiten gingen. Er lachte bitter auf. »Ich nich kann lesen und schreiben, aber kann ich denken. Die Sirer nicht passen auf. Die Sirer nur nehmen Geld.« Er müsse seine Familie endlich in das kleine Haus in den Bergen bringen. »Umbiding.« Dort wären sie in Sicherheit. »Ich gebete zu Allah, sie noch leben.« Er legte seine Hand auf sein Herz. »Helfe mir, Maria. Ich mache alles, was du will. Alles. Oualla!«

»Jetzt besorgen wir uns erst mal die Visa.«

Die jugoslawische Botschaft residierte in einer Villa in der Koenigsallee in Dahlem und war von einem großen Garten umgeben. In der fahlen Morgensonne glänzte der Raureif auf den Pflanzen. Wir stiegen die schmale Treppe in das Souterrain hinab, in einen dunklen, überheizten Raum. Die beiden

Muskelprotze, eine Mischung aus Soldat und Leibwächter mit beinahe feindlichen Mienen, zeigten stumm auf einen Tisch mit Formularen.

Ich zog den Wintermantel aus und warf ihn auf einen Hocker. Bevor ich reagieren konnte, waren Mahmouds Finger schon an meiner Bluse und knöpften sie bis zum Kragen zu. »Mehr schön«, sagte er, schob die beiden Hocker nebeneinander und legte ein Polaroid auf den Tisch. Es zeigte das Straßenschild vom Stuttgarter Platz. Mit Filzstift war die Hausnummer daneben geschrieben worden. Sein Name stand auf dem Rand des Fotos. »Mahmoud Nouri. Stutti vierunfinfzig. Wo ich muss schreiben?«, fragte er und strich mit der Handfläche über eines der Formulare.

Ich schlug seinen gefälschten Pass auf. »Zuerst schreibst du deinen Namen ab, und zwar von vorne nach hinten diesmal.«

Er drückte den Kuli viel zu fest auf das Papier.

»Du brauchst keine Kraft dafür«, flüsterte ich. »Wenn du locker bleibst, geht das besser. Wie alles im Leben.« Ich legte meine Hand um seine und führte sie.

»Wie alles in Leben«, wiederholte er, malte seinen Namen in das Formular und lächelte stolz.

Der Muskelprotz, der uns die ganze Zeit beobachtet hatte, zeigte auf eine geschlossene Tür. Wir öffneten sie. Was für ein stickiger Raum. Und diese Stille. Wie in einem Bunker, oder in einem Tresor. Hinter einer Glasscheibe saß ein Mann, der kurz aufschaute, sich wieder abwandte und mit irgendetwas beschäftigte, bevor er an den Schalter trat. Er winkte uns heran, mit einer Bewegung, wie andere Fliegen verscheuchen. Ich schob unsere Pässe und die Formulare durch den Schlitz. Der Mann blätterte lange, viel zu lange in unseren Pässen und verschwand damit in einen anderen Raum. Mahmoud sog die Luft ein, trat von einem Bein auf das andere. »Weg hier! Sofort!«

»Spinnst du?«, zischte ich.

»Ich will nicht Gefengnis fir falsche Pass!«

»Beruhige dich einfach«, sagte ich, aber ich war nicht so zuversichtlich, wie ich tat. »Ali würde jetzt sagen: Farblos bleiben. Leise, dezent und unaufgeregt durchschlüpfen. Und genau das werden wir tun, wenn der nicht in zwei Minuten zurück ist. Wir werden ganz locker rausspazieren.«

Mahmoud nickte, aber sein Blick hetzte nervös durch den Raum.

Da kam der Mann zurück und schob eine Quittung durch den Schlitz. »Sie müssen die Visa erst bezahlen.«

***

Der erste Konvoi fuhr ohne uns. Der zweite auch. Mein Pass lag seit Wochen beim libanesischen Konsulat. Am Nachmittag bevor der dritte Konvoi losfuhr, warf Onkel Albert ein Kuvert auf den Küchentisch. »Das is' wohl für dich, Kleene.« Die Tulpen in der Vase nickten zart.

Ich riss den Umschlag auf, blätterte in meinem Pass. Consulat Honoraire du Liban. »Ich hab es. Das Touristenvisum. Endlich.«

Eine Stunde später klopfte ich auf die Motorhaube des weißen BMWs, der in der Halle stand, zeigte Hassan meinen Pass. »Mahmoud und ich nehmen den BMW.«

»Das Visum ist gültig bis August«, stöhnte Hassan. »Für morgen ist bereits alles organisiert. Ihr fahrt im Juni mit. Oder im Juli.«

Mahmoud bohrte seinen Finger in Hassans Brust, redete mit brennender Stimme.

»Stopp, Mahmoud.« Ich legte meine Hand auf seine Schulter. »Wir nehmen den BMW. Basta!«

»Schukran, Maria. BMW is' fertich.«

»So kurzfristig bekommst du kein Hotelzimmer in Beirut«, trumpfte Hassan auf, »nur das in der Rouche ist geöffnet, aber dort sind immer alle Zimmer belegt. Es gibt zu viele Geschäftsleute, die an unserem Krieg verdienen.«

»Maria geschlafen bei Yasmine«, mischte Mahmoud sich ein. »Mein kleine Schwester«, fügte er hinzu, als ich ihn fragend anschaute.

Hassan warf die Autopapiere auf das Stehpult. »Dann bring ihn zum Zollamt!«

»Mach ich, aber ich habe nur wenig Zeit.« Ich legte einen gelangweilten Ton in meine Stimme. »Ich muss noch Vorbereitungen treffen. Wir sehen uns im Burger King. Dann kannst du den BMW selbst hierher zurückbringen.«

Hassan kam nicht allein ins Burger King. Mahmoud lief hinter ihm her. Im dreckigen Overall, aber mit sauberen Händen setzte er sich an den Tisch. Nicht neben Hassan, der sich wieder in Schale geschmissen hatte, Anzug, gestreiftes Hemd und Krawatte, sondern zu mir auf die Bank. »Hat deine Schwester eine Wohnung? Ich brauche nämlich ein eigenes Zimmer«, sagte ich.

»Yasmine nich alleine. Ganze Familie zusammen.« Mahmoud malte mit dem Finger einen Kreis auf den Tisch. »Mama Layla, Mama Dima, Fatme, Yasmine, Chaled.« Für jeden Namen machte er ein Kreuz in den Kreis. Dann malte er noch ein Kreuz. »Mahmoud.«

»Du hast zwei Mütter?«

»Natirlich. Wie viele du hast?«

»Keine. Meine Mutter ist tot.«

»Meine Vater auch. Und deine Vater? Wo deine Vater?« Er runzelte die Stirn und starrte mich an, als ob sein Leben von meiner Antwort abhing.

»Ich habe keinen Vater.«

»Kein Vater. Kein Mutter. Tut mir leid, hast du kein Familie.«

»Ali ist meine Familie.« Warum klang das verdammt noch mal wie eine Entschuldigung? Ich malte einen kleinen Kreis und zwei Kreuze hinein. »Ali und ich.«

»Hassan große Familie hat. Stimmt, Hassan?«

Hassan lächelte; nicht sein jungenhaftes, sondern ein zynisches Lächeln. Er malte einen großen Ring, einen sehr großen. Vier Mal tippte er hinein. »Mein Vater und seine drei Ehefrauen.« Es folgte ein Stakkato der Finger. »Neun Brüder und sechs Schwestern.«

»Vater von Hassan viele Lira hat.« Mahmoud rieb Daumen und Zeigefinger aneinander. »Viele, viele.«

»Mahmoud übertreibt. Wenn das stimmte, wären es nämlich vier Ehefrauen. So viele, wie ein Moslem mit Geld heiraten darf.« Hassan lachte. »Mein Cousin wird sich eines Tages vier Frauen leisten können.«

Mahmoud schüttelte den Kopf. »Ich nich bin du.«

»Wir haben noch zu tun.« Hassan griff nach den Autopapieren und dem Schlüssel. »Wo steht der BMW?«

Filou bellte nicht. Filou kratzte nicht. Es war ruhig hinter der Wohnungstür. Bis zum Anschlag glitt sie auf, aber im Flur blieb es still.

»Bleib, wo de bist, Kleene!« Albert kam in seiner gerippten Altmännerunterwäsche aus der Küche. Barfuß. Unrasiert. »Er hat noch einmal tief Luft geholt, gefiept und dann … « Alberts Mund öffnete sich, seine Lippen bewegten sich, aber ich hörte ihn nicht. Seine rot unterlaufenen Augen, sein schaler Atem, seine großen Hände, die mich an seinen Brustkorb pressten, sein Schweißgeruch; meine Stirn, die sich an seinem Feinripphemd rieb, all das war so unwirklich. Ich befreite mich aus seiner Umarmung, ging in die Küche. Filou lag vor seinem Futternapf, seitlich hingestreckt, als schliefe er. Aber sein Ohr zuckte nicht. Sein Brustkorb hob und senkte sich nicht. Filou schnüffelte nicht, fiepte nicht, stöhnte nicht. Meine Finger gruben sich in sein Fell. Filou war nicht mehr heiß und hitzig. Filou war nicht kalt. Filou war lau. Lauwarm. »Filou!?« War das meine Stimme? Dieses Geheul? Ein Knoten saß mir in der Gurgel. Nichts sagen! Nicht sagen, dass Filou zum richtigen Zeitpunkt gegangen war.

Albert trug mich in mein Zimmer, legte mich aufs Bett. Er zog mir die Jacke aus, streifte meine Schuhe ab. »Filou hat lange genug durchgehalten.« Er strich durch mein Haar, über meine Wange. Ich wollte mich an seine Hand schmiegen, aber sie war kalt; kälter als Filou da draußen in der Küche. Ich sank an seine Brust. Sein Brustkorb dehnte sich, fiel zusammen, dehnte sich. »Jetzt hab ich nur noch dich.«

»Ich auch«, schluchzte ich, aber ich ahnte – das war eine Lüge.

Wie ein Dolch zerschnitt der schmale Lichtstrahl, der durch den Türspalt fiel, die Dunkelheit in meinem Zimmer. Ich schlug die Decke zurück, schlich in die Küche. Albert stand am Herd. Rasiert und angezogen.

»Wo ist Filou?«, fragte ich. »Wo sind seine Sachen? Und du … du gehst ins Big Apple? Einfach so?«

«Setz dich. Du musst was essen.« Er klopfte auf seine Armbanduhr. »Es ist schon nach Mitternacht. Im Big Apple geht alles seinen Gang. Mahmoud macht heute den Rausschmeißer und Tarek spielt Kassenfrau. Du wirst drei Tage lüften müssen, um die Mischung aus kaltem Rauch und altem Schweiß wieder rauszukriegen.« Sein Lächeln saß schief in seinem grauen Gesicht. »Nabil und Elke kümmern sich um den Rest. Ich … ich hab dir Leber gebraten, Kleene.«

»Wo ist Filou?« Ich lief ins Wohnzimmer. Der Platz zwischen Couch und Sessel, wo sein zerfledderter Korb mit seinem besabberten Kissen gestanden hatte, war leer. »Wo hast du ihn hingebracht?«

»Hinter den Vorhang im Flur. Morgen früh, wenn du weg bist, begrab ich ihn.«

Filou lag auf seiner Decke, die Leine wie ein schützender Ring um sein Halsband und seine Hundemarke gelegt – wie der Kreis, den ich vor ein paar Stunden um meine Familie gemalt hatte. Da hatte ich Filou schon abgeschrieben. Und er, er hatte es gefühlt und mich verlassen.

8

»Kannste mir mal verraten, Kleene, an wem ich, verdammt noch mal, in den nächsten Tagen meine schlechte Laune auslassen soll?« Mein Onkel hielt mir die Kaninchenfelljacke hin. Das Futter glänzte im gleichen Grau wie seine feuchten Augen.

»Es ist Mai«, sagte ich, strich über meinen Rollkragenpulli, »da brauche ich doch keine Felljacke mehr.«

»Mai hin oder her. Ihr fahrt Richtung Osten. Heute Abend seid ihr im Riesengebirge. Und unterschätz nich' die Nächte in Anatolien.« Er legte mir die Felljacke über die Schulter. »Nich' dass ich wüsste, wovon ich rede, aber du kannst mir trotzdem glauben.« Er grinste. Schweigend lenkte er den Landrover über die Autobahn.

Keine ungebetenen Ratschläge mehr, keine überflüssigen Warnungen. Nur Seufzen. Kopfschütteln. Schulterzucken. Ein verstohlener Blick zu mir, ein unbeholfenes Tätscheln meiner Hand. Vor der rot lackierten Tür parkte er und sagte: »Nimm die Polaroid aus'm Handschuhfach.« Er trug meine Reisetasche und einen Beutel mit Thermoskannen und Proviant in einer Hand, damit er die andere für mich frei hatte; wie früher, wenn ich auf Klassenreise fuhr. Ich schüttelte sie ab. »Wie sollen die mich respektieren, wenn du mich wie ein Kind behandelst?«

Der weiße BMW, ein Saab, ein Passat und ein Citroen standen auf dem Hof. Mahmoud, Hassan und die beiden anderen Fahrer, Antar und Ibrahim, hockten auf der Haube des schwarzen Saab und rauchten. Hassan trug eine wattierte Jacke und eine abgewetzte Cordhose. Mahmoud hatte sich eine Mütze übergestülpt und seinen Schal um den Hals geschlungen. Antar, der Hagere von den beiden anderen, biss auf seine Oberlippe. Ibrahim war jung, sehr jung; wahrscheinlich hatte er noch nicht einmal Bartwuchs. Laut Pass war er dreiundzwanzig, aber das bedeutete ja nichts.

»Merhaba«, rief ich in die Runde.

»Geht gut?«, fragte Mahmoud und trug meine Reisetasche

zu dem weißen BMW, stellte sie in den Kofferraum, auf eine Plastiktüte, zwischen zwei große Kartons. Der eine war aufgeplatzt und quoll über von Klamotten mit Preisschildern. In dem anderen lagen Seifen, Deosprays, Pril, Weißer Riese. Bonbontüten, Kaugummis. Parfum.

»Gibt es so was im Libanon nicht?«, fragte ich.

»Alle Kofferräume sind gefüllt«, sagte Hassan. »Unterwegs bekommen wir dafür frisches Wasser, Kaffee, Gemüse, können duschen. Oder kriegen einen sicheren Parkplatz für die Nacht. Nur was übrig bleibt, verteilen wir im Libanon.«

Albert fuchtelte mit der Polaroidkamera herum. »Maria, stell dich mal neben den BMW.«

»Muss das sein?«

»Mach es einfach.«

Er drückte auf den Auslöser und wedelte mit dem Polaroid, lief um den BMW, schaute sich das Profil der Reifen an, setzte sich auf die Motorhaube. »Sind die Bremsen in Ordnung? Die Stoßdämpfer?«

»Siehst du die Zollkennzeichen, Ali?«, sagte Hassan. »Gestern hat Maria das Auto beim Kraftverkehrsamt vorgeführt und dann durch den Zoll gebracht.«

Albert winkte Hassan und Mahmoud zu sich, tippte mit dem Finger auf das Foto. »Schaut sie euch an, meine Maria. Wenn ihr sie mir nich' genau so zurückbringt – dann gnade euch Gott … oder Allah … oder wer auch immer.«

»Maria, verabschiede dich von Ali«, sagte Hassan nur.

Ich legte den Arm um Alberts Taille und begleitete ihn zum Landrover. Nun war mir doch komisch. Ich zitterte sogar ein bisschen, als ich meine Halskette unter dem Rollkragen hervorzog und Filous Hundemarke hin- und herpendeln ließ. »Er wird mich beschützen«, sagte ich zu meinem Onkel, aber in Wahrheit sagte ich es nur, um mich selbst zu beruhigen. Wortlos fuhr er mit dem Fingerrücken über meine Wange. Wortlos stieg er ein und fuhr davon.

»Es geht los«, rief Hassan, »ich fahre vorn. Ibrahim nach mir. Mahmoud, Maria, ihr folgt als dritte – das gilt für die ganze Fahrt.« Er zeigte auf Antar. »Er wird hinten bleiben. Er und ich, wir sind die Einzigen, die die Strecke kennen.«

Hassan fuhr die erlaubten hundert Stundenkilometer durch die DDR, aber er wechselte ständig die Spur. Ich hatte Mühe, durch die Regenwand vor uns die Fahrbahn zu sehen, ohne in Ibrahims Wasserfontäne zu geraten. Der Abstand zwischen uns dehnte sich wie Gummi. Antar hinter mir drängelte.

Mahmoud drehte die Heizung hoch, verschränkte die Arme vor der Brust und zog den Kopf zwischen die hochgezogenen Schultern. Erst an der Grenze zur Tschechoslowakei schlossen wir wieder zu Hassan und Ibrahim auf. Hassan wurde durchgelassen. Natürlich. Seine Papiere waren ja echt. Ibrahim wurde durchgelassen und der Grenzsoldat winkte uns heran. Ich reichte die Papiere aus dem Fenster. Er blätterte durch meinen Pass, warf einen kurzen Blick auf meinen Führerschein und gab mir beides zurück. Mahmouds Pass und die Fahrzeugpapiere in der Hand, schritt er um den BMW, spähte durch die Heckscheibe, klopfte die Kotflügel ab, nahm die Rücksitze in Augenschein. Wieder an meinem Fenster, gab er mir die Papiere zurück. Geschafft!

Die Autobahn wich einer einspurigen Schnellstraße mit Schlaglöchern. Gleich am ersten Parkplatz machten wir eine Kaffeepause. Mein Herz schlug schneller, als Mahmoud sich ans Steuer setzte, den Gang einlegte und sich an dritter Stelle in den Konvoi einfädelte. Noch keine einzige Minute hatte ich mich gefragt, ob er fahren konnte. Doch genau wie Hassan und Ibrahim scherte er aus, überholte Ladas und andere Fahrzeuge scheinbar mühelos, lenkte den BMW zurück in die Spur und wich den Schlaglöcher aus, durch die ich geprescht wäre.

Prag war grau und trist, nur der regennasse Asphalt glänzte. Abgeblätterte Fassaden, viele Häuser wirkten verlassen. Die wenigen Menschen auf den Straßen, die Gesichter und Klamotten in der Farbe des bewölkten Himmels, warfen unserem Konvoi verstohlene Blicke zu, wandten sich wieder ab. Hinter Prag wurde die Luft trocken, die Landschaft staubig, der Himmel blaugrau. Ohne Pause durchquerten wir die Tschechoslowakei und passierten problemlos die Grenze nach Ungarn. Ich spürte es, meine Angst, wegen der gefälschten Pässe im Ostblock verhaftet zu werden und zu verschimmeln, begann zu bröckeln.

Vor Budapest fuhr Hassan von der Landstraße in einen Feldweg. »Hier verbringen wir die Nacht!« Er zeigte auf ein paar Büsche und Gestrüpp. »Dahinter sind unser Bad und unsere Toilette.« Er breitete zwei Decken aus und legte Brot, Käse, Hühnerfleisch, Oliven für alle darauf. Antar schleppte einen Kanister Trinkwasser herbei. Ein aufgeregtes Durcheinander, Lachen, Rufe. Deutsch, Arabisch. Ibrahim, der Junge mit einer Stimme wie vor dem Stimmbruch, sprach eine Mischung aus beidem, blinzelte dabei oft zu mir herüber. Zu oft, fand ich. Als es dämmerte, klemmte ich meinen Kulturbeutel unter den Arm, stapfte durch das kniehohe Gras und Gestrüpp in die Richtung, aus der die Grillen zirpten. Der Bach fädelte sich zwischen moosigen Steinen hindurch. Beinahe romantisch, hätte ich nicht überall Spinnen und Schlangen befürchtet. Ich krempelte ein Hosenbein hoch und tauchte den Zeh ins Wasser.

»Wir warten!«, rief Hassan.

Ich wusch mir rasch das Gesicht und die Hände, putzte mir die Zähne und hastete zurück. Inzwischen hatte Hassan den Saab so dicht an einen Baumstamm gefahren, dass die Fahrertür blockiert war. Nicht einmal das Stück Seife, das er in der Hand hielt, als er auf der Beifahrerseite ausstieg, hätte dazwischen gepasst. Er deutete mit dem Kopf in die Richtung des BMWs und sagte: »Ich wasche mich jetzt, und wenn ich im Auto sitze, parkst du den BMW neben mir. Du musst so nah heranfahren.« Er zeigte mir den Zipfel seines Handtuchs. »Nur so sind wir in der Nacht sicher. Schaffst du das, Maria?«

Ich ließ ihn stehen, schlenderte zum BMW. Mahmoud hatte schon die Sitze heruntergekurbelt und Decken hingelegt. So sah also mein Bett, unser Bett, in den nächsten Nächten aus.

Mahmoud kam als Erster aus dem Gebüsch, im Unterhemd, den Hosenknopf offen, das Handtuch in den Händen. Aus seinem nassen, glänzenden Haar tropfte Wasser.

Hassan stieg in seinen Saab. »Zuerst ihr, dann Ibrahim, dann Antar«, rief er und schlug die Beifahrertür zu.

»Ich mache«, sagte Mahmoud.

Nichts hätte zwischen den Saab und unseren BMW gepasst. Schon blockierte Ibrahim mit dem Passat den BMW auf meiner Seite. Sein Außenspiegel stieß an meinen Türgriff. Antar war der Letzte; der mit dem größten Risiko, weil die Beifahrerseite zwar ins Gebüsch ragte, aber nicht geschützt war. Mahmoud streckte seine Beine unter dem Lenkrad aus und zog die Decke über sich.

»Gut Nacht, Maria« Er drehte mir den Rücken zu.

Die Grillen zirpten. Es knackte im Gebüsch. Ich schreckte hoch, riss die Augen auf. Ibrahim, nur eine Handbreit von mir entfernt, schlief im Sitzen, seine Stirn drückte sich an die Fensterscheibe. Mahmoud stöhnte. Redete. Seufzte. Wimmerte. Zuckte zusammen. Sein Ellbogen schlug ans Lenkrad. Der Außenspiegel auf seiner Seite schabte am Saab, der Türgriff auf meiner kratzte zart am Passat. Ich sank zurück, deckte mich zu und strich über Mahmouds Rücken. Schnell wurden seine Atemzüge tief und ruhig.

***

Sonnenaufgang. Beschlagene Scheiben. Überraschende Kälte.

Mahmoud schlang die Decke um seine Schultern, kurbelte seinen Sitz hoch, startete den Motor. »Gleich warm«, sagte er und drehte die Heizung hoch. Neben mir rollte der Passat bereits rückwärts. Ich stieg aus und streckte mich. Alle Glieder taten mir weh. Ich nahm das klamme Handtuch und mein Waschzeug und schlich hinter die Sträucher. Feucht und grau lag der Staub auf den Pflanzen. Die Luft roch würzig. Wenn es nur nicht so lausig kalt gewesen wäre.

Hassan bereitete Kaffee, arabischen Kaffee, auf einem

Gaskocher zu, verteilte die Becher. Der Kaffee war viel zu süß und das fein gemahlene Pulver nistete sich zwischen meinen geputzten Zähnen ein. Ich spuckte das Gebräu ins Gras, spülte den Becher aus, bevor ich mir den Rest von Alberts lauwarmem Kaffee aus der Thermoskanne eingoss und die letzten Stullen verteilte. Geflügelwurst für die Männer, Mettwurst für mich.

Wir fuhren durch waldiges Berg- und Hügelland, erreichten Budapests dunkle Hausfassaden. Sie sahen aus wie verkohlt, aber wahrscheinlich war es nur Schmutz. Der gleiche Schmutz, der sich wie ein Film auf meine Haut legte. Wie gerne wäre ich in die Donau gesprungen, als wir die Brücke überquerten, aber wir fuhren weiter; entlang barocker Fassaden und Statuen, verfallener Häuser. Im Stadtzentrum wurden wir von einer Straßenbahn überholt, die die sechs- oder achtspurige Straße in der Mitte teilte. Von beiden Seiten drängelten sich Autos in unseren Konvoi, zerrissen ihn. Mahmoud schlug auf das Lenkrad, hupte, schimpfte. »Wir geverlieren Hassan!«, schrie er und beruhigte sich erst, als der Verkehr dünner wurde und wir uns wieder Hassans Saab näherten, der vor einem Gemüsestand parkte. Frauen mit Kopftüchern und Männer mit Strickmützen standen dort in einer Reihe. Hassan spazierte einfach an den Wartenden vorbei – und wurde sogar bedient.

Mittags, an der Grenze zu Jugoslawien, wurden wir im gleichen scharfen Ton abgefertigt wie bei der jugoslawischen Botschaft in Berlin. Aussteigen. Alle. Die Autoschlüssel wurden eingesammelt, die Pässe. Alle. Die Autos wurden gefilzt. Antar wollte den Wasserkanister aus dem Citroen holen, es wurde ihm verboten. Wir warteten stundenlang, ohne etwas zu essen, ohne Wasser, ohne Schatten. Mahmoud setzte sich zu mir auf den Asphalt, murmelte etwas und wippte vor und zurück. Er rauchte hastig, quälte jede Zigarette bis zum Filter und zerrieb sie mit der Schuhspitze. Ich rauchte genauso viel, aber ich ließ die Kippen vom Wind forttragen. Einem Wind so heiß wie die Sonne, die mir ins Gesicht brannte. Hassan lief hin und her. Die Arme im Rücken verschränkt, blieb vor mir stehen. »Die Jugoslawen lieben Schikanen, aber noch nie hat es so lange gedauert.« Er schaute auf seine Armbanduhr. »Wir brauchen jede Minute in Beirut, um alles zu erledigen.«

Es dämmerte bereits, als ihm die Papiere und die Autoschlüssel endlich ausgehändigt wurden. Er durfte weiterfahren. Kurz danach Ibrahim. Zähe Stunden später, die Dunkelheit hatte sich längst über uns hergemacht und kein einziges Auto passierte noch die Grenze, wurden mir die Autoschlüssel und unsere Papiere in die Hand gedrückt. Ein Fingerzeig. Weiterfahren.

Hassan wartete nur ein paar hundert Meter entfernt. »Jugoslawen lieben Schikanen«, wiederholte er. »Wenn Antar kommt, suchen wir einen Parkplatz und schlafen drei oder vier Stunden.«

***

Samstag, der dritte Tag, und immer noch trug ich den Rollkragenpulli. Nicht einmal frisch machen konnte ich mich, obwohl uns ein Fluss ein Stück nach Belgrad begleitete. Vorbei an kahlen und spärlich bewaldeten Gebirgszügen fuhren wir durch ausgestorbene Orte mit einstöckigen, heruntergekommenen, zum Teil verfallenen Häusern. Wir hielten an einer schäbigen Tankstelle mit einer einsamen Zapfsäule. Hassan tankte als Erster. »Gib mir die Thermoskannen, Maria«, rief er und ging damit über die Straße zu einem alten Mann, der, einen Stock in der Hand, ein paar Gänse bewachte. Der Alte schlich mit den Thermoskannen davon und Hassan setzte sich zu den Gänsen ins Gras. »Bring mir Seife und Deo für den Alten, Maria!«, rief er.

Der Kaffee roch verbrannt und schmeckte bitter. Ich schlürfte ihn trotzdem. An ungenießbaren Kaffee musste ich mich wohl gewöhnen.

Auf den ersten Blick wirkte der Autoput unschuldig. Harmlos zog sich die einspurige Schnellstraße schnurgerade durch die flache Landschaft, aber im verdorrten Gras, nur Steinwürfe entfernt, lagen Autowracks: ausgebrannt, zerlegt. Schrott. Albert hatte mich zwar vor dieser Rennstrecke gewarnt, aber hätte er von dem Autofriedhof gewusst, er hätte mich garantiert nicht fahren lassen.

»Sei vorsichtig«, warnte ich Mahmoud.

»Ich keine Angst habe«, antwortete er und scherte aus, raste an Ibrahim vorbei, trommelte mit den Fäusten auf das Lenkrad und juchzte. Er schloss zu Hassan auf, der wutschnaubend gestikulierte, aber Mahmoud schaute geradeaus, auf einen dunklen Punkt am Horizont, stemmte seinen Fuß aufs Gaspedal, blieb auf der Gegenfahrbahn und lenkte den BMW neben dem Saab auf den herannahenden, mittlerweile faustgroßen Fleck zu.

»Hör auf damit. Du bringst uns um!«

»Nur Spaß«, lachte er.

Grelles Hupen, das zu einem Sirenenton anschwoll. Nur schemenhaft nahm ich wahr, dass der schwarze Saab neben uns zurückfiel; wie ein Schatten, der sich von uns abwandte, bevor er in den Tod gerissen wurde. Mahmoud lenkte in die Spur zurück. Gerade noch rechtzeitig. Das dunkle Auto, eben noch vor uns, raste an uns vorbei. Ich hielt den Atem an. Die Angst nicht zeigen! Die Angst nie zeigen, hatte Albert mir stets gepredigt. Die Landschaft flog an mir vorbei. Hassan überholte uns, fuhr auf den nächsten Parkplatz, rutschte über den Schotter. Fontänen von Kieselsteinen prasselten gegen einen morschen Tisch und Holzbänke. Hassan sprang aus dem Saab, zerrte Mahmoud aus dem BMW und drückte ihn auf die Motorhaube. Es klatschte. Bebend, mit zitternden Knien stieg ich aus. Hassans Gesicht war wutverzerrt und schweissnass. Er brüllte. Ibrahim und Antar rannten auf ihn zu, packten ihn, zogen ihn von Mahmoud weg und hielten ihn fest. Erst als Hassans Atem flacher und seine Stimme leiser wurde, ließen sie ihn los. Kopfschüttelnd ging er zum Saab, drehte sich um und schrie Mahmoud nochmals an. Dann warf er das Gemüse aus Budapest und die Oliven aus Berlin auf den Tisch, fuhr mit der Messerklinge an seinem Hosenbein auf und ab, stach in eine Olive und zog sie mit den Zähnen von der Messerspitze. Den Kern spuckte er Mahmoud ins Gesicht. Beide begannen lauthals zu lachen.

»Dreht ihr jetzt durch?«, schrie ich. Hassan sah mich an, als sei ich diejenige, die Mist gebaut hatte. Ich lief über die Wiese und setzte mich ins Gras. In meinem Rücken dröhnte das Lachen der Männer, als sei alles nur ein Spiel gewesen. Überall lagen Kieselsteine. Ich nahm eine Handvoll, knetete sie. Es piekte und stach. Eine blaue Glasscherbe hatte sich in meine Handfläche gebohrt. Blut sickerte aus der Wunde, die Scherbe funkelte im Sonnenlicht. Ich zog sie heraus und zielte auf eine rostige, verbeulte Büchse im Gras. Klack!

»Alles in Ordnung?«, fragte Ibrahim hinter mir.

»Was schleichst du dich so an? Lass mich in Ruhe.« Ich wischte das Blut an meiner Hose ab, stand auf und machte einen großen Bogen um die Männer. Ich sah ein ausgebranntes Autowrack, auf dem Dach liegend wie ein Käfer auf dem Rücken. Von der Straße abgedrängt, totgestrampelt, liegen geblieben. Ich stieg in den BMW und knallte die Tür zu. Dieser verdammte Parkplatz war viel zu nah an der Straße. Der BMW zitterte jedes Mal, wenn ein Auto vorbeischoss. Wie ich. Ich fröstelte. Ich schwitzte. Und die Männer da draußen? Klack. Pfiffe. Klack. Klack. Händeklatschen. Die verbeulte Büchse stand jetzt auf dem Tisch. Hassan spuckte einen Olivenkern aus. Mahmoud blähte die Wangen, reckte den Hals – klack. Hassan applaudierte. Mahmoud drehte mir den Rücken zu, seine Schultern zuckten, sein Rücken zuckte. Offenbar fand er das alles sehr lustig. Da vertraute ich ihm verdammt noch mal mein Leben an und er hätte es in den Asphalt gerammt, ohne mit der Wimper zu zucken. Diese Männer lebten in einer anderen Welt. Albert hätte sich Zutritt zu dieser Welt verschafft, aber Albert war nicht hier. Um diese Uhrzeit lag er wahrscheinlich im Bett und schlief.

Noch fast zweitausend Kilometer lagen vor uns, und ich, ich stand alleine da. Ich legte beide Hände um das Lenkrad, stemmte den Fuß aufs Gaspedal. Und wenn ich einfach losfuhr? Würde ich es alleine, nur mit den Landkarten, bis in den Libanon schaffen? Möglich. Aber dort war ich die Analphabetin und mit Yalla oder Oualla kam ich nirgendwo hin. *È* hieß ja und *la* hieß nein. *Schu* hieß was und *lesch* warum. Und mit *Scharmuta* oder gar einem *Kissortak Scharmuta,* deine Schwester ist eine Hure, landete ich bestenfalls im nächsten Straßengraben. *Schukran* für danke könnte ich sagen und *afwan* für bitte, gerngeschehn. Und falls mir trotzdem niemand half, blieb mir nur ein *marid* und die Hoffnung, dass jemand Mitleid mit einer kranken Ausländerin hatte. Am Ende wäre ich nicht mal in der Lage, diesen scheiß BMW zu verkaufen. Ich rutschte auf den Beifahrersitz und wartete, drehte den Rückspiegel zu mir. Ich sah schlimm aus. Mein Nasenrücken verbrannt, meine Wangen glühten. Die Haare klebten an den Schläfen und hingen in dünnen Strähnen herab. Mein schweißnasser Pony war aus der Stirn geschoben. Meine Narbe, hell und hässlich, grinste mich geradezu an. Was hast du dir eigentlich gedacht?, fragte ich mein Spiegelbild. Dass ihr Freunde seid? Dass er nicht nur auf dich steht, sondern dich sogar mag? So wie du ihn? Du magst ihn doch – gib's zu. »Kissortak Scharmuta!«, fauchte ich, zündete mir eine Zigarette an und paffte den Rauch an die Scheibe.

Die Sonne war untergegangen und wir hatten die Grenze nach Bulgarien passiert. Wir fuhren in einen Feldweg. »Heute werden wir uns etwas kochen«, sagte Hassan.

Ich hatte keinen Hunger. Ich hatte genug. Von ihm, von Mahmoud. Von allen. Ich griff den Kanister, schüttete Wasser in meinen Becher und trank es so gierig, dass es mir aus den Mundwinkeln lief. Dann drehte ich meinen Sitz herunter, wickelte mich in meine Decke.

Irgendwann klappten Autotüren. Motoren wurden gestartet, die Fahrzeuge nebeneinander geparkt. Abgewandt lag ich da und fror; meine Zähne klapperten. Mahmoud breitete die Kaninchenjacke über mir aus. »Schukran«, sagte ich und zog die Jacke bis unter mein Kinn.

»Habe ich Angst gemacht?«, fragte er.

»Du hast mir keine Angst gemacht, du hast mich geweckt.«

»Heute Mittag, ich meine.«

Ich drehte mich um. So abrupt, dass das Chrom wieder am Saab neben uns schabte. »Wenn du krepieren willst, ist das deine Sache. Aber lass mich da raus!«

»Tut mir leid. Sehr, sehr« Er stützte sich auf den Ellbogen, legte seinen Kopf in die Handfläche.

Nur schemenhaft konnte ich ihn sehen, aber ich konnte seinen Blick fühlen bis in meine Haarspitzen. »Glotz nicht so.« Ich wollte seinen Ellbogen wegdrücken, aber Mahmoud nahm meine Hand, rieb sie an seiner rauen Wange. Ich wollte sie zurückziehen, aber sie wollte bei den Bartstoppeln bleiben. Mit einem Finger strich Mahmoud über meinen Handrücken. »Warum fehlt dir ein Stück von deinem Finger?«, fragte ich.

»Warum du will wissen?«

»Weil jede Narbe eine Geschichte hat und ich deine hören will.«

»Nich wichtich.«

»Okay, dann erzähle ich dir meine Geschichte und dann erzählst du mir deine.« Ich führte seine Hand an meine Stirn. »Du hast die Narbe gesehen, als ich dich eingeschleust habe. Weißt du noch?«

»Ja.« Sanft fuhr Mahmoud die Konturen entlang.

»Meine Mutter hatte einen Freund, einen brutalen Freund.«

»Deine Vater?«

»Vielleicht. Sie schaffte es nicht, sich von ihm zu trennen. Onkel Albert – Ali – hat ihn ein paar Mal vertrimmt … verprügelt … aber das änderte wohl nichts. Eines Tages brachte meine Mutter mich zu Ali. Ich hatte einen Verband um den Kopf. Pass auf Maria auf, ich kann das nicht, hat sie zu Ali gesagt und ist mit ihrem Freund nach Hamburg gegangen. Auf die Reeperbahn.«

»Aber wie das passiert?« Sein Finger lag immer noch auf meiner Narbe.

»Das weiß ich nicht. Ich war noch klein. Drei Jahre alt. Alles was ich darüber weiß, habe ich dir eben erzählt. Meine Mutter konnte ich nie fragen. Sie ist gestorben.« Schnell, bevor ich wieder traurig wurde, sagte ich: »Jetzt bist du dran!«

»Geverloren in Werkstatt von Abu Saji. Ein Monat, bevor ich gekomme nach Berlin.« Mahmouds Gesicht war mir so nahe, dass die Konturen verwischten. Sein Atem wärmte meine Stirn. Seine Lippen legten sich auf meine Narbe. Sie küssten meine Augen, das rechte, das linke; küssten meine Nasenspitze. Seine Lippen legten sich in die Kuhle unter meiner Unterlippe, verharrten dort und fanden endlich, endlich meinen Mund. Mahmoud glitt zu mir herüber, rieb sich an meinem Oberschenkel, legte ein Bein zwischen meine. Wir hörten das Schaben des Chroms, hörten unseren Rhythmus. Mahmoud hielt inne, hob den Kopf, sank wieder zu mir herab, rieb sich an mir. Sanft, aber nicht sanft genug, denn wie unsere Körper rieben sich der BMW und der Passat aneinander.

»Na und?«, flüsterte ich und kicherte, doch Mahmoud rollte zurück auf seinen Sitz. »Das ohne Respekt. Schuldigung«, sagte er und zog sich seine Decke über den Kopf.

Er ließ mich allein mit meiner Lust? Einfach so? Genauso wie er mich ein paar Stunden zuvor mit meiner Angst allein gelassen hatte? Mein Körper begriff es nicht, meine Hand schlich unter seine Decke, suchte ihn. Aber Mahmoud schob meine Hand weg. »Gut Nacht, Maria.« Bald atmete er gleichmäßig, aber wieder und wieder zuckte er zusammen und Chrom schabte an Chrom. Diesmal ließ ich ihn alleine.

***

Die Scheiben waren beschlagen. Nicht einmal die Morgensonne sah, dass meine Hand auf Mahmouds Hintern lag, die feste Rundung entlangfuhr, sich sein Rückgrat hinauftastete, über sein Schulterblatt, sich an ihn schmiegte, getrieben von der

Ahnung, was zwischen uns hätte passieren können. Mahmoud schob meine Hand weg. Er streckte seine Beine unter dem Lenkrad aus, setzte sich und rieb die Scheibe frei. »Gut Morgen, Madame.«

Ich antwortete nicht. Ich verkroch mich wieder unter der Decke und irgendwie gelang es mir, wieder einzuschlafen.

Die Luft flimmerte vor Hitze, als ich wach wurde. »Wir sind in Sofia. Hier werden wir essen gehen«, hörte ich Hassan sagen. Essen? Viel dringender brauchte ich eine Dusche. Seit Tagen in denselben Klamotten und, schlimmer noch, in derselben Wäsche, dreckig von den Haarspitzen bis zu den Fußsohlen. Ich stank. In der Hoffnung, mich endlich waschen und umziehen zu können, folgte ich den Männern über die stark befahrene Straße, doch Hassan steuerte auf etwas zu, das schlimmer aussah als jede Spelunke. Dagegen war das Aschinger am Bahnhof Zoo, wo Onkel Albert mich früher wegen der Kartoffelsuppe hingeschleppt hatte, ein Nobelrestaurant gewesen. Ich prallte gegen eine stickige Wand aus Dunst; Dunst von verbranntem Fleisch, verkohltem Holz und altem Schweiß. Dunkle, bärtige Gesichter schauten auf. Hassan deutete auf die Hintertür. »Im Hof ist eine Toilette.«

Zwischen einem Stapel Kisten und aufgeweichten Kartons lehnte ein Regenschirm an einer Bretterbude. Ich riss die Tür auf. Ein verrotteter Verschlag. Kein Dach. Kein Waschbecken. Keine Kloschüssel. Nichts als ein Loch im Boden, an beiden Seiten verwitterte, glitschige, bespritzte Bretter. Aufgescheuchte grünschwarze Fliegen brummten. Ich warf die Holztür zu, der Regenschirm fiel um; ich lief durch die Spelunke zurück zum BMW.

»Was ist los?« Hassan packte mich am Arm.

»Hast du dir das Klo angesehen?«

»Ich war bereits hundertmal hier, Maria. Dies ist keine Urlaubsreise. Wir arbeiten. Vergessen? Komm essen.«

»Essen? Da drin? Mir ist schon schlecht.«

»Dann spiel eben Prinzessin.«

Da stand ich, starrte auf den staubgrauen BMW, Vogelscheiße auf dem Dach, tote Insekten auf der Frontscheibe, dem Kühler. Und ich? Dreckig wie noch nie in meinem Leben, benahm ich mich wie eine verwöhnte Göre. Ich wischte meine Hände an der Hose ab und ging zurück zu den anderen. Mahmoud rutschte an den Rand der schmalen Holzbank, drückte mir ein Stück Brot in die Hand und schob seinen Teller, bis zum Rand mit einer undefinierbaren Brühe gefüllt, zu mir herüber. Ich tunkte das Brot hinein. Hassan hatte den Fraß bis heute überlebt. Und das würde ich auch.

Bei Edirne überquerten wir die Grenze zur Türkei. Am Nachmittag hielt Hassan an. »Wir besuchen nachher eine türkische Familie. Dort werden wir duschen, zu Abend essen und übernachten. Zieht euch saubere Sachen an.«

Mahmoud stopfte seine Klamotten unter den Sitz und stieg in Shorts, Ibrahim trug nur eine grüne Badehose. Ich zog meine Hotpants an, streifte ein enges Shirt über und versuchte zu ignorieren, dass Ibrahim herüberschielte. Es gelang mir nicht, also gaffte ich zurück. Seine Schultern waren nicht die eines Jungen, sondern eines Mannes. Seine Arme waren sehnig, seine Schenkel muskulös.

»Sei nicht so respektlos und zeig deinen Körper wie eine Prostituierte«, fuhr Hassan mich an. Mit einer Geste, die wohl „Geh mir aus dem Weg“ bedeuten sollte, schaute er an mir hinab.

»Du hast sie wohl nicht alle«, sagte ich nur.

Antar scharrte verlegen mit dem Fuß auf dem harten Boden.

Mahmoud ging zum Kofferraum, wühlte in dem aufgeplatzten Karton. Er zog eine Bluse und eine Hose heraus, riss die Preisschilder ab, knöpfte die Bluse auf und hielt sie mir hin. »Fir dich, Madame. Mehr schön.« Er lächelte mich an.

Perlmuttknöpfe, Rüschen am Kragen, an der Knopfleiste, an den Manschetten. Weit und lang. Für eine Dusche hätte ich fast alles getan. Ich streifte mir die Bluse über und zog die viel zu weite Hose über die Shorts.

Gegen Abend fuhren wir auf eine Tankstelle. Hassan verteilte Kaugummis und Bonbons an Kinder, die um sein Auto hüpften. »Ich begrüße den Hausherrn, dann zeige ich dir die Dusche, Maria.«

Wieder ein Verschlag, aber hell und sauber. Auf dem Dach lag ein Fass. Ich legte den Kopf in den Nacken und ließ mich berieseln. Es fühlte sich verdammt gut an, das von der Sonne aufgeheizte Wasser, vermischt mit dem kalten aus dem Schlauch. Beinahe fühlte ich mich wieder wie ein Mensch. Beinahe, aber Hassan drängelte.

»Mach schnell. Das Wasser ist für alle.«

Ich wickelte mich in mein Handtuch, wollte an Hassan vorbei, aber er ergriff meinen Arm. »Sie freuen sich, dass eine deutsche Frau dabei ist. Benimm dich so, dass ich wiederkommen kann.«

»Du mich auch.«

In der viel zu braven Bluse und der viel zu weiten Hose, mein nasses Haar zu einem Zopf geflochten, folgte ich wenige Minuten später dem Duft, der mich in die Küche zu den Frauen führte. Ich stellte zwei Flaschen Parfum für sie auf den Tisch und schaute einem Mädchen zu, das eine Melone in Streifen schnitt; rosaroter Saft tropfte von ihren Fingern. Mir lief das Wasser im Munde zusammen.

Ich aß bei den Frauen und Kindern. Sie tuschelten und kicherten, rieben meinen Zopf zwischen ihren Fingern, als wollten sie herausfinden, ob die helle Farbe echt war. Die alte Frau am Tisch leerte ihren Teller, ohne aufzublicken, drehte sich eine Zigarette und ging aus dem Haus. Schweigend folgte ich ihr, setzte mich zu ihr unter die schwache Laterne und rauchte. Bald kam Mahmoud zu uns heraus. Er bot der Frau eine Zigarette an. Sie wechselten ein paar Worte miteinander, während sie am Tabak roch, den Filter abriss und die Zigarette unter ihr Kopftuch schob.

»Das Mutter von Mann. Sie friher leben in Sirien. Sprechen tirkisch und arabisch« sagte Mahmoud. »Frau fragt, warum du nich will schlafen in Haus?«

»Wie … was meinst du?«

»Hassan gesagt hat, du nich will.«

Ich drückte die Zigarette aus. »Ach, hat er das.«

»Komm gespazieren.«

Mit der Dunkelheit hatte sich Kälte angeschlichen. Die Straße, die in den Ort führte, war menschenleer, aber Mahmoud schaute sich trotzdem um, bevor er den Arm um meine Schultern legte. »Hose und Hemd ich habe fir dich gekauft.« Er wirkte verlegen. »Alles deine Farbe.« Er deutete auf die Bluse, auf meine Augen, machte einen Schritt auf mich zu. Es knackte, als würde Onkel Albert auf eine Paranuss beißen. Ich fuhr zusammen, aber es war nur ein Zweig unter Mahmouds Schuhsohle. Seine Hände schmiegten sich um meine Wangen. Nicht um meinen Hintern. Nicht um meine Brüste. Nicht zwischen meine Beine. Um mein Gesicht. Das war keine Lust. Das waren Gefühle. Ich legte die Finger auf seine Hände.

»Mahmoud!« Das war Hassan.

Mahmoud ließ mich los, stieß mich geradezu von sich und machte einen Schritt zurück. »Ich … tut mir leid. Schuldigung, Madame.« Er warf mir den Autoschlüssel zu, sagte: »Gut Nacht«, drehte sich um und lief davon.

Hätte er wenigstens gezögert, nur einen Moment lang, das hätte mir gezeigt, dass er die Störung bedauerte. Aber nicht einmal einen Blick hatte er übrig für mich.

Das Gelächter der Männer zerschnitt die Stille.

Ob Mahmoud ihnen erzählte, dass er mich haben könnte, wenn er wollte? Vielleicht wartete in Beirut eine Frau auf ihn und ich blöde Kuh hatte auch noch dafür gesorgt, dass er zu ihr kam. Albert würde sich totlachen über so viel Dummheit. Weiber, würde er sagen. Mehr nicht. Wie ich ihn vermisste, ihn und seine schlechte Laune. Es war Pfingstsonntag; bestimmt brummte es im Big Apple und er zerkaute Nüsse im Akkord, weil die ganze Arbeit an ihm hing. Und ich, ich musste mich endlich auf das konzentrieren, weswegen ich hier war. Um Geld zu verdienen.

***

Eine Nacht später, irgendwo zwischen Istanbul und Ankara, redete Mahmoud wieder im Schlaf. Er kauerte sich auf dem Sitz zusammen. Er wimmerte, stöhnte, zuckte – bis ich meine Hand auf seinen Rücken legte. Nur, um selbst endlich einschlafen zu können. Ibrahim im Passat neben mir schlief wieder im Sitzen, seine Jacke im Nacken, den Kopf seltsam abgeknickt. Das Mondlicht war schwach, aber ich sah es trotzdem. Ibrahim starrte zu mir herüber. Ich sank in den Sitz, zog die Decke bis zum Kinn.

Außer ein paar Baufahrzeugen begegneten wir niemandem bis in den Vormittag hinein. Ab und zu blitzte die Sonne in die vom aufgewirbelten Sand blinde Heckscheibe des Passats vor uns. Sand, der auch in den BMW kroch, zwischen meine Zähne, unter meine Lider. Die Bremslichter vor uns leuchteten kurz auf. Wir passierten eine eingefallene Hütte, aus deren Schatten ein Mädchen trat. In rot geblümtem Rock, rosa Bluse und weißem Kopftuch; was für eine Explosion von Farben in dieser Einöde. Das Mädchen trieb eine Ziegenherde zu einer Mauer aus Feldsteinen. Ihr Blick glitt von Hassans Saab zu Ibrahims Passat und blieb an meinem blonden Haar hängen. Schnell senkte sie den Kopf und drängte die Ziegen zu den bizarren Felsen, die sich in einiger Entfernung aneinanderdrückten.

In Ankara warf die Mittagsonne sengendes Licht in die Straßenschluchten. Es stank nicht nur nach Abgasen, es roch nach gebrannten Mandeln, ein Duft, der mich noch begleitete, als wir längst durch die Berge hinter der Stadt fuhren. Wie kühl es dort war. Karg und menschenleer. Nur ein klappriger Esel, beladen mit zwei Strohkörben, stand auf der asphaltierten Bergstraße und scharrte mit dem Huf. Hassan streckte die Hand aus dem Fenster.

Anhalten.

Männer mit Tüchern vor den Gesichtern, Maschinengewehre im Anschlag, kamen hinter einem Felsen hervor und versperrten die Straße. Blitzschnell zählte ich. Armeejacke. Beigefarbene Weste. Turban. Arafattuch. Braune Pumphose. Strickmütze. Ockerfarbenes Hemd. Baskenmütze. Vollbart. Neun. Sie waren neun. »Was wollen die?«, flüsterte ich. »Was sollen wir machen?«

»Nicht sprechen«, fuhr Mahmoud mich an.

»Ali würde sagen: farblos bleiben; leise, dezent und unaufgeregt durchschlüpfen.« Ich wartete auf die Wirkung, die das Nachplappern des Satzes sonst auf mich hatte. Vergeblich. Erst recht, als Hassan ausstieg und dem Mann in der Armeejacke die Hand reichte. Hassan kannte die Typen! Sollte mich das beruhigen? Ich kurbelte die Scheibe herunter, aber Hassan sprach natürlich Arabisch. Er klang ganz ruhig, als er seine goldene Armbanduhr abstreifte und in die ausgestreckte Hand seines Gegenübers warf. »Macht den Kofferraum auf!«, rief er uns über die Schulter zu. »Sie suchen sich aus, was sie haben wollen!«

Der mit der Weste und sandfarbener Hose baute sich vor dem Passat auf. Ibrahim war ausgestiegen und hielt ihm seine Brieftasche hin. Der mit dem Arafattuch vorm Gesicht marschierte auf unseren BMW zu. Sein weites, seitlich geschlitztes Hemd flatterte bei jedem Schritt vor den Lauf seines MGs. Mahmoud riss die Autotür auf. »Du bleib hier«, flüsterte er mit Blick auf den mit dem Turban, der sich auf meiner Seite näherte, da wurde meine Tür schon aufgerissen. Merkwürdig junge Augen in einem zerfurchten, dunklen Gesicht, einem Gitter aus Falten, gafften mich an. Der Mann legte seine dreckige Hand um meinen Oberarm, packte so fest zu, dass sich seine schwarzen Fingernägel in meine Haut gruben. Ein scharfer, undefinierbarer Geruch stieg mir in die Nase. In seine behaarten Handrücken hatte sich Staub und Dreck eingenistet, die Uhr an seinem Handgelenk jedoch, das große Zifferblatt und das Lederarmband – alles sauber. Blitzblank. Ich wurde aus dem BMW gezogen, fiel auf die Knie. Schnürstiefel ohne Schnürsenkel schritten an mir vorbei und wirbelten mir

Sand ins Gesicht. Ich stand auf und der Blick des Turbanträgers wanderte von meinen Brüsten hinab zu meinen Beinen. Trotz der langen Hose, trotz der weiten Bluse fühlte ich mich nackt. Ich reckte das Kinn, pustete den Pony aus der Stirn. Was für ein lächerlicher Versuch, ihn abzuschrecken. Er bugsierte mich hinter den BMW und machte den Kofferraum auf. »Du kannst alles haben«, sagte ich ruhig, gab ihm meine Kaninchenjacke und zog den Reißverschluss meiner Reisetasche auf. Er zerrte mein gelbes Shirt und meine Shorts heraus. Achtlos warf er die Sachen auf den Boden und schmiss meine Jingle Jeans hinterher. Stutzte, als das Glöckchen bimmelte. Trat mit seinem Stiefel danach und ließ die Jeans mit einem verächtlichen Grinsen durch die Luft segeln. Wühlte wieder in meiner Reisetasche, bis er meine Slips fand. Den roten stülpte er über den Lauf des MGs und schwenkte ihn wie eine Flagge. Die Flagge des Siegers. Mahmoud wollte sich auf ihn stürzen, aber der mit dem Arafattuch rammte ihm das MG in den Magen. Mahmoud stöhnte auf. Die steile Falte zwischen seinen Augenbrauen grub sich tief ein. Er sackte zusammen. Hustete. Würgte. Der mit dem Turban lachte und schritt mit meiner Kaninchenjacke davon, das MG mit dem herabhängenden Slip über der Schulter. Der mit dem Arafattuch hielt sein Gewehr immer noch stoßbereit. Er schnauzte Mahmoud an, bis er ihm sein Portemonnaie gab, und stopfte die Dollars in seine Hosentasche. Das Portemonnaie schleuderte er in den Sand. Dann schnellte sein Arm auf mich zu. Es ruckte in meinem Nacken, meine zerrissene Halskette baumelte aus seiner Faust. Er biss in Filous Hundemarke, spuckte das Stück Blech aus und ließ die Kette in seine Hosentasche gleiten, schnipste mit den Fingern und klopfte auf meine Armbanduhr.

»Das ist Modeschmuck. Die ist einen Scheiß wert.«

Doch er klopfte auf das Zifferblatt, bis ich die Uhr abmachte, steckte sie ein, beugte sich in den Kofferraum und riss so viele Klamotten aus dem aufgerissenen Karton, wie er tragen konnte. Zuletzt verpasste er Mahmoud einen Tritt und schritt ebenfalls davon.

Sie warfen ihre Beute in die Körbe auf dem Esel und führten ihn von der Straße. Hassan reichte dem Anführer in der Armeejacke wieder die Hand. »Yalla! Wir fahren weiter!«, rief er und stieg ein.

Ich hob die Hundemarke auf, rieb mit dem Daumen darüber. Verbogen war sie und hatte Bissspuren. Ich steckte sie in die Hosentasche. Dann kümmerte ich mich um Mahmoud, half ihm auf den Beifahrersitz, sammelte meine Sachen ein, warf sie in den Kofferraum und setzte mich ans Lenkrad, reihte mich hinter Ibrahim in den Konvoi ein. Mahmoud steckte sich eine Zigarette zwischen die Zähne, sog den Rauch tief ein. Er zog sein Hemd hoch und tastete mit beiden Händen die dunkelrote, faustgroße Stelle in Magenhöhe ab. »Kissortak«, zischte er. »Kissortkon schramit.«

»Tut bestimmt scheiß weh«, sagte ich. »Ich möchte wissen, was Hassan mit denen zu tun hat.«

»Du spinn«, fauchte Mahmoud. »Mein Cousin nich hat zu tun!«

»Nein? Und warum haben sie den Saab nicht angerührt? Fragen wir Hassan!« Hart schaltete ich die Gänge hoch, überholte Ibrahim.

»Bist du verrickt? Anhalten! Sofort!«, schrie Mahmoud mich an, aber ich hörte nicht darauf. Da zog er die Handbremse. Der BMW rutschte, drehte sich und spie eine Sandfontäne über den Passat.

Alle hielten an, die Motoren liefen.

»Wenn hier einer verrückt ist, dann du. Fahr alleine weiter!« Ich stieg aus und lief zu Hassan. Orientalische Musik dröhnte aus dem Saab. Auf dem Beifahrersitz lagen Musikkassetten, die Tür war verriegelt. Ich klopfte an die Scheibe, bis Hassan sie endlich herunterkurbelte. »Ich fahre bei dir mit!«, sagte ich mit bebender Stimme.

Er warf die Kassetten ins Handschuhfach. Und da sah ich sie. Die Uhr, die er eben dem Straßenräuber gegeben hatte, lag im Handschuhfach. Ich stieg ein, machte die Musik leiser und fragte: »Passiert das öfter?«

»Die wollen immer nur ein paar Sachen«, antwortete er. »Heute wollten sie mehr. Wegen dir.«

»Hast du gesehen, was sie mit Mahmoud …«

»Seine Schuld.« Hassan fuhr los und schaute in die Richtung, in der mein roter Slip im Wind wehte. »Sie hätten sich mehr von dir nehmen können als Wäsche.«

»Von dir auch.« Ich tippte auf seinen breiten, goldenen Ehering. »Warum haben sie dir den gelassen?«

»Weil ich ihnen nicht nur die Uhr gegeben habe, sondern alle meine Dollars, damit sie dich nicht anrühren. Morgen kaufe ich mir eine neue Uhr in Beirut.« Sein gerötetes Gesicht, die ertrunkenen Sommersprossen verrieten ihn. Wusste er das nicht? Er drehte am Radioknopf, bis er einen arabischen Sender fand. Am Horizont ragten graubraune Berge empor. »Das ist das Taurusgebirge«, sagte Hassan, »hinter Adana werden wir noch einmal übernachten. Morgen überqueren wir die syrische Grenze. In weniger als vierundzwanzig Stunden werden wir im Libanon sein.«

Im Libanon. Krieg. Bomben. Panzer. Maschinengewehre. Straßenplünderer. Und einen Gegner in den eigenen Reihen. Hassan log, Hassan betrog, und ich war viel zu weit weg von zu Hause.

Erst spät in der Nacht bogen wir von der Landstraße in einen Feldweg ab. Kies knirschte unter den Reifen, Sträucher klatschten an die Scheiben. Hinter einer Baumgruppe hielt Hassan an. Er massierte seine Handgelenke. »Feierabend«, sagte er. »In vier, fünf Stunden fahren wir weiter. Und jetzt steig aus, Maria.« Er zog eine Flasche unter seinem Sitz hervor und schraubte den Deckel ab. »Oder willst du mir beim Pinkeln zusehen?«

Mein Gesicht war rau wie Schmirgelpapier. Überall Staub und Sand, in jede Pore hatte er sich eingegraben. Müde, zu müde, den Wasserkanister hinter die Sträucher zu schleppen, mich zu waschen und mir die Zähne zu putzen, schlich ich zum BMW. Und Mahmoud? Im nebeldichten Zigarettenrauch saß er nur da, die Hände am Steuer, und starrte auf den knorrigen Baumstamm im Lichtkegel der Scheinwerfer. Aus dem überfüllten Aschenbecher ragten Kippen. Auf der Konsole lag eine Zigarette, bis zum Filter verglüht, ins Plastik eingebrannt. Nur einen Spalt breit kurbelte ich die Scheibe herunter, machte mein Bett und deckte mich zu. »Hast du noch Schmerzen?«, fragte ich.

Schweigen.

Unsere letzte Nacht, aber ich würde Mahmoud nicht anbetteln, mit mir zu sprechen. Schon die Augen aufzuhalten, war zu mühsam.

»Du mich hast alleine gelassen. Ganze Tag«, sagte Mahmoud.

Der BMW ruckelte.

»Aber ich hatte recht. Hassan hängt da mit drin.« Ich streckte meinen Arm aus, aber der Sitz neben mir war leer.

***

Mein Körpergefühl am nächsten Morgen glich dem Geschmack in meinem Mund: pelzig. Und trotzdem, ich blieb einfach liegen und döste, während der Konvoi sich wieder auf den Weg machte. Mahmoud rauchte eine Zigarette nach der anderen. Das Feuerzeug hatte so oft geklickt, dass der Tag schon ziemlich alt sein musste, als er anhielt, den Motor abstellte und die Fahrertür öffnete. Die dicke, verqualmte Luft füllte sich mit mildem Duft, so frisch, dass er auf meiner Haut prickelte. Ich hielt die Augen geschlossen. Da hörte ich das an- und abschwellende Rauschen.

Das Meer!

Noch nie war ich am Meer gewesen.

Ibrahim und Antar sprangen bereits kopfüber in die Wellen.

Auf dem Rücksitz, zwischen Thermoskannen, Wasserkanister und ein paar Essensresten, stülpte ich mir die Decke über und schlüpfte in meinen Bikini. »Kannst du schwimmen?«, fragte ich Mahmoud.

»Natirlich! In Beirut ist Meer. Wirst du gesehen. Heute.«

In Beirut. Heute. Nur noch durch Syrien. Abends in Beirut. Nicht denken, nicht reden – und nicht auf die neugierigen, abwägenden Blicke achten. Die Arme vor der Brust verschränkt, die Augen auf meine nackten Füße gerichtet, die sich in den heißen Sand gruben, lief ich ans Wasser und warf mich in die Brandung. Ein kräftiger Schwimmstoß, und noch einer. Das tat gut. Im Schwimmunterricht hatte ich alle abgehängt, auch die Jungs, aber Mahmoud schien ein guter Schwimmer zu sein. Er kniff mir in den Zeh, streifte meine Wade, beide Waden. Griff nach meinen Schenkeln. Ich strampelte, machte mich los, schwamm auf dem Rücken. Er streckte die Arme wieder nach mir aus. Unter Wasser fühlte er sich offenbar sicher vor Hassan, der am Ufer mit dem Gaskocher hantierte. Neben ihm – stand Mahmoud! Und wer griff da nach mir? Ich strampelte, ruderte mit den Armen. Der Angreifer, ein Schatten im Meer, drehte ab, schwamm davon, aber ich erkannte ihn an der Badehose.

Der dunkelrot-schwarze Bluterguss auf seinem Bauch sah verheerend aus; langsam und gekrümmt wie ein alter Mann kam Mahmoud mir entgegen, reichte mir einen Kaffeebecher. »Jetz alles gut?«, fragte er. Ich nickte nur, roch an dem süßen Zeug im Becher. Ibrahim stand neben dem Passat, schüttelte seinen Kopf wie ein nasser Hund und tupfte mit einem T-Shirt seinen Bauch ab. Ich schlenderte zu ihm, stellte mich vor ihn und goss den heißen Kaffee über seinen nackten Füßen aus. Ibrahim schrie auf. Seine Finger gruben sich ins T-Shirt, seine Zehen in den Sand wie die Krallen eines Vogels. Ich wandte mich von ihm ab, sein Zischen und nach Luft Schnappen im Ohr.

Mahmoud, Hassan und Antar saßen nebeneinander und rasierten sich zum ersten Mal, seit wir losgefahren waren. Das Kinn in die Höhe gereckt, presste Mahmoud die Lippen zusammen und schabte mit dem Messer, mit dem er in den letzten Tagen Brot, Gemüse und Fleisch geschnitten hatte, über seine eingeseifte Gurgel, seine Wange. Ob Onkel Albert das auch konnte? Ohne Spiegel? Die dreckigen Finger und schwarzen Fingernägel vor Augen, den beißenden Gestank des Turbanträgers in der Nase, schüttelte ich meine Jeans aus und zog sie an. Ich hatte nichts anderes dabei. Hätte ich in Glitzerkleid oder Minirock und Pumps durch den Krieg spazieren sollen?

Im Grenzgebiet Türkei – Syrien reihten sich Baracken aneinander. »Verteilt ein paar Sachen aus dem Kofferraum«, rief Hassan. »Dann lassen sie uns schneller einreisen.«

Danach war kaum noch etwas übrig.

»Hier in Sirien ist Suq. Weltgroß«, sagte Mahmoud. Er trug jetzt ein weißes Hemd und eine beigefarbene Hose. Seine Haare glänzten, seine Augen glänzten und er duftete nach Rasierwasser.

Dass ein Suq ein Basar war, wusste ich von Nabil. Dass es in Aleppo den größten Basar weltweit gab, wusste ich von Albert. »Stimmt es, dass man dort Tiger und Elefanten kaufen kann?«

»Filleich. Ich nich habe gesehn Suq.« Mahmoud zeigte auf Reiter in hellen, flatternden Gewändern, die auf Kamelen die Straße überquerten. So schnell, als seien sie auf der Flucht. Hinter ihnen bäumte sich eine Sandwand auf. Rotbraun türmte sie sich immer weiter übereinander, blähte sich auf, von den welligen Sandhügeln bis zu den Wolken am Himmel. Alle Konturen – verschluckt. Nur Bremslichter zuckten vor uns auf; die Motoren verstummten. Mein Herz hämmerte, es schlug, als wollte es meinen Brustkorb sprengen, während die Wand immer näher kam, dunkel wie die Nacht; tosend stülpte sie sich über uns.

»Gleich vorbei, Habibte.« Ruhig, fast gelassen sagte Mahmoud das.

Ich nahm seine Hand. Der Sandsturm zog weiter. Die Scheibenwischer quietschten über die blinde Windschutzscheibe, aber die Welt dort draußen blieb rotbraun.

»Sand ist aufgeregt«, sagte Mahmoud. Es würde einen Tag und eine Nacht dauern, bis er sich wieder beruhigte. »Ich mehr aufgeregt, Habibte«, fügte er an. »Fir meine Familie.«

»Was heißt Habibte?«

»Meine Liebe.«

9

Der Krieg war nur noch zwei Autolängen entfernt. Den Saab und den Passat vor uns. Noch konnte ich aussteigen, mich irgendwie nach Damaskus durchschlagen und nach Berlin zurückfliegen. Aber dann würde ich das Geld verlieren, das Onkel Albert mir gezahlt hätte. Weiber, würde er sagen, mehr nicht. Die Männer um mich herum jedoch würden mich auslachen. So weit konnte ich es nicht kommen lassen.

»Jetz ich zeige dir mein Libanon«, sagte Mahmoud nach der Passkontrolle. Er überholte Ibrahim, preschte an Hassan vorbei. Den Konvoi gab es anscheinend nicht mehr, denn diesmal lachte Hassan. Bald stießen wir auf einen Armeelaster, beladen mit einem Panzer, der über den aufgerissenen Asphalt donnerte. »Das Sirer«, sagte Mahmoud. »Sirer machen Krieg gefehrlich.«

Stacheldrahtrollen entlang der Hauptstraße, ein Krater. Kinder mit Soldatenhelmen kreisten auf Fahrrädern über verbrannte Erde. Eine Frau mit Milchkanne kam von einem Hügel, auf dem gefleckte Ziegen neben Schutthaufen grasten. Weit hinter Tripoli warf ein Schild einen langen Schatten auf die Straße. Arabische Schriftzeichen, doch was darunter stand, konnte ich lesen: BEYROUTH. Mahmoud bremste. Beide Arme auf das Lenkrad gestützt, fuhr er im Schritttempo in die Stadt. »La!«, rief er, schüttelte den Kopf. »La!« Die vierspurige Straße war gesäumt von ineinandergefallenen, auseinanderbröckelnden Häusern. Wie nach einem Erdbeben. Berge von Steinen. Eine Hauswand mit klaffenden Löchern und Rissen, in denen geflieste Wände eines zerstörten Zimmers die Sonnenstrahlen reflektierten. Zerborstene Fensterscheiben. Glasscherben. Ein Mercedes, rot wie Blut, mit platten Reifen; ein Fensterrahmen hatte sich in seine verbeulte Motorhaube gerammt.

Der Krieg bekam Konturen.

Vor einem verkohlten Baum, an dessen Stamm ein gerahmtes Porträt hing, ragte eine hüfthohe Barriere aus Sandsäcken in die Straße. Soldaten mit Baskenmützen in der Farbe der DDR-Grenzposten, ihre Uniformen so bleich wie der Straßenstaub, stützten sich lässig auf ihre Gewehre. Einer trat vor die Barriere und verwehrte uns die Weiterfahrt. »Sirer«, sagte Mahmoud und hielt an. »Libanon ist mein Land, aber Sirer machen Kontrolle.« Er gab dem Soldaten unsere Papiere. Seinem Pass schenkte der Syrer kaum Beachtung, in meinem blätterte er angestrengt. Er lief um den BMW herum, klopfte an meine Scheibe. Ich kurbelte sie herunter. Seine weit auseinanderstehenden neugierigen Augen musterten mich freundlich – und trotzdem, den Beschützer in ihm konnte ich nicht erkennen.

Der Krieg bekam ein Gesicht.

Die Abfallberge wurden größer, je weiter wir in die Stadt vordrangen. Es stank nach verwesendem Fleisch, nach faulem Obst, nach verbranntem Gummi. Mahmoud hielt vor ockergelb getünchten Mauerresten voller Einschusslöcher. Verbogene, deformierte Stangen und Eisengeflecht lagen in den Trümmern. »Werkstatt Abu Sajji«, sagte er und gab Gas. Ein paar Kreuzungen später bog er ab und fuhr auf das im Abendrot glitzernde Mittelmeer zu. An einer kniehohen Mauer, die die Küstenstraße vom Strand trennte, stellte Mahmoud den Motor ab. »Das Corniche«, sagte er, drehte die Scheibe herunter und lehnte sich mit einem Seufzer in den Sitz. Kühle Abendluft perlte herein. Frauen in schwarzen Gewändern, Kinder auf dem Schoß, saßen im Sand und ließen sich vom Meer umspülen. Sie unterhielten sich, gestikulierten, fast wirkten sie heiter. Eine Frau stand auf, das nasse Gewand klebte an ihren breiten Hüften. Sie sagte etwas zu dem Jungen neben ihr, nicht älter als zwölf oder dreizehn. Den Kopf in den Nacken gelegt, eine Hand am Gewehr, die andere im Sand, plantschte er mit nackten Füßen im Meer und schaute in den blutroten Himmel.

»Mein Bruder Chaled auch so. Spielen mit Wasser und schießen mit Kalaschnikow«, erklärte Mahmoud. Dann deutete er auf ein paar Männer, die um Hocker mit Brettspielen saßen. Ihre Tücher flatterten, ihre Gewehre lagen griffbereit und doch wie vergessen. »Kannst du spielen Backgammon?«, fragte Mahmoud.

»Wie könnt ihr an Spiele denken?«

Er zuckte die Schultern. »Muss Pause machen.«

Schnell brach die Dunkelheit herein. Im trübgelben Licht einer Laterne wrangen die Frauen die Säume ihrer Gewänder und Kleider aus. Mahmoud schnippte mit dem Fingernagel gegen den Schlüssel im Zündschloss. »Filleich meine Familie will mich nich gesehen.«

»Warum sollten sie dich nicht sehen wollen?«

»Du versteh nich.«

Ich drehte den Zündschlüssel.

Mahmoud fuhr weiter, wo die Ampel auf Rot stand, bremste bei Grün. Hupte, gab Gas. Die Fassaden der Häuser warfen zerrissene Schatten. Die Fenster waren mit Decken oder Laken verhängt, durch die diffuses Licht fiel. Eine schwangere Frau stand vor einem rußschwarzen Haus, die Hände schützend auf den Bauch gelegt. Dann, hinter der nächsten Kreuzung, wurde es lebhaft. Hell erleuchtete Geschäfte. Frauen an Marktständen.

»Gib nich viel Essen, aber alles viel teuer«, seufzte Mahmoud. Vor einem Wohnhaus, das unversehrt schien, hielt er an und zeigte auf einen Balkon. »Hier ich wohne.« Die blau-gelb gestreiften Vorhänge über der Brüstung wehten leicht im Wind.

»Sie warten bestimmt auf dich.« Ich versuchte, Zuversicht in meine Stimme zu legen, aber sie war so wacklig wie der Einbeinige, der auf zwei Krücken über die Straße stelzte. Ich stieg aus, ging auf die Mauer vor dem Haus zu und spähte durch das offen stehende Gittertor in den Innenhof. Im Hauseingang saß eine Frau mit welkem Gesicht, schwarz gekleidet; ihre nackten Füße fuhren nervös auf den Steinfliesen vor und zurück.

»Jetzt komm schon!«, rief ich.

Mahmoud rieb sein Gesicht, zupfte an den Haaren, fuhr mit den Daumen über seine Augenbrauen und stieg endlich aus.

Als wir zusammen durch das Tor gingen, schoss die alte Frau hoch und lief mit der Gelenkigkeit eines Schulmädchens in Mahmouds Arme. »Habibi!«, rief sie. »Habibi!«

»Das Mama Dima«, sagte Mahmoud.

Zäh war der Griff der alten Frau um mein Handgelenk, trocken die faltigen Lippen auf meiner Wange. Knochig die Hand, die mich ins Haus führte. Vor der Tür im ersten Stock nahm eine Frau im Kaftan den atemlosen Mahmoud in die Arme. Sie schluchzte. Der dicke Knoten in ihrem grauen Haar vibrierte, ihr Kaftan zitterte. »Mama Layla«, sagte Mahmoud. Neben Layla stand eine junge Frau mit rundem Gesicht. Sie trug einen schwarzen Minirock und ein T-Shirt mit einem Ausschnitt, der ihre Brustansätze zeigte. »Fatme«, sagte sie und reichte mir die Hand. Ihr Händedruck war fest, hart, beinahe männlich. Die schmale Frau hinter ihr, Yasmine, trug einen Kaftan, der an ihr hinabfloss. Und ihre Haare! Voll, schwarz und mindestens einen Meter lang. Dagegen war mein Haar so spärlich und zerrupft wie der Flaum eines gerade geschlüpften Vogels. Und dann die alte, abgewetzte Jingle Jeans. Jetzt schämte ich mich doch. Ich strich mein verwaschenes T-Shirt glatt.

Wie am Stutti stellte Mahmoud seine Schuhe nebeneinander in den breiten Flur. Ich machte es ihm nach. Dima griff schon wieder nach meiner Hand, brachte mich in einen Saal. Kein Zimmer; Zimmer sind nicht so groß und nicht so hoch. Dies war ein Saal, mit Mosaikfliesen auf dem Boden, Wänden im Farbton der untergehenden Sonne, hohen Fenstern. Ein junger Mann lehnte an einer dunkelbraunen Kommode. Sein Gesicht war glatt wie Porzellan, kühl wie Porzellan, bleich wie Porzellan: schön, arrogant, kalt. Seine Mundwinkel bogen sich zu etwas wie einem Lächeln, aber ich erkannte, es war nur ein Muskelzucken.

»Salam aleikum«, sagte ich.

Er reagierte nicht, auch nicht, als Mahmoud ihn umarmte. Er stand nur da und ließ es geschehen. Ich spürte die Kälte, die von ihm ausging, wie die der Fliesen unter meinen Füßen. Mitten im Saal standen sich zwei ausladende Sofas gegenüber, dazwischen ein Tisch, ein Tablett mit Teegläsern, eine Schale voller Trockenfrüchte, Gebäck, eine Messingschale mit braunem Zucker. Ich hatte geglaubt, auf Angst und Armut zu stoßen, stattdessen stand ich in einem prächtigen Saal und schaute in fröhliche Gesichter, freundliche Gesichter, in ein tränennasses und ein hasserfülltes Gesicht.

So wie Mahmoud redete, hatte ich ihn noch nie reden hören. Mit erhobener Stimme, befehlend. Mit tiefer, warmer Stimme. Väterlich, fast zärtlich. Aber immer in einem Tonfall, der keinen Widerspruch erlaubte. »Ich gesagt habe, du bist Tochter von Chef. Ich gesagt habe, du bist viel Hilfe fir mich.«

Dima strich mir über die Wange. Layla zog mich auf die Couch, nahm mich in die Arme, sagte, noch weinend: »Schukran, Habibte. Schukran.«

»Afwan«, antwortete ich.

Yasmine und Fatme kicherten.

Chaled spuckte einen Wortschwall aus. Aus seinem Mund klang jede einzelne Silbe wie eine Anklage, sogar das Wort Allah klang wie ein Schimpfwort. Und dann kam es tatsächlich, das Schimpfwort: Scharmuta! Mahmoud stürzte sich auf ihn und gab ihm eine Ohrfeige. Chaleds Kopf flog zur Seite, aber sein Porzellangesicht blieb starr. Bis er die Mundwinkel verzog und hämisch und herablassend lachte. »Ènte maschnoun«, zischte er, stieß sich von der Kommode ab und schlenderte hinaus.

Die Frauen machten betroffene Gesichter.

»Yasmine zeigt dir, wo du geschlafen«, sagte Mahmoud.

Yasmine stand auf und reichte mir die Hand. »Parlez-vous français, Madame?«

»Un peu«, antwortete ich, aber bei dem Gedanken, dass ich über zwei, drei Sätze nicht hinauskam, schüttelte ich schließlich den Kopf. »Non.«

***

»Allahu akbar.«

Der Ruf des Muezzin, eine Stimme aus einem blechernen Lautsprecher, von irgendwoher, weckte mich früh am Morgen. Ich kroch aus dem Bett, Yasmines Bett, und zog den Vorhang zurück. Auf der gegenüberliegenden Straßenseite parkte ein staubiger Jeep hinter einem Ford ohne Heckscheibe. Er sah aus wie der, den ich vor ein paar Monaten beim Zollamt vorgeführt hatte. Jetzt hatte er ein schwarzes Kennzeichen mit arabischen Schnörkeln. Von unserem BMW konnte ich bloß das Dach sehen. Mit den Zollkennzeichen nach Berlin zurückzufliegen und ihn im Krieg zu lassen, fühlte sich an, als würde ich ihn aussetzen.

Es klopfte an der Tür und Yasmine kam herein. Ihr geflochtenes Haar wand sich wie eine fette Schlange bis zur Taille. Yasmine stellte ein Teeglas auf den Nachttisch. Intensiv, fast aufdringlich breitete sich der Geruch nach Minze aus. Neben dem Teeglas lag ein Buch mit französischem Titel. Ich blätterte durch die Seiten, setzte mich wieder auf Yasmines Bett. Ich wusste nicht, was da stand, aber etwas anderes wurde mir schlagartig klar. Während Mahmoud bei Abu Sajji seine Bildung opfern musste, hatte Yasmine sogar eine Fremdsprache gelernt. Sie schaute mich verschwörerisch an, rieb ihre Zeigefinger aneinander, wie Mahmoud das getan hatte, als er Hassan und Elke zusammen gesehen hatte. »Ènte – Mahmoud?«

Ich schüttelte den Kopf, sagte: »Non!« Viel zu schnell und viel zu barsch.

»Non?« Enttäuscht senkte sie den Kopf. »Mon dieu!«, rief sie plötzlich, starrte auf meine Schienbeine, zupfte an den Härchen. Dann hob sie ihren Kaftan bis zu den Knien und zeigte mir ihre Beine – glatt wie die einer Zehnjährigen.

In Rüschenbluse und der weiten Hose folgte ich dem Duft von Mokka, heißer Milch und Teig. Layla stand am Herd, in einem längsgestreiften Straßenkleid, das ihre frauliche Figur betonte. Dima, wieder ganz in Schwarz, saß an der Stirnseite eines langen Tisches. Mahmoud und Chaled saßen nebeneinander; ihre Schultern berührten sich, aber sie ignorierten sich wie Fremde. Ich setzte mich neben Mahmoud. »Verkaufen wir den BMW heute?«, fragte ich.

Mahmoud goss mir Kaffee ein. »Heute ich zeige dir mein Libanon.« Er legte den Kopf zur Seite. »Wenn du will.«

Natürlich wollte ich.

Zwei Mal mussten wir uns in Autokolonnen einreihen, zwei Mal traten Soldaten hinter Barrikaden aus Sandsäcken hervor und kontrollierten uns. Wir fuhren aus Beirut hinaus, in die Berge. Normalerweise, erzählte Mahmoud, lebten die Familien nur in der Hitze des Sommers in ihren Häusern dort oben. Aber der Krieg hatte alle dorthin getrieben, die es sich leisten konnten.

»Was heißt ènte maschnoun?«, unterbrach ich ihn. »Warum sagt dein Bruder so etwas zu dir?«

»Verrickt«, antwortete Mahmoud. »Ènte maschnoun – du verrickt. Chaled verrickt«, stöhnte Mahmoud. Ursprünglich sollte Chaled nach Berlin gehen und Geld verdienen, sagte er. Aber Chaled hatte sich geweigert. Chaled hatte sich sehr verändert. »Geverändert«, sagte Mahmoud. Gestern hatte Chaled ihn nicht nur verrückt, sondern auch einen Feigling genannt; einen Verräter, der sich wegen einer blonden Hure nicht mehr um die Familie kümmerte. »Schuldigung.«

»Hast du ihn deswegen geohrfeigt?«

»Geschlagen, meinst du?« Mahmoud nickte. »Alles mein Schuld.«

»Was ist deine Schuld?«

»Du versteh nich.«

»Dann erklär es mir.«

Mahmoud zeigte auf Zelte, Panzer und Jeeps zwischen den unbesiedelten Hügeln. »Lager von PLO.«

»Erklär mir, was ist deine Schuld?«

Kopfschüttelnd zeigte er auf einen Opel mit zerborstener

Windschutzscheibe und herabhängendem Außenspiegel. »Viel Arbeit fir Mahmoud. Viel Geld fir Maria und Ali.« Er fuhr an Häusern vorbei, versteckt hinter Mauern und Weinstöcken; an einer Wiese, auf der Mohnblumen ihre schweren Köpfe im Wind wiegten. An Eichen und Feigenbäumen. Noch nie hatte ich Feigenbäume gesehen. Vor einem flachen Haus mit vergitterten Fenstern, das sich im Schatten eines Granatapfelbaumes duckte, hielt er schließlich an und stieg aus. Ich folgte ihm. Zwischen schief gewachsenen Baumstämmen waren Wäscheleinen gespannt. Ein bleiches, zerschlissenes Tuch hing fast reglos herab. »Warte«, sagte Mahmoud und ging alleine zum Haus. Ich setzte mich ins Gras, lehnte mich an die grobe Baumrinde.

Eine Zigarettenlänge später schloss Mahmoud die Tür des Hauses wieder ab. »Alles gut fir Familie. Muss ich Geld machen. Umbiding.« Er seufzte. »Aber jetzt ich zeige dir was anderes.« Er fuhr zu einem Zedernhain. Die Zeder war das Wahrzeichen des Libanon, abgebildet auf jeder Flagge, auf seinem Pass und auf meinem Touristenvisum. Hand in Hand spazierten wir zwischen den dicken, runzligen Stämmen. Die Luft war würzig. Mahmoud zerrieb schwarze Erde zwischen den Fingern, roch daran. »Das mein Libanon. Riecht wie Leben. Hier ich komme zurick. Speter. Oualla.«

Da legte ich beide Hände um sein Gesicht, fuhr mit den Daumen über seine Wangen und küsste erst die eine, dann die andere.

»Jetzt ich zeige dir mein Beirut«, sagte er heiser. »Habibte.«

Die Sonne stand längst gleißend hell über der Stadt. Die Wolken warfen friedliche Schatten auf Beiruts zerbombte Häuser, auf das am Horizont glitzernde Mittelmeer. Vier Passkontrollen weit fuhr Mahmoud nach Beirut hinein und parkte in einer schattigen Gasse. Zwischen den Mauern war die Luft so heiß, dass ich kaum atmen konnte. Ein Wirrwarr an Kabeln und Drähten hing über unseren Köpfen, schlängelte sich an den Hauswänden entlang. Vor einem Laden ohne Scheibe baumelten abgezogene Tierleiber an Haken. Ein Junge wedelte mit Palmblättern, scheuchte die Fliegen auf. Hühner, eingesperrt in rostige Käfige, gackerten neben einem Haufen gerupfter Artgenossen, übereinander geworfen wie Abfall; die verrenkten Köpfe, die Krallen hingen herab. Nur ein paar Schritte entfernt versperrten eine Wand aus Brettern, beklebt und bekritzelt, und übereinandergeschichtete, versengte Sandsäcke die Gasse. Ich steckte meinen Finger in die Löcher. In manchen steckten Projektile.

»Hier Grenze«, sagte Mahmoud. »Eine Seite Moslems leben. Andere Seite Christen leben.« Er sah mich an. »Wie Berlin.«

Was mochte auf den Brettern hier stehen? Achtung! Sie verlassen den moslemischen Sektor? Auf dem Boden lagen Papierfetzen, Schotter, Zigarettenstummel und Patronenhülsen. Ich hob einige auf und steckte sie in die Hosentasche.

»Komm nach Hause«, sagte Mahmoud und zog mich hinter sich her wie ein verlorenes Kind.

Hassan saß auf der Couch, in einem Anzug aus hellem Stoff, dünner als die, die er in Berlin trug, und ohne Krawatte, am Handgelenk die Armbanduhr. »Ich höre, meine Cousins haben Streit? Chaled darf man nicht ernst nehmen. Seit Dschumblats Ermordung geht er auf die Straße und protestiert gegen die Besetzung durch die Syrer. Kamal Dschumblat hat die Libanesische Nationalbewegung angeführt. Er war Moslem. Die Syrer haben ihn bekämpft, aber ob sie für das Attentat auf ihn im letzten Jahr verantwortlich sind? Wie viele andere Moslems ist auch Chaled davon überzeugt. Vor uns Flüchtlingen hat Chaled keinen Respekt, aber die Last eines Ernährers nimmt er nicht auf seine Schultern. Die überlässt er seinem großen Bruder.« Er lächelte Mahmoud an. »Ich bin hier, um den BMW abzuholen.«

»Ich will dabei sein, wenn du die Autos verkaufst.«

»Das ist bereits geschehen. Ich habe nämlich gearbeitet, während ihr spazieren gefahren seid.« Hassan schnippte mit den Fingern. »Nur der Termin mit dem Käufer des BMWs hat noch nicht stattgefunden.«

Offensichtlich unschlüssig, was er mit dem Schlüssel tun sollte, steckte Mahmoud ihn in die Hosentasche, als draußen ein Maschinengewehr ratterte. Ein Motor heulte auf, Reifen quietschten. Glas klirrte. Aufgeregte Stimmen auf der Straße. Ein Kind schrie. Chaled sprang zur Kommode am Fenster, holte ein MG heraus. Mahmoud brüllte, stürzte sich auf ihn, riss es ihm aus den Händen. Chaled starrte ihn feindselig an und spazierte in den Flur.

»Yalla! Yalla! Imsche!«, rief Mahmoud ihm hinterher, griff mich am Ellbogen. »Kommst du, Maria.«

Yasmine und Fatme führten Dima zum Ende des langen Flurs. Layla öffnete die Tür zu einem Raum, der nach hinten zum Hof ging, und schob Chaled hinein. Hassan und ich folgten ihnen und Mahmoud machte die Tür zu. Die Luft war bitter, feucht und staubig zugleich. Das Tageslicht blinzelte durch die Ritzen der Holzläden. Kein Tisch, kein Stuhl, kein Bett. Nur Matratzen, Kissen und Decken lagen auf dem Boden. Auf einer Truhe standen Karaffen voller Wasser, Gläser, Zigarettenschachteln, Kerzen, Aschenbecher. Ein Kofferradio.

Jeder nahm einen Platz ein, selbstverständlich, unaufgeregt, als sei es eine Übung, die sie alle schon unzählige Male geprobt hatten. Nur die Farbe war aus ihren Gesichtern gewichen. Dima kauerte auf einer Matratze, bedeckte ihr Gesicht mit beiden Händen, strich von der Stirn zum Kinn. Von der Stirn zum Kinn. »Bism allah ar-rachman ar-rachiim. Bism allah ar-rachman ar-rachiim«, betete sie, »bism allah ar-rachman ar-rachiim.« Alle anderen schwiegen. Kein Heulen, kein Klagen, kein Jammern. Mahmoud legte seinen Arm um mich. »Hast du keine Angst, Maria. Hier passiert nich.« Die steile Falte zwischen seinen Augenbrauen aber verriet mir die Wahrheit. Dabei hätte ich die Lüge gebraucht. Nur diese eine. Hassan saß mir gegenüber, im Schneidersitz, das Hemd aufgeknöpft, das Jackett lag zusammengeknüllt neben ihm.

»Wäre es im Keller nicht sicherer?«, fragte ich ihn.

»Das sind nur Straßenkämpfe. Außerdem besitzen die Häuser in dieser Gegend keine Keller.«

Bald ratterten die MGs nur noch dumpf. Chaled erhob sich und schlenderte aus dem Zimmer, gelassen wie nach einer belanglosen Unterhaltung.

Auch Mahmoud stand auf, zog mich von der Matratze und ließ dabei den Autoschlüssel in meine Hand gleiten. »Du bleib bei Familie.«

Dima musste gestützt werden. Yasmine und Layla führten sie hinaus. Hassan legte die Hand auf sein Herz und verbeugte sich vor seinen Tanten, seltsam distanziert. »Wir sehen uns, Maria«, sagte er und verließ mit Mahmoud und Chaled die Wohnung. Fatme schloss die Tür. Heftig, als sperrte sie die Angst dort ein.

Jetzt hatte der Krieg einen Geruch.

Yasmine gab mir ihren Kaftan und schob mich ins Bad. Alles geschah wortlos. Sie schmierte meine Beine mit einem dicken, blassen Brei ein. Sie presste Tücher darauf und ließ sie liegen, rieb meine Haare zwischen den Fingern, hob fragend die Augenbrauen und bereitete auf mein Nicken alles für eine Haarwäsche vor. Der Vanilleduft ihres Shampoos breitete sich aus. Yasmine massierte meine Kopfhaut, tastete sanft über meine Narbe. Mitfühlend, tröstend. Wie eine Freundin. Oder eine Schwester. Nicht wie Irene früher. Irene, Moritz' Frau, war grob gewesen, als wollte sie die Narbe abschmirgeln.

Meine Augen füllten sich mit Tränen. Machte die Angst mich weich? Oder stieg Sehnsucht in mir auf? Ich schmiegte mich in das vorgewärmte Handtuch, das Yasmine mir um den Kopf wickelte. Nicht weinen! Wenn ich jetzt anfing, würde ich nie wieder, zumindest sehr lange nicht mehr aufhören können.

Da riss Yasmine die Tücher von meinen Beinen.

Es schmerzte.

Es brannte.

Ich weinte.

10

Die Triebwerke der Tupolew dröhnten.

Es waren drei kurze, hitzige und schmerzhafte Tage gewesen, mit einem Abschied, als gäbe es kein Wiedersehen. Yasmines Kaftan, eingewickelt in Zeitungspapier, lag auf meinem Schoß; Mahmoud schlief neben mir, eine Papiertüte zwischen den Knien. Feigen und Datteln von Dima, Thymian und andere frische Kräuter von Layla. Für Ali.

Von hinten kroch mir Hassans Atem in den Nacken. »Bist du froh, dass es vorbei ist?« Seine Hand schob sich zwischen die Lehnen und legte sich auf meinen Oberarm. »Die letzten zehn Tage waren eine interessante Erfahrung für mich.«

»Du mich auch«, fauchte ich.

»Bist du nicht zufrieden?«

»Lass mich in Ruhe.« Er hatte mich ausgetrickst. Genau genommen nicht er allein, sondern zusammen mit dieser schwangeren Libanesin, seiner Ehefrau. Ehefrau Nummer zwei, von der niemand wusste.

»Die Frau hatte Wehen und wollte, dass du bei ihr bleibst, als ich zu dem Termin musste. Was hätte Ali gesagt, wenn wir den BMW nicht verkauft hätten?«

Die Gewinne, die er mit dem Verkauf unserer Autos machte, mussten enorm sein, wenn Hassan sich so angreifbar machte, nur um mich nicht dabei zu haben. »Die Frau, dass ich nicht lache.« Ich tippte auf seinen Ehering. »Weiß deine deutsche Frau, dass noch einer hiervon in Umlauf ist?«

Hassan schlug gegen die Rückenlehne. »Ich bin Moslem.«

Mahmoud schreckte hoch. »Was los?«

»War der Ausflug in die Berge ein abgekartetes Spiel?«, fragte ich ihn.

»Ich versteh nich.«

»Nächste Frage: Wie viele Ehefrauen hat Hassan?«

»Ich nich weiß. Aber Hassan viele Geld hat. Viele, viele.«

»Ihr seid eine Familie und du willst mir erzählen, du weißt nicht einmal, wie viele Frauen er hat?«

Mahmoud knetete die Tüte in seinem Schoß, zuckte die Schultern. »Ich kann nich sagen.«

»Kannst du nicht – oder willst du nicht?« Ich bemühte mich, nicht laut zu werden.

Mahmouds Lippen berührten mein Ohr. »Hassan … nich mein Cousin.«

»Was heißt das?«

»Ich gute Mekanika. Ali braucht gute Mekanika. Ich … ich gezahle Hassan.«

»Du hast Hassan dafür bezahlt, dass er dich in die Werkstatt geholt hat?«

Mahmoud nickte. »Immer. Jede Woche.«

»Wie viel?«

»Finfzig Mark.« Er senkte den Kopf. »Ich will kein Problem«, flüsterte er. »Nich sprechen. Bitte.«

Es war ein seltsames Gefühl, der Spur der Flüchtlinge zu folgen. Mit ihnen im Bus von Schönefeld ins Zentrum von Ost-Berlin zu fahren. Mit ihnen in der Friedrichstraße in einer Schlange zu stehen. Mit ihnen im Tränenpalast die Zollkontrolle über mich ergehen zu lassen. Zuzusehen, wie meine Reisetasche durchwühlt wurde; von sauberen Händen zwar, aber die Mienen der Grenzsoldaten waren genauso abweisend wie die der Wegelagerer in Anatolien.

Nur zwei Menschen standen vor mir am Abfertigungsschalter für *Bürger Berlin-West.* Die Menschenschlange am Schalter für *Bürger anderer Staaten* war eine Interflugladung lang. An der Passkontrolle klemmte ich mein Haar hinter mein Ohr, aber das genügte dem Uniformierten hinter der Glasscheibe nicht. Er wollte, dass ich den Pony aus der Stirn strich und ihm das unveränderliche Kennzeichen zeigte. Dann erst schob er meinen Pass durch den Schlitz und der Türsummer brummte. Ich stieß die Stahltür auf, schlüpfte schnell auf die andere Seite und ging den neonbeleuchteten Gang entlang. Die Strecke von der Stahltür zum Fahrkartenschalter erschien mir länger, viel länger als umgekehrt.

Ich hatte Nabil erwartet, aber auf dem U-Bahnhof stand Onkel Albert, rausgeputzt wie in einer Montagnacht, mit einem Blumenstrauß. Ich ließ die Reisetasche fallen und rannte die Stufen hinunter, fiel ihm in die Arme. Endlich spürte ich wieder seine Pranke in meinem Rücken. Endlich war ich wieder in Sicherheit. Ich schluckte. Im Gegensatz zu Yasmine konnte Albert mit Tränen nicht umgehen. Er drückte mir die Blumen in die Hand, Köpfe nach unten. »Warum bist du nicht im Big Apple?«, fragte ich.

»Ich hab es nich' länger ausgehalten ohne dich«, lachte er. »Elke und Nabil schmeißen den Laden. Sind ein saugutes Team geworden.« Er berichtete ausführlich vom Big Apple, aber ich merkte, er wollte nur seine Erleichterung vor mir verbergen. Er klopfte Hassan auf die Schulter. »Alles klar? Mahmoud, Ibrahim, her mit den Pässen. Her mit den Führerscheinen.« Er wedelte mit den Duldungsbescheinigungen vor ihren Nasen herum. »Maria? Waren die Jungs gut zu dir?«

Wie versteinert stand Ibrahim da und glotzte mich an.

Ich glotzte zurück. »Darüber reden wir zu Hause.«

Mahmoud drückte Onkel Albert die Tüte in die Hand. »Fir dich. Von meine Mutter.«

Onkel Albert schaute hinein, roch daran, sagte: »Danke, mein Junge.«

Wenige Stunden zuvor war ich an Schutthaufen und Häuserskeletten vorbeigefahren. Jetzt saß ich im Landrover neben meinem Onkel und draußen spazierten Fußgänger den Tauentzien entlang. In meiner Fantasie zerbarsten die Schaufenster des KaDeWe, bröckelten die Buchstaben der Kinowerbung vom Royalpalast und gaben den Blick auf Einschusslöcher in der Fassade frei. Zum ersten Mal schaute ich die Gedächtniskirche aufmerksam an. Ich tastete nach den Patronenhülsen in meiner Hosentasche. »Du kannst dir nicht vorstellen, wie sie leben müssen.«

»Paar Tage, dann biste drüber weg.« Onkel Albert fuhr den Ku'damm bis zum Lehniner Platz hoch. »Siehst verhungert aus.« Er kaufte bei Wienerwald ein Hähnchen, dessen Geruch sich im Landrover ausbreitete. In meinem Kopf stieg das Bild von den gackernden Hühnern in den verrosteten Käfigen neben den gerupften auf. Wir bogen in die Joachimsthaler Straße. Vor dem Big Apple bremste Albert und schlich an der offenen Eingangstür vorbei. Unvorstellbar, dass ich morgen wieder im Kassenhäuschen sitzen und Verzehrbons verkaufen würde.

Noch nie hatte ich mich in meinem Zimmer so geborgen gefühlt. Und so fremd. Ich warf die Reisetasche auf mein Bett, wickelte den Kaftan aus dem Zeitungspapier und ging in die Küche. »Den hat Mahmouds Schwester mir geschenkt. Ist er nicht schön?«

Onkel Albert stellte den Teller mit dem Hähnchen auf den Tisch. Er schaute kurz in meine Richtung. »Willste demnächst mit Kopftuch oder Schleier an der Kasse sitzen?«

Ich hängte den Kaftan über die Stuhllehne. »Wir müssen was für sie tun, Onkel Albert. Wir müssen sie da rausholen.«

»Soso.« Er roch an den Kräutern, legte die Feigen und Datteln in eine Schale.

»Wir müssen sie ja nicht einschleusen. Wir müssen ihnen nur helfen.« Ich schob das Hähnchen weg. »Ich kann das nicht essen.«

»Dann eben nich'.« Albert warf es in den Abfalleimer und den Teller ins Spülbecken.

»Beirut liegt in Schutt und Asche. In den Bergen wären sie sicherer vor dem Krieg. Aber dazu brauchen sie Geld.«

»Hast ne Menge durchgemacht, Kleene.« Ali setzte sich, stellte die Schale auf den Tisch und rieb sich zufrieden den Bauch. »Die werden sich ja nich' ewig die Köppe einschlagen.«

»Sie schlagen sich nicht die Köppe ein.« Ich griff in die Hosentasche und warf die Patronenhülsen auf den Tisch. Sie rollten in alle Richtungen. »Hab ich dir mitgebracht.«

Er presste eine Patronenhülse zwischen Daumen und Zeigefinger. »Dieser Krieg da unten is' nich' meine Sache. Handle ich etwa mit Waffen? Mit Munition? Nein oder nein? Also verlang nich' von mir, dass ich mein schwer verdientes Geld im Libanon verteile.« Er schob sich eine Dattel in den Mund.

»Ha!«, rief ich. »Mit genau diesem Krieg ordentlich Geld zu verdienen, das ist okay?« Ich sammelte die Patronenhülsen ein. »Zahl mir meinen Anteil aus.«

»Welcher Anteil? Auf dein Erbe musste warten, bis ich abkratze.«

»Ich rede von dem mir zustehenden Anteil am gewaschenen Geld.«

»War doch auch in deinem Sinn, dass wir das nich' trennen.« Er kaute auf der Dattel. »Dass ich, wenn wir auffliegen, alles auf meine Kappe nehme, hat dich auch nich' gestört.«

Ich ließ die Patronenhülsen in meiner Handfläche hin und her rollen, erzählte ihm von der zerstörten Stadt, den syrischen Soldaten, den unendlich langen Minuten im Angstzimmer. »Dima ist zusammengebrochen. Und? Schmecken dir ihre Datteln?« Ich erzählte ihm von den Autowracks und dem Geld, das wir noch verdienen würden. Ich erzählte ihm von Hassans Ablenkungsmanöver. »Seine Frau hat Wehen simuliert, und kaum war Hassan weg, waren auch die Wehen Geschichte.«

»Hab mir schon gedacht, dass er da noch 'n Weib hat«, sagte Albert nur. »Treibt sich ja oft und lang genug da rum. «

»Das ist alles, was du dazu sagst? Kapierst du nicht, dass er uns betrügt?«

»Ich bin nich' dämlich, Maria. Aber du, wenn de glaubst, Hassan bescheißt uns nich'. Und er wär dämlich, wenn er's nich' täte. Ich knöpf ihn mir vor. Und du kauf dir lieber Röckchen und Kleidchen und Schühchen von den paar Kröten. Ende der Diskussion.«

***

Nabil stand wie an jedem Abend auf der Leiter und putzte die Buchstaben über dem Eingang.

»Merhaba!«, rief ich ihm zu.

Er kletterte nicht von der Leiter. Er lächelte nicht. Er schaute mit ernster Miene herab. Tropfen rannen aus dem Putzlappen in seiner Hand und zerplatzten auf dem Boden.

»Hey, ich komme gerade aus Beirut. Willst du gar nicht wissen, wie es war?«, fragte ich.

»Das werde ich bald selbst sehen. Mein Asylantrag wurde abgelehnt.«

»Wo ist das Problem? Dann heiratest du eben. Moritz wird dir eine Frau besorgen. Ich rede mit ihm, er macht dir einen Sonderpreis.«

»Ich bezahle keine Frau, solange meine Familie Geld braucht. Dann lebe ich lieber illegal hier!«

»Du illegal? Dann wird Ali dich rausschmeißen! Nicht gerne zwar, aber er wird es tun. Und wovon willst du dann deine Familie unterstützen? Es interessiert Ali nicht, was im Libanon los ist. Keinen hier interessiert das.« Außer mir.

Hassan saß bereits im Büro.

»Mach nur weiter so. Dann biste schneller weg vom Fenster, wie de bis drei zählen kannst«, sagte Albert.

»Ali will mir meinen Anteil nicht voll auszahlen, Maria«, sagte Hassan und tippte auf die Abrechnung, die vor ihm auf dem Schreibtisch lag. »Hat das mit dir zu tun?« Er kippelte auf dem Stuhl. »Habe ich zu irgendeinem Zeitpunkt gegen Ali gehandelt?« Er verschränkte die Arme vor der Brust.

»Schicke Armbanduhr«, sagte ich nur.

***

Mahmoud stand unter der Hebebühne. Er nickte kurz und drehte mir sofort wieder den Rücken zu, der Feigling. Ich lief direkt zum Pult, legte Hassan seinen Anteil hin. »Ich habe bei Ali ein gutes Wort für dich eingelegt. Aber dafür bist du mir was schuldig.«

»Du darfst heute einen Mercedes fahren.« Hassan gab mir Schlüssel und Papiere. »Ich schulde niemandem etwas.«

Einen halben Tag lang hatte ich auf dem Flur des Kraftverkehrsamtes gesessen, und am Ende bekam der Mercedes keine Zulassung. Ich hielt Hassan den Mängelbericht unter die Nase.

»Auch das noch«, maulte er und überflog das Papier. »Typisch deutsch, wegen so einer Kleinigkeit die Zollkennzeichen zu verweigern.« Er rief Mahmoud, hackte mit dem Zeigefinger auf das Papier, als könne er Mahmoud so dazu bringen, die Buchstaben zu entziffern, drückte ihm den Bericht an die Brust. »Du machst den Mercedes heute noch fertig. Maria kommt morgen wieder. Das ziehe ich dir vom Lohn ab.«

»Du zahlst das«, sagte ich, »denn du bist dafür verantwortlich.«

Hassan winkte ab und ging aus der Werkstatt, aber ich holte ihn ein. »Dass du mich beleidigst, macht die Sache auch nicht besser.«

»Ich beleidige dich nicht. Ich begegne dir mit Respekt. Immer.«

»Dann bist du dumm, Hassan. Zu glauben, ich durchschaue deine Spielchen nicht, ist eine Beleidigung. Oder Dummheit«, sagte ich. »Dummen Menschen können wir unsere Asylanträge nicht anvertrauen. Yasmine wird sie künftig verkaufen. Du bist nur noch der Kurier und übergibst ihr alles, wenn du wieder in Beirut bist.« Der Satz war mir über die Lippen gekommen, bevor ich ihn durchdacht hatte. Aber so schien es mir logisch und machbar.

»Weder Ali noch Moritz werden damit einverstanden sein.«

»Doch, werden sie. Du wirst es ihnen nämlich vorschlagen.«

Hassan lehnte sich an den Mercedes. »Wenn ich das täte, hättest du recht. Ich wäre dumm.«

Ich tippte auf seine Armbanduhr. »Was, glaubst du, macht Ali mit dir, wenn ich ihm in allen Farben ausmale, wie deine Freunde in Anatolien mir an die Wäsche wollten? Hätte Mahmoud mir nicht geholfen … Und was wird Ali wohl dazu sagen, dass Mahmoud gar nicht dein Cousin ist?«

»Behauptet Mahmoud das?« Hassan riss die Autotür auf und stieg ein.

»Den knöpfe ich mir später vor. Als ich dich mit Dima und Layla gesehen habe, wusste ich sofort, dass ihr euch fremd seid.«

Hassan startete den Motor. »Niemand nimmt mir meine Geschäfte weg. Niemand. Morgen ist der Mercedes fertig. Jetzt geh aus dem Weg. Man verliert schnell die Kontrolle über ein Auto.«

***

An jenem Abend zwei Wochen später prasselten dicke Regentropfen auf den Asphalt, spritzten über die Schwelle vor meinem Kassenhäuschen wie Querschläger. Schon seit Stunden warteten wir auf Hassan, aber er ließ sich nicht blicken, obwohl er längst aus Beirut zurückgekehrt sein musste. Ich nahm die Geldkassette und setzte mich auf die Stufen. Die Tanzfläche war schon leer. Hot Dog lag auf einer Bank, seine Jacke über sich ausgebreitet, und pennte. Tarek saß in der Ecke und Nabil, der neuerdings jede Gelegenheit nutzte, sich an der Bar herumzutreiben, unterhielt sich mit Elke. Hätte ich nicht gewusst, dass sie auf Frauen stand, ich hätte geglaubt, da bahne sich etwas an.

Plötzlich stieß jemand an meine Schulter, rannte an mir vorbei, nahm mehrere Stufen auf einmal. »Pass doch auf …«, rief ich – und erschrak. Es war Mahmoud. »Komme, Maria«, schrie er, rannte nach unten, zerrte Nabil vom Barhocker. Elke, die ihm gerade eine Cola reichte, zog die Hand zurück und die Cola schwappte über ihre Finger.

Mahmoud stieß die Bürotür auf. »Ich muss Libanon!«, brüllte er so laut, dass Hot Dog hochschnellte, Tarek sich umdrehte und sich alle Blicke auf Mahmoud richteten, bis Hassan an mir vorbeistürzte. Ich stand auf und folgte ihm.

»Yasmine ist tot!«

Mahmouds, Nabils und Hassans Rücken standen wie eine

Wand zwischen mir und Albert. Yasmine ist tot? Die Kassette fiel mir aus der Hand, knallte auf den Boden. Die Männerrücken fuhren auseinander und durch die Lücke bohrte sich Alberts Blick. »Herrgott noch mal, Maria! Musst du mich so erschrecken?« Er stierte über den Rand der BZ. »Und jetz' mal langsam. Wer ist Yasmine und was geht die mich an?«

»Yasmine mein Schwester. Sie ist erschossen!« Mahmoud bebte. »Ich brauche Pass. Ich muss Libanon.«

»Maria, willste die Kassette liegen lassen, oder was?«, schnauzte Albert mich an. »Und du, Mahmoud, kannst nich' einfach mal so eben abhauen. Wir haben Aufträge, Termine.«

»Gib mir mein Pass.«

»Deinen Pass? Deinen? Hab ich mich verhört oder ja?«

»Mein richtige Pass, ich meine.«

Ich hob die Kassette auf, fuhr mit dem Finger in die Scharte im Holzboden. Yasmine war tot. »Niemand nimmt mir meine Geschäfte weg.« Ich ging auf Hassan zu. »Wie ist das passiert?«

»Sie ist einem Scharfschützen ins Visier gekommen«, antwortete er. »Christen. Phalangisten. Sie hatten sich in einem ausgebombten Haus in Hamra verschanzt.«

Mein Magen krampfte sich zusammen. Yasmine, mit aufgerissenen, leblosen Augen, verrenkt auf dem Asphalt liegend. Das meterlange, nach Vanille duftende Haar blutverschmiert im Straßendreck. Ich stürzte zum Waschbecken, würgte.

»So ist der Krieg, Maria. Das ist schlimm, aber das passiert.« Hassans Stimme verriet nichts, aber ich spürte seinen Blick in meinem Rücken. War das alles meine Schuld? Hatte ich Yasmines Leben auf dem Gewissen, weil ich Hassan unter Druck gesetzt hatte? Hatte er Yasmines Tod arrangiert? Hatte er sie womöglich selbst …? Ich drehte den Wasserhahn auf, spülte mir den Mund aus, drehte mich um.. »Mahmoud, wir fliegen nach Beirut.«

Albert zerknüllte die BZ, warf sie in den Papierkorb und fegte die Nusstüte vom Schreibtisch. »Raus hier! Alle – außer Maria!«, brüllte er.

Nabil floh. Mahmoud ging auf Albert zu. »Mein Pass!«

»Ich kümmere mich darum, Mahmoud«, sagte ich.

»Ich danke, Maria. Sehr!« Er blieb vor mir stehen, wischte sich mit beiden Handrücken über die Augen. »Alles mein Schuld.«

»Niemand hat Schuld. Richtig, Maria?« Hassan warf mir einen langen Blick zu, legte die Hand auf Mahmouds Schulter und schob ihn hinaus.

Onkel Albert stand auf. »Was fällt dir eigentlich ein, über meinen Kopf hinweg …?«

»Das Ganze ist meine Schuld.«

Er machte eine wegwerfende Handbewegung. »Seine Schuld, deine Schuld. Wer denn noch alles?«

Ich zertrat eine Nuss, wandte mich zum Gehen. Im Türrahmen blieb ich stehen. Hot Dog saß mit Tarek und Nabil an der Bar. Elke lehnte sich über den Tresen, sie steckten die Köpfe zusammen. Hassan und Mahmoud waren nicht zu sehen. Was, wenn Mahmoud oben auf mich wartete? Sollte ich ihm erzählen, was ich getan hatte? Was Hassan womöglich getan hatte? Wem würde Mahmoud glauben?

»Hol dir verdammt noch mal seinen Pass aus dem Safe.« Albert legte mir die Hand auf die Schulter. »Schnell, bevor ich es mir anders überlege.« Er räusperte sich. »Drei Tage – und die Tickets gehn auf deine Kappe.«

***

Staubige Mittagshitze lag drückend zwischen den Hauswänden. Schutt und Geröll versperrten die Straße, die in Mahmouds Wohnviertel führte. Wie ein Wegweiser ragte ein Stuhlbein aus den Trümmern.

In dem totenstillen Treppenhaus schrillte die Klingel unerträglich laut. Chaled öffnete. Als sei er hin- und hergerissen zwischen Erleichterung und Ablehnung, verharrte er, musterte seinen Bruder, musterte mich, drehte sich um und ließ uns stehen. Die drei Frauen saßen auf der Couch, in schwarzen Gewändern, ihre Gesichter verborgen. Ich erkannte Layla an der

Wölbung ihres Haarknotens unter dem Tuch. Sie stützte die magere Dima, die, beide Hände vor dem Gesicht, wimmernd vor und zurück wippte. Fatme warf sich in Mahmouds Arme. Er strich über den Rücken seiner schluchzenden Schwester und starrte dabei auf den leeren Platz neben Dima. Yasmines Platz. Wir konnten uns nicht von Yasmine verabschieden. Ihr Leichnam war bereits beigesetzt worden. Der Islam verlangte eine schnelle Bestattung. Die Temperaturen verlangten eine schnelle Bestattung, fügte er an.

Chaled lief mit uns nach Hamra und zeigte auf die oberen Stockwerke eines ausgebombten Hauses. Von dort aus hatten die Scharfschützen geschossen. Die dunkle, fast schwarze, getrocknete Blutlache vor meinen Füßen – war das Yasmines Blut? Hatte sie versucht, sich wegzuschleppen oder war sie sofort tot gewesen? War sie mehrmals getroffen worden? »Glaubst du, es ist so passiert, wie Hassan gesagt hat?«, fragte ich vorsichtig.

Mahmoud zuckte mit den Schultern. »Weiß ich nich', aber so passiert jede Tag. Ya Allah«, schluchzte er. »Ya Allah.«

Ich zögerte. Sollte ich fragen, ob Yasmine regelmäßig in Hamra war? In dieser Straße? Und sollte ich fragen, ob Hassan wegen der Asylanträge bei ihr gewesen war? Wäre ein Ja der Beweis für seine Unschuld? Ein Nein der Beweis für das Gegenteil? Oder …

Eine Explosion! Alarm! Von irgendwoher. Menschen liefen durcheinander. Eine stämmige Frau rannte mich um. Ich fiel hin. Etwas zischte über uns hinweg; hoch über mir und doch ganz nah. Schlug ins Mauerwerk; weit entfernt und doch dicht. Mein Kopf war leer. Keinen Gedanken konnte ich denken. Meinen Beinen nicht befehlen, aufzustehen. Meinen Armen nicht befehlen, mich abzustützen. Ich konnte mich nur von Mahmouds kräftiger und Chaleds grober Hand die Straße entlangziehen lassen, in einem Pulk von Menschen, inmitten der Rufe nach Allah; weg von der Wolke aus schwarzem Rauch, heißem Rauch, beißendem Rauch. Chaled ließ mich los, lief davon, Mahmoud zog mich in einen Hauseingang. Meine Hand in seiner, strich er mit dem Daumen über meinen Handrücken. Darauf konzentrierte ich mich. Nur darauf, während der undurchdringliche Staub und die schwarzen Rauchwolken mir den Atem nahmen. Ich hörte Sirenen.

Irgendwann wagte Mahmoud sich aus dem Eingang, führte mich an einem zusammengestürzten Haus vorbei. In aller Eile trugen die Menschen Mauerbrocken ab. Chaled stand ganz oben auf dem Trümmerhaufen. Er hielt inne, als er uns sah. Sein schönes Porzellangesicht war voll Ruß und so schwarz wie seine Augen, die mich anschrien: Ich hasse dich!

Bei Mahmoud ging ich direkt ins Bad, klopfte den Dreck von meiner Kleidung, wusch mir das Blut von den Händen, den Ruß und die Tränen aus dem Gesicht. Ich hätte da draußen krepieren können. Wie Yasmine. War sie zur falschen Zeit am falschen Ort gewesen? Ich hörte Layla. Obwohl ich kein einziges Wort verstand, wusste ich, dass sie ein Machtwort sprach. Ich lief in den Saal, setzte mich zu Dima auf die Couch, streichelte ihre alten Hände, ihren Kopf. Wie knochig er war, klein wie ein Kinderschädel. Dima war zu schwach für das, was hier geschah.

»Mama Layla sagt, Chaled geht Berlin«, übersetzte Mahmoud. »Ich bleibe hier, aufpasse Familie.«

»Was soll Chaled in Berlin? Außerdem – du hast noch Schulden bei uns.«

»Filleich Ali hat Arbeit fir mein Bruder.«

»Wir brauchen jemanden in der Werkstatt.« Ich kannte die Antwort, trotzdem oder gerade deswegen fragte ich: »Kann er Autos reparieren?«

Layla stützte ihre Hände in die Hüften. Aufmerksam verfolgte sie das Gespräch zwischen mir und Mahmoud. Ich war sicher, sie verstand mich, genau wie ich sie verstanden hatte.

Mahmoud schüttelte den Kopf. »Aber Chaled kann lesen. Kann schreiben.«

»Und deswegen kann er hier besser für die Frauen sorgen.«

Mahmoud hob die Schultern, streckte mir die Arme entgegen, Handflächen nach oben. Was erzählst du da, hieß das in seiner Sprache. »Schu?«, fragte er. »Was meinst du?«

Ich würde Chaled einen Grund geben, mich zu hassen. »Chaled wird ab sofort die Asylanträge verkaufen. Damit verdient er genug Geld für deine Familie.«

Mahmoud stutzte. Doch ich war sicher, niemand wusste, dass ich diesen Plan eigentlich mit Yasmine gehabt hatte. Niemand. Hassan agierte allein; das machte ihn so gefährlich. Mahmouds Blick flog zwischen Layla und Dima hin und her, während er übersetzte. Laylas Zweifel waren greifbar. Dima, in sich zusammengesackt, reagierte nicht.

»Ich weiß, Chaled verachtet Flüchtlinge, aber diese Flüchtlinge retten eure Familie«, schob ich hinterher. »Und jetzt bin ich müde.«

Auf den ersten Blick war Yasmines Zimmer unverändert; sogar das französische Buch lag noch auf dem Nachttisch. Und doch – es war leblos. Ich zog mich aus und kroch in Yasmines Bett. Der Vanilleduft ihres Shampoos umfing mich. Ich lauschte den Rufen auf der Straße. Ein Moped knatterte vorbei.

Die Laterne vor dem Fenster warf schwaches Licht an die Zimmerdecke, Schatten huschten über das Bett. Die Stimmen im Saal wurden leiser, verstummten. Ein Schatten kroch zu mir unter die Decke, legte seine Hand in die Mulde zwischen meinen Beckenknochen. Warf die Decke zurück. Mein Shirt stülpte sich über meinen Kopf, flog durch das Zimmer. Die Hand tastete nach meinem Slip, der langsam abwärts glitt.

Ein sanfter Hauch leckte meine Haut.

Ich hielt den Atem an.

Ich wollte sie aufhalten, diese Hand, aber mein Becken bäumte sich auf, wollte unbedingt zu ihr, ihr nachspüren, der erhitzten Haut, den sanften und forschenden Fingern.

Die Koniferen werfen keine Schatten mehr. Die Dunkelheit, das Dickicht schotten Alberts Grundstück ab. Kein Blick dringt herein. Keine Vergangenheit, keine Gegenwart, keine Zukunft. Kein Leben. Kein Wort. Bis heute.

Ein Skelett bricht das Schweigen.

Jasmin flieht nach oben, in Alberts Zimmer. Sie wirft Alberts Reisetasche auf den Boden und lässt sich in seinen Ohrensessel fallen, reibt ihre Wange an dem rauen Stoff. Der scharfe Geruch seines Aftershaves dringt ihr in die Nase.

Sie träumt also nicht. Träume riechen nicht so.

Die Frau dort unten redet seit Stunden und bleibt ihr dennoch eine Antwort schuldig. Die Frau, die ihre Mutter ist, die als Mama jedoch versagt hat. Die Frau, die Fragen beantwortet, die Jasmin nicht gestellt hat.

Sie nimmt die alte Kasperpuppe vom Regal, pustet den Staub vom Stoff und stülpt das zerschlissene Kostüm über ihr Handgelenk. Undeutlich steigt die Erinnerung auf, wird fühlbar, als der Stoff ihren Handrücken reibt. Sie kennt diesen Polizisten aus Holz. Sie kennt ihn – und zwar nicht aus den Schilderungen der Frau im Schaukelstuhl. Und die vergilbte Biene-Maja-Tapete an der Wand hinter ihr? Warum schmeckt sie kein Bonbon, knistert kein Schokoladenpapier und hängen keine ungeschickten Zeichnungen an der Wand?

Die Stille wird zerrissen vom Stöhnen der Stufen. Das muss Albert sein, ihre Mutter bewegt sich fast lautlos durch das Haus. Albert stößt die Tür auf. »Das war geschmacklos, Große, den Kuchen mit der alten Knarre zu garnieren.«

»Das ist alles, was du zu sagen hast?«

»Heut is' deine Mutter für die Unterhaltung zuständig.« Er baut sich im Zimmer auf. Zieht etwas aus seiner Hosentasche, legt es auf die Lehne des Ohrensessels. »Du wirst deine Mutter nicht verstehen, solange du hierüber nichts weißt.«

Ein Polaroidfoto. Eine Nahaufnahme. Ein faltenloses Gesicht. Bleich. Der Schreck springt aus ihren aufgerissenen Augen.

Ihr blondes Haar ist angeklatscht. Dort wo die Narbe ist, hat jemand seinen Fingerabdruck auf das Foto gepresst.

»Erzähl es mir!«

»Ich hab doch gesagt, deine Mutter ist heut für die Unterhaltung zuständig.«

»Du bist wie sie.« Jasmin drängelt sich an ihm vorbei.

»Sie macht nur meine Fehler, Große!«

Die Frau sitzt mit geschlossenen Augen im Schaukelstuhl, einen Teller auf dem Schoß. Den Pflaumenkuchen hat sie nicht angerührt. Die Sahne ist dünn wie Milchsuppe und zieht sich wie eine bleiche Haut über die Pflaumen. Die Frau atmet unruhig, doch der Schaukelstuhl steht still.

Jasmin lässt sie schlafen. Erst als sie die Augen wieder öffnet, hält sie ihrer Mutter das Polaroid hin. »Was war damals los?«

Die Frau wirft nur einen kurzen Blick auf das Foto, wie beiläufig, aber sie hört auf zu schaukeln. »Albert, warum zeigst du ihr das?« Sie springt auf, der Teller klatscht kopfüber auf den Teppich, die Sahne spritzt auf ihre Hosenbeine. Sie verdreht die Augen. »Ich muss mir was anderes anziehen.«

Jetzt ist es also so weit. Jasmin stellt sich ihr in den Weg. »Nein. Diesmal legst du dich nicht in die Badewanne und hinterher ins Bett und stellst dich tagelang tot. Diesmal bleibst du hier. Diesmal versteckst du dich nicht und kapselst dich nicht ab, wenn es unangenehm wird. Dieses eine Mal bist du für mich da! Verstanden?«

Widerwillig lässt sich die Frau in den Schaukelstuhl drücken, reibt die Sahne in den Hosenstoff. Sie reibt schnell und grob, als wolle sie sich durch den Stoff die Haut abreiben, weil sie sich nicht waschen kann.

»Sprich mit der Großen, Maria«, sagt Albert mit dieser rauen, brüchigen Stimme, die Jasmin heute zum ersten Mal hört. »Über alles. Sonst tu ich das.«

Die Frau lehnt sich in den Schaukelstuhl. Nickt. Noch nie hat Jasmin ein Nicken gesehen, das so vehement Nein sagt.

Albert kümmert sich um den Teller. »Schade um den Pflaumenkuchen«, sagt er und reibt die Sahnespritzer in den Teppich.

11

Herbst 1978

Ich tastete über das Bettlaken.

Viel zu viele Nächte waren vergangen, seitdem Mahmoud sich zu mir in Yasmines Bett geschlichen hatte. Seither schlich er sich nur noch in meine Träume, und wenn ich aufwachte, war ich allein. Jedes verdammte Mal. War irgendetwas von dem, was er in jener Nacht gesagt hatte, überhaupt wahr gewesen? Ich, seine Liebe. Ich, sein Leben. Ich, seine Familie. Warum war er dann immer noch in Beirut? Aus einer Woche war ein Monat; aus einem Monat waren zwei geworden.

Ich schlug die Decke zurück, lief ins Bad und beugte mich über die Kloschüssel. Wie lange noch konnte ich Albert eine Magenverstimmung vorgaukeln? Ich richtete mich auf, legte beide Hände auf meinen Bauch. Noch traten meine Beckenknochen hervor. Aber schneller als mein Bauch wuchs meine Sehnsucht nach Familie. Richtiger Familie. Vater, Mutter, Kind. Ende der Ersatzlösung, die ich schon mein Leben lang mit meinem Onkel lebte. Musste ich das Kind ohne Mahmoud bekommen? Bei Albert? Seine Wohnung war groß genug für drei. Sein Portemonnaie war groß genug für drei. Aber war sein Herz das auch?

Es war Hochsaison, viermal war der Konvoi inzwischen im Libanon gewesen. Jedes Mal war Hassan ohne Mahmoud zurückgekommen. Er erwähnte Mahmoud nicht und ich fragte nicht. Jedes Mal, wenn ich in die Werkstatt kam, durchschnitt mein Blick sie bis in den letzten Winkel, aber ein anderer steckte in Mahmouds blauem Overall. Ein Deutscher, ein Freund von Hassans Schwager. Den Verkauf der Asylanträge hatte Hassan an Chaled abgegeben. Welchen Deal sie dabei hatten, interessierte mich nicht. Hassan hatte mir nichts davon gesagt, Albert hatte es mir erzählt. Natürlich schwang in seiner Nachricht die Frage, was ich darüber wisse, aber die überhörte ich.

An jenem schwülen Spätsommernachmittag stand Hassan am Stehpult. Wortlos warf ich ihm Autopapiere und Schlüssel hin und machte, ebenso wortlos, kehrt.

»Übrigens, Maria«, rief Hassan, »ich vergaß, dir etwas von Mahmoud auszurichten.«

»Was?«

»Wir sind gestern zusammen nach Schönefeld geflogen.« Er grinste. »Mahmoud erwartet dich im Wintergarten, diesem Billardsalon in der Fasanenstraße.«

Ich sagte nichts. Ich stolperte aus der Werkstatt.

»Hausnummer 23!«, rief er mir hinterher. »Eine alte Villa mit Garten, nicht weit vom Ku'damm.«

Ich fuhr nicht über die Autobahn, ich quälte mich im Berufsverkehr durch den Wedding, durch Moabit, auf den 17. Juni. Ich fuhr nicht bis zum Ku'damm, ich parkte schon am Bahnhof Zoo. Mein Puls raste. Meine Schritte waren groß und doch lahm; lange war ich unterwegs und trotzdem stand ich viel zu schnell vor der 23. Jahrelang hatte ich die Fasanenstraße gemieden, und jetzt stand ich ausgerechnet vor dem gleichen schmiedeeisernen Zaun, zwischen dessen Gitterstäbe ich als Kind mein Gesicht so oft gedrückt hatte. Damals war dort ein Stripteaselokal gewesen. Irgendwo in der Villa war ein Elefantenbaby eingesperrt; man konnte es tröten hören. Moritz hatte erzählt, dass es mit seinem Rüssel die Stripperinnen auf der Bühne ausziehen musste. »Was hat ein Elefant im Puff zu suchen? Das is' Tierquälerei«, hatte Onkel Albert geschimpft, aber unternommen hatte er nichts. Damals wusste ich schon, was Striptease war, was Puff bedeutete, hatte ich noch nicht begriffen. Eines Tages wurde der Laden dicht gemacht, denn das Elefantenbaby war elendig verreckt – und ich, ich schämte mich, weil ich es nicht gerettet hatte; aber ich ging ja grad mal in die zweite Klasse.

Meine Hände legten sich schützend auf meinen Bauch. Ein Typ in dunkler Hose und Lederweste stieß die Tür zur Veranda auf. Musikfetzen drangen heraus. *Knock, knock, knockin' on heaven's door.* Die Tür fiel wieder zu, der Mann schlenderte über das heruntergekommene Grundstück und kickte das Gittertor auf. Ich schlüpfte hinein, lief über den struppigen Rasen, bückte mich unter der alten Kastanie durch und stieg die Treppen hinauf. Nebeldicker Rauch über den Billardtischen hüllte die Männer ein. Ein langer Schlaksiger redete mit einem, der ein Kreidestück in seine Hosentasche steckte. Ich drängelte mich an ihm vorbei, zum nächsten Billardtisch. Nur eine Queuelänge entfernt, über das grüne Tuch gebeugt, einen Arm ausgestreckt, den anderen angewinkelt, Kopf in den Nacken gelegt, reckte Mahmoud seinen sehnigen Hals. Zwischen seinem gespreizten Zeige- und Mittelfinger glitt das Queue hin und her. Hin und her. Ein feines Zucken seines Mundwinkels, ein Stoß, sanft, beinahe zärtlich – die Kugel touchierte eine andere, versenkte sie, donnerte an die Bande. Mahmoud lächelte zufrieden. Seine Hand fuhr in sein aufgeknöpftes Hemd, seine Fingerspitzen strichen über seine Brust. Ich spürte die Berührung auf meiner Haut. In meinem Herzen. Ich schaute weg. Da entdeckte ich Omar. An einen Tresen gelehnt, knutschte er mit einer Langhaarigen. Sie löste sich von ihm, und als ich ihr Profil sah, fuhr meine Hand unwillkürlich über meine Wade. Das war sie, die … die … das war die Schlampe, die mir den Absatz ins Fleisch gerammt hatte. Sie tippte an Omars Hutkrempe und tänzelte auf Mahmoud zu, kickte ihren Arsch gegen seine Hüfte und stöckelte an mir vorbei. Die Absätze ihrer Pumps hackten auf die Dielen. Ihr Haar war strähnig, das Gesicht mager und weiß. Nachtweiß. Was hatte Mahmoud mit dieser … dieser … Kellerassel zu schaffen? Er gaffte ihr hinterher, während er weiter über seine Brust strich. Da sah er mich. Verharrte, seine Hand unter dem Hemd zögerte, schlich hervor und winkte mich zu sich. Keinen einzigen Schritt ging ich auf ihn zu. Zwischen uns klaffte ein Krater, so tief wie nach einem Bombeneinschlag.

Mahmoud verharrte noch einen Moment lang. Dann steckte er das Queue in den Halter, streifte ein Jackett über, steckte sich eine Zigarette an und kam auf mich zu, ohne mich aus den Augen zu lassen. Er war schmaler geworden, die steile

Falte zwischen seinen Augenbrauen so tief wie die Kerbe in seinem Kinn. »Mein Spiel ist fertig«, sagte er und nahm wie selbstverständlich meine Hand, seine Finger klammerten sich um meine, bis wir auf der Veranda waren. Da nahm er mich in die Arme. »Ich habe dich gevermisst, Habibte. So viel Zeit ist gegangen.«

Ich stemmte mich gegen ihn. »Warum bist du so lange weggeblieben?«, fragte ich. »Und warum hast du dich nie gemeldet?«

Mahmoud riss die Augen auf. »Ich habe gemeldet. Ich habe Hassan gesagt, sagst du Maria, Mahmoud kommt zurick«, sagte er mit wundem Blick. »Immer.«

»Ich bin schwanger! Und Hassan hat kein Wort gesagt. Kein einziges!«

»Sage noch mal!«, befahl Mahmoud.

»Hassan hat kein Wort gesagt.«

»Nich das – was heißt schwanger?«

»Ich bekomme ein Kind.«

Mahmoud spuckte ein paar arabische Worte aus. Hassan. Allah. Scharmuta. Eindeutig, Scharmuta war dabei. Scharmuta. Nutte.

»Ich bin keine Scharmuta!«, fuhr ich ihn an und schüttelte ihn am Revers.

»Nich du. Hassan ist Scharmuta«, sagte er. »Schuldigung. Ich bin voll Aufregung.« Er legte seine Hände auf meine. »Komm Burger King. Unterhalten.« Der Himmel zuckte. Es blitzte. Die feuchte Wärme des Tages entlud sich in Gewitter und Platzregen. Ich fror. Ich zitterte. Mahmoud zog sein Jackett aus und legte es über meine Schultern. Im Burger King führte er mich zu einem Tisch weit weg von den anderen Arabern. »Du warte.« Mit zwei großen Kaffeebechern setzte er sich zu mir auf die Bank, nahm einen tiefen Zug aus der Zigarette und blies mir den Rauch ins Gesicht. »Was Ali gesagt?«

»Ali weiß es nicht. Er wird mir den Kopf abreißen.« Nicht nur den Kopf, er würde mir das Herz herausreißen, wenn er erfuhr, von wem das Kind war.

»Wirst du Ali gesagen, ich – ich bin Vater?«

Vater – auf dieses Wort war ich nicht vorbereitet. Auf Erklärungen, auf Rechtfertigungen hatte ich mich eingestellt. Yasmines Tod, die Kotzerei, zwei bis drei Tage lang. Da hatte die Pille versagt. So etwas passierte; ihm das zu erklären, darauf war ich vorbereitet. Ihm zu versichern, dass es keinen anderen gegeben hatte, während er im Libanon war. Aber er glaubte mir.

»Du musst sprechen mit Ali.«

»Hätte ich gewollt, dass Ali sich einmischt, hätte ich ihn mitgebracht. Also setz du ihn jetzt nicht mit an den Tisch.«

Mahmoud schaute auf meinen Bauch. »Hier drinne is' Baby? Dein Baby und mein Baby?« Er nahm meine Hände, rieb meine Handflächen an seiner stoppeligen Wange. »Bist du voll Freude?«

Ich zuckte mit den Schultern.

»Ich bin voll Freude!« Er legte seinen Zeigefinger unter mein Kinn und zwang mich so, ihn anzusehen. »Wir verheiraten!«

»Heiraten?« Das Wort drehte mein Innerstes um, ein Gefühl wie an jedem Morgen der letzten Wochen, wenn ich über der Kloschüssel hing. Das ging vorüber. So oder so. Aber heiraten? Seine Frau, sein Leben, seine Familie sein?

»Wir verheiraten. Ich bekomme Aufenthalt. Wir haben gutes Leben, Habibte.«

Vor wenigen Stunden hatte ich noch geglaubt, ich würde ihn nie wiedersehen, und jetzt nannte er mich Habibte. Wer sagte mir, dass er nicht genauso schnell wieder verschwand?

Er streichelte meine Wange. »Ich will dich. Oualla.«

»Heute vielleicht«, platzte es aus mir heraus. »Gestern nicht. Letzte Woche nicht. Morgen vielleicht auch nicht mehr. Ich kann mich nicht auf dich verlassen.«

»Nich verlassen, verheiraten. Wir machen ein Familie.«

Familie. Vater. Mutter. Kind. Das war es, wovon ich seit kurzem träumte, aber noch mehr machte ich mir vor Angst in die Hosen. Vielleicht schielte er ja nur auf eine Aufenthaltserlaubnis. Vielleicht.

Vater. Mutter. Kind.

Wenn er nur endlich wiederholte, was er mir in jener Nacht ins Ohr gehaucht hatte, ich hätte glauben können, dass ich das Richtige tat. Drei Worte nur. Vielleicht hätten sie mich aus der Fassung gebracht, diese drei Worte.

Vielleicht wäre ich weg von ihm, zu Albert gelaufen.

Vielleicht.

Wussten wir überhaupt, was Liebe war? Wenigstens einer von uns beiden?

Sie kamen nicht über seine Lippen, die drei Worte.

Draußen klopfte Elke an die nasse Scheibe. Nabil legte seine Jeansjacke über sie, um sie vor dem Regen zu schützen.

Mahmoud küsste meine Schläfe, stand auf. »Sagst du Ali, Mahmoud ist guter Mann. Sagst du Ali, ich komme Big Apple morgen.«

»Und heute, wohin gehst du heute?«

»Bei Omar und Freundin.« Er nahm sein Jackett von meinen Schultern, drehte sich um und schlenderte hinüber zu den Arabern, als Elke und Nabil auf uns zu steuerten.

»Halt dich fest«, sagte Elke und beugte sich über den Tisch. »Nabil und ich waren heute beim Kammergericht.«

»Ihr wollt …?« Meine Stimme geriet einen Ton zu grell.

»Heiraten, ja«, antwortete Nabil. »Ich werde zu Elke in die Wohnung ziehen. Ich werde studieren und bei Ali arbeiten.« Er schaute Elke an. »Wir beide werden bei Ali arbeiten.«

»Das … freut mich für euch … und das … überrascht mich.« Was sonst sollte ich sagen?

»Nabil, Schatz, holst du mir ein Bier?«, fragte Elke. Sie fuhr mit der Zunge über ihre Oberlippe, bis er außer Hörweite war. »Ich habe ihm nicht gesagt, dass du Renate und mich gesehen hast«, flüsterte sie. »Es wäre ihm peinlich, wenn jemand weiß, dass ich lesbisch bin.«

»Ihr seid also kein Paar, das Ganze ist eine Scheinehe.«

»So würde ich das nicht sagen. Wir lieben uns ja, nur eben anders.« Elke zwinkerte. »Renate kriegt ein Problem im Job und ich mit meinen Eltern, weil sie uns das mit der

Frauen-WG nicht mehr abkaufen.« Sie blies die Wangen auf. »Nabil kriegt ein eigenes Zimmer bei uns. Bis er die Aufenthaltserlaubnis hat, liegt seine Wäsche in meinem Schrank und sein Schlafanzug in meinem Bett. Nur sein Schlafanzug; für den Fall, dass die uns überprüfen. Aber … psst … er kommt zurück.«

Nabil deutete mit dem Kopf in Mahmouds Richtung. »Er kann mein Bett am Stutti übernehmen. Außerdem will Omar auch ein Bett dort.« Er hielt Elke das Bier hin. »Trink schnell. Wir müssen zur Arbeit.«

»Ich nehme euch im Auto mit«, sagte ich.

Nabil und Elke schlenderten Arm in Arm neben mir her. Eine grüne Minna mit Blaulicht raste an uns vorbei, bog vom Ku'damm in die Joachimsthaler Straße. Richtung Bundesallee. Richtung Big Apple. Mir wurde schwarz vor Augen. Ich musste mich am Ampelpfahl festhalten. Albert. Die manipulierten Kassenbücher, das viele Geld im Safe, die Pässe, die Führerscheine, das Schuldenheft. Ich würgte, krümmte mich, kotzte den Kaffee aus. Das dünne Kleid klebte an meiner Haut. Ich fror. »Ich muss nach Hause«, stöhnte ich. »Ich setz euch am Big Apple ab.« Zitternd ging ich zu meinem Käfer. Elke griff mir unter den Ellbogen und stützte mich.

Zu Hause lief ich geradewegs ins Bad, drehte den Wasserhahn auf, trank aus der Leitung. Im Waschbecken trieben Onkel Alberts Bartstoppeln. Ich richtete mich auf, ließ das kalte Wasser über meine Handgelenke fließen, in meine Handflächen, über meine Handrücken. Ich stützte mich aufs Waschbecken, sah mir die Frau im Spiegel genau an, die mich aus schwarz verschmierten, aber glänzenden grauen Augen musterte. Ich musste sie kennenlernen, die Frau mit der Narbe auf der Stirn. Weil es ihr nicht gelang, krumme Sachen mit einem runden Bauch in Einklang zu bringen. So konnte ich nicht weiterleben. Mit einem Kind im Bauch und einem Bein im Knast. Früher oder später würde ich tatsächlich dort landen. Früher oder später auch Albert. Und Mahmoud? Früher oder später würde sein Asylantrag abgelehnt und sie würden ihn in den Libanon abschieben. Dann würde das Kind im Heim aufwachsen – oder im Krieg. »Maria heiratet Mahmoud«, flüsterte ich der Frau im Spiegel zu. Aber das reichte nicht. »Maria heiratet Mahmoud und sie leben ein bürgerliches Leben. Ohne krumme Sachen.« Wie sollte das gehen? Wie lebte man als, mein Finger schrieb die Buchstaben bereits auf den Spiegel, wie lebte man als Vater-Mutter-Kind?

Die Wohnungstür wurde zugeworfen. »So langsam mach ich mir Sorgen, Kleene«, rief Albert. »das is' wohl mehr als 'ne Magenverstimmung. Das is' 'n Magengeschwür.« Er stand im Türrahmen, blass, die Stirn in Falten gelegt. »Morgen fahrn wir zum Arzt. Keine Widerrede.«

Ich folgte ihm in die Küche. Er setzte Wasser auf, breitete die BZ auf dem Küchentisch aus, tippte auf die Schlagzeile: »Schah von Persien verhängt Kriegsrecht über Teheran. Da rollt die nächste Flüchtlingswelle auf uns zu. Ich wette, Moritz knüpft schon die ersten Kontakte und wir machen noch mehr Geschäfte.« Er rieb sich das Kinn und nickte nachdenklich.

Ich fuhr zusammen. Egal, wie groß Onkel Alberts Herz war, ich würde ihn verlassen müssen. »Ich bin schwanger.«

Der Wasserkessel pfiff. Der Deckel sprang ab, Dampf schoss heraus. Onkel Albert nahm den Kessel von der Herdplatte. »Du bist …«

»Schwanger, ja.«

Er goss Wasser in den Kaffeefilter, stellte den Kessel zurück auf die Herdplatte. Dann drehte er sich zu mir um. »Deine Mutter war in deinem Alter, als du unterwegs warst. Schmeißen wir eben 'n paar Möbel raus und renovieren das Esszimmer.«

»Regt dich das nicht auf? Und willst du gar nicht wissen, wer der Vater ist?

»Is' das wichtig?«

»Mahmoud ist der Vater.«

»Erzeuger.« Ali strich mir übers Haar. »Deswegen hat er sich also aus'm Staub gemacht.«

»Er ist wieder hier.«

»Na und?« Onkel Albert goss heißes Wasser nach. »Wir müssen es ihm ja nich' sagen.«

»Verdammt noch mal, was bildest du dir ein? Er weiß es natürlich längst. Und er will mich heiraten.«

Albert setzte den Kessel ab. Wasserspritzer zischten auf die Herdplatte. »Daher weht also der Wind. Aber du bist ja 'n schlaues Mädchen.«

»Wie meinst du das?«

»Nabil war heute bei mir im Büro.«

»Er und Elke heiraten, ich weiß.«

»Ja, weiß denn hier jeder alles? Außer mir?« Er wischte die Spritzer vom Herd. »Das mit Elke und Nabil mag ja noch angehn, aber Mahmoud will sich doch nur vor der Abschiebung drücken.«

»Du glaubst also nicht, dass er mich liebt? Dass mich überhaupt einer liebt?«

»Schwachsinn! Aber so einer liebt nicht, so einer berechnet seine Vorteile. Du hast doch Nein gesagt?«

Ich zuckte die Schultern.

»Du bist noch dämlicher wie deine Mutter!«

»Als.«

»Als ... was?«

»Als meine Mutter.«

»Jedenfalls biste dabei, dich und dein Kind einem auszuliefern, der nur auf unsre Staatsbürgerschaft spekuliert. Der soll bleiben, wo der Pfeffer wächst.«

»Wo es Bomben hagelt. Das träfe es besser.«

»Dann lass es wegmachen«, sagte er, »ich frag die Mädels vom Stutti. Die kenn' sich mit so was aus.«

»Hast du das damals auch zu meiner Mutter gesagt?« Ich rannte in mein Zimmer, schmiss die Tür zu, schloss ab. Sein Herz war nicht groß, es war nicht mal winzigklein. Er hatte keins.

Er hämmerte an die Tür. Er drückte die Klinke. «Jetzt stell dich nich' so an! Mach deinem alten Onkel die Tür auf!«

»Onkel Albert gibt es nicht mehr!«, rief ich. »Und mit Ali will ich nichts mehr zu tun haben. Hau ab!«

***

Am nächsten Abend tauchte Mahmoud im Big Apple auf.

Er drückte mir eine Musikkassette in die Hand. »Geschenk fir dich von Fatme. Arabische Musik, Abd el Halim.« Sanft fuhr er mit seinem Daumen über meinen. Dann zeigte er auf die Tüte in seiner Hand. »Fir Ali. Von Mama Layla.« Sein Tonfall war weich, zärtlich, liebevoll. Väterlich. Wie damals, als er mit seinen Müttern und Schwestern gesprochen hatte. Dieser Mann würde unser Kind lieben.

»Ali ist im Büro. Ich komme mit.«

»Nein«, wehrte Mahmoud ab. »Ich spreche alleine.«

»Ich arbeite wieder fir Ali«, sagte Mahmoud eine endlose halbe Stunde später. »Ich lebe wieder bei Ali.«

Ich klimperte mit den Münzen in meiner Kassette. »So was regelt er in fünf Minuten. Was hat so lange gedauert?«

»Ich mache Vertrag mit Ali.«

»Was für einen Vertrag? Hat er dir Geld angeboten?«

»Geld? Fir mich? Warum?«

»Damit du mich sitzen lässt.«

»Sitzen lesst?« Mahmoud schob die Augenbrauen zusammen. »Sprechst du mit Ali. Er sagt dir Bescheid.«

Ich wartete nicht bis zum Feierabend. Ich ließ Mahmoud stehen und ging ins Büro. »Was ist das für ein Vertrag, den du mit Mahmoud machen willst?«, fragte ich.

»Männersache«, antwortete Ali. »Gewöhn dich schon mal dran. Als Frau von ’nem Muselmann haste ja nüscht mehr zu melden.«

»Willst du Mahmoud in krumme Sachen verwickeln, damit er am Ende abgeschoben wird?«

Ali hob beide Hände. »Wir sprechen von einem Vertrag. So was is’ legal.«

»Du und legal? Dass ich nicht lache!« Ich ging ins Vorratslager und nahm Mahmouds Pass, den echten, aus dem Safe.

***

Schon am nächsten Morgen holte ich Mahmoud aus der Werkstatt und lotste ihn zu meinem Käfer. »Ich habe eine Bedingung. Keine krummen Sachen mehr. Wir bauen uns ein neues Leben auf.«

Mahmoud legte seine Hand auf meinen Bauch. »Familie mit Baby braucht sauberes Leben.« Die Wärme in seiner Stimme sickerte in mein Herz, die Wärme seiner Handfläche drang durch meine Jeans in meinen Bauch.

»Schwörst du das?«

»Natirlich, Habibte. Oualla.«

»Dann fahren wir jetzt zum Kammergericht.«

Er in seinem Overall, die Duldungsbescheinigung, seinen Pass und meinen Ausweis in seinen Händen, beantragten wir das Ehefähigkeitszeugnis für Mahmoud.

***

Ungewöhnlich trüb war der Herbst. Ungewöhnlich kühl. Ungewöhnlich regnerisch am Tag der Doppelhochzeit. Hassan war Trauzeuge. Mahmoud und Nabil hatten ihn gewählt, Elke hatte Renate als zweite Zeugin mitgebracht. Nur ich, ich hatte niemanden, und so war Nabil nicht nur Bräutigam, sondern auch Trauzeuge.

»Stellt euch daneben«, sagte Hassan und zeigte mit Alis Polaroidkamera auf das Messingschild STANDESAMT. »Beide Paare.«

Nabil und Elke, im Partnerlook, schwarze Hose, weißes Hemd, schwarzes Sakko, stellten sich rechts neben das Schild. Mahmoud in der beigefarbenen Hose und dem hellblauen Hemd von der Einschleusung, darauf hatte er bestanden und sich nur auf ein neues Jackett eingelassen, stellte sich neben mich. Ich trug Yasmines Kaftan. Noch fiel er locker über meinen Bauch.

»Renate, willst du als Nabils Zweitfrau auch auf das Foto?«, spottete Hassan, doch Renate reckte nur ihr spitzes Kinn in die Höhe. Hassan drückte auf den Auslöser. Mit der Hand schützte er das heraussurrende Polaroid vor dem Regen.

Nabil hielt uns die Tür auf. »Kommt schnell rein.«

»Ich brauche noch ein paar Minuten«, sagte ich, steckte mir eine Zigarette an und schaute die Otto-Suhr-Allee hinunter. Ali ließ sich nicht blicken. Kein persönliches Wort hatte er mehr verloren, seitdem ich ihm die Einladung hingelegt hatte. In der Nacht vor der Trauung, meiner letzten Nacht am Hohenzollerndamm, war Elvis' *In the Ghetto* aus dem Wohnzimmer in mein Zimmer geschwappt. In Endlosschleife. Und je weiter die Nacht voranschritt, umso lauter sang Ali. Am Ende lallte er dem Text sturzbesoffen hinterher.

Und jetzt blieb er weg.

Als der Standesbeamte unsere Namen rief, glitt meine Hand in Mahmouds. Unsere Blicke trafen sich. Sein Blick war ruhig, sicher und sagte mir, dass ich das Richtige tat.

Die Trauung erschien mir unwirklich. Nur das Klicken der Polaroid, jedes Mal, wenn Hassan ein Foto machte; die roten Punkte vor meinen Augen, jedes Mal, wenn der Blitzwürfel aufleuchtete; das Surren, jedes Mal, wenn die Kamera ein Foto ausspuckte, drangen zu mir durch. In der sachlichen Atmosphäre des Standesamtes klang mein Ja so kühl wie der Herbst. Ich wiederholte es. »Ja!« Mahmouds Stimme zitterte. Der ganze Mann zitterte, als er mir den goldenen Ring über den Finger schob. Beim Unterschreiben wurde er ruhig. Er schrieb nicht mehr rückwärts; er schrieb von links nach rechts, und nur einmal musste er dabei auf das Gekritzel in seiner Handfläche schauen. Der Brautstrauß wechselte aus meinen in Elkes Hände. Elkes Ja war laut, beinahe euphorisch, Nabil hingegen presste es zwischen den Zähnen hervor.

Im Vorraum des Trauzimmers legte Mahmoud das in

Kunstleder gebundene Stammbuch auf den Tisch. Er blätterte darin wie in einem Bilderbuch und zeigte auf unsere Unterschriften.

Mahmoud Nouri. Maria Nouri. Ich legte die Hand auf die unscheinbare Wölbung zwischen meinen Beckenknochen, spreizte die Finger, betrachtete den goldenen Ring. Passte er zu mir? Passte irgendetwas von dem, was heute geschah, zu mir?

Ali wartete vor dem Standesamt. Wie ein räudiger Hund stand er da, seine Haare klebten an seinem Kopf. Der Regen rann seine Stirn hinab, lief ihm in die Augenbrauen, tropfte von seiner Nase, in den dicken Strauß Baccararosen in seiner Hand. Sein Jackett, der Hemdkragen, die Krawatte – alles triefte. Seine Hose war vor Nässe dunkelbraun, die Lederschuhe stumpf. Mir kam es vor wie eine Inszenierung. In der herabhängenden Hand hielt er einen kleinen weißen Strauß. Im Vorbeigehen hielt er Elke die Blumen hin und klopfte Nabil auf die Schulter. Dann zog er ein Kuvert aus der Innentasche seines Jacketts und steckte es zwischen die Baccararosen. Augenblicklich verlief die Tinte aus Moritz' Kanzlei. Der Vertrag.

Mahmoud hielt das Stammbuch in beiden Händen. »Jetzt Maria is' meine Frau«, sagte er zu Ali. »Willst du gesehen?«

Klick! Es surrte. »Fürs Familienalbum«, sagte Hassan und reichte mir das Polaroid, während Ali seinen Zeigefinger in Mahmouds Brust stieß. »Für jede Träne, die meine Maria wegen dir vergießen muss, breche ich dir einen Knochen. Is' das klar, mein Freund? Und wenn ich dich jemals dabei erwische, wie du dich an ihr oder …« Ali zeigte auf meinen Bauch, »… oder an ihm vergreifst, dann reiß ich dir die Eier ab. Und das is' nur der Anfang.«

»Bist du gekommen, um mir meine Hochzeit zu vermiesen?«, fragte ich so gleichgültig wie möglich.

»Deine Hochzeit interessiert mich nich'. Du hast heut Geburtstag. Ich bring dir dein Geburtstagsgeschenk.«

Hassan machte einen Schritt auf Ali zu, legte den Arm um seine Schulter. Er sprach mit Ali, aber er schaute nicht ihn, sondern mich an. »Ich habe gehört, Nabil wird dein Geschäftsführer, jetzt wo er eine Aufenthaltserlaubnis bekommt.«

»Mit zwei Weibern am Hals braucht der Junge jeden Pfennig, den er kriegen kann.« Ali lachte zu laut und zu lang. Das Polaroidfoto hatte sich entwickelt. Ich erschrak. Ali und Mahmoud; die Profile von zweien, die sich maßen. In Alis regennasses, rotfleckiges Gesicht malte sich das Spinnennetz der geplatzten Äderchen. Umso erhabener wirkte Mahmouds schmaler Kopf; der Blick jedoch war beinahe feindlich, so feindlich wie – nein, Mahmoud war nicht wie Chaled.

»Komm, Habibte. Wir gehen Auslenderpolisei, Aufenthalt holen«, sagte mein Mann und schritt die Stufen hinab.

Es war kalt im Warteraum der Ausländerpolizei, aber die Gewissheit, dass wir das Gebäude mit einem Stück Unabhängigkeit von Ali verlassen würden, wärmte mich.

Mahmoud blätterte wieder im Stammbuch. »Heute dein Geburtstag?«

»Heute ist unser Hochzeitstag, das ist wichtiger.«

Er atmete tief ein, legte seine Hand auf sein Herz. »Heute ich bekomme Aufenthalt. Heute auch mein Geburtstag.«

Als wir endlich aufgerufen wurden, trug Mahmoud das Stammbuch wie eine Trophäe vor sich her und legte es unaufgefordert auf den Schreibtisch des Beamten. Der Mann ließ sich die Akte bringen, blätterte lange darin, schnalzte schließlich mit der Zunge und fragte: »Sie wollen eine Aufenthaltserlaubnis? Da müssen Sie sich schon gedulden, bis die anhängigen Strafverfahren abgeschlossen sind.«

»Strafverfahren?«, fragte ich. »Das muss ein Irrtum sein.«

Der Beamte schaute Mahmoud an. »Ja, weiß Ihre Gattin denn nicht …?«

»Welche Strafverfahren?« Ich klang so schrill wie eine Polizeisirene.

Der Beamte leckte die Kuppe seines Mittelfingers und blätterte wieder. »Diebstahl, Körperverletzung, Diebstahl, Verstoß gegen das BTMG; das ist das …«

»Betäubungsmittelgesetz, ich weiß.« Mein Mund war trocken, meine Zunge schwer. Mahmoud zuckte nur mit den Schultern, steckte die Duldung und seinen Pass wieder ein. Das Stammbuch ließ er liegen. Der Beamte klappte es zu und gab es mir. »Kommen Sie wieder, wenn die Duldung verlängert werden muss.«

»Komm nach Hause«, sagte Mahmoud vor dem Gebäude.

»Nach Hause? Wir haben kein Zuhause. Wir wollten …« Ich musste schlucken. »Wir wollten aussteigen. Mit Aufenthaltserlaubnis, Arbeitserlaubnis und eigener Wohnung. Aber das war alles nur Lüge, stimmt's?« Ich warf das Stammbuch auf den Rücksitz und fuhr los. »Nichts wird sich ändern. Gar nichts, hab ich recht?«

Mahmoud schaute aus dem Fenster und schwieg.

»Am Hohenzollerndamm stehen nur noch ein paar Möbel von mir. Am Stutti wollten wir nur leben, bis wir eine Wohnung haben. Soll unser Kind zwischen Asylanten und Nutten aufwachsen?«

»Nicht lange wir bleiben mit Ali. Nicht lange, Habibte. Kommt Baby, kommt Aufenthalt, kommt alles.«

»Nichts außer dem Baby kommt, wenn wir so weitermachen. Das muss doch sogar einer kapieren, der nicht lesen und nicht schreiben kann.«

Er schwieg. Am Stutti stieg er aus und lief ins Haus.

Die Wohnungstür stand sperrangelweit auf. Die Tür zu meinem alten Zimmer auch. Omar und Tarek hatten es schon geräumt; die Bettwäsche war abgezogen, fast alle Fächer im Schrank leer. Ich wühlte in dem Karton auf dem Schrankboden. Blusen, zwei weiße Pullis, Hosen, Kleider, überall hingen noch die Preisschilder. Wie blöd war ich eigentlich gewesen? Ich schleuderte den Karton in den Flur.

Breitbeinig stand Mahmoud im Türrahmen. »Was machst du?

»Na was denkst du wohl?« An der Rückwand lehnten

LPs, ich warf sie auf den Boden, schob sie mit dem Fuß in Mahmouds Richtung.

»Das alle meine.«

»Gar nichts davon gehört dir. Das hast du alles gestohlen. Und die Drogen, wo sind die?«

»Ich habe keine«, antwortete er nur, stieg über die Schallplatten, ging zum Fenster und zog eine kleine Plastiktüte hinter dem Foto seiner Eltern hervor, warf sie aufs Bett und ging hinaus.

Der Polizeipräsident in Berlin. Justizkasse Berlin. Die Buchstaben auf den Briefumschlägen begannen vor meinen Augen zu verschwimmen. Staatsanwaltschaft beim Landgericht Berlin. Amtsgericht Moabit. Anzeigen, Vorladungen, Bußgeldbescheide. Die beiden Verfahren wegen Diebstahl wären längst eingestellt worden, wenn Mahmoud die Geldbuße bezahlt hätte. Aber die blaue Zahlkarte lag noch bei dem Beschluss. Und dann die Körperverletzung; eine Schlägerei im Athena Grill. Das Schlimmste aber war, ich wischte die Briefe vom Bett, das Schlimmste war die Anzeige wegen Drogenbesitzes. Drogen, die bei ihm gefunden wurden an dem Tag, an dem wir beim Kammergericht gewesen waren und das Ehefähigkeitszeugnis beantragt hatten.

Ich raffte die Post zusammen und lief in die Küche. Mahmoud saß am Tisch, eine Kippe zwischen den Lippen, Omar am anderen Ende. Sie saßen weit voneinander entfernt, und doch: Ich war diejenige, die im Abseits stand. War das das Abbild unserer Ehe?

»Erklär mir das endlich!« Ich warf die Briefe auf den Küchentisch. Sie stießen an ein Teeglas. Der Tee floss über die Papiere, sammelte sich in den Falten. »Kriegt er die Drogen von dir, Omar, oder von deiner beschissenen Freundin?«

»Mahmoud hat nur aufgepasst. Ihr bekommt Baby. Da passiert nichts, dachten wir.«

»Ihr dachtet? Ihr?«

Mahmoud fischte die Zahlkarte aus der Brühe, wischte sie ab, faltete sie zusammen und steckte sie in die Brusttasche.

»Ich gezahle«, sagte er. »Ich mache alles gut, Habibte. Oualla. Ich arbeite fir Ali, bis Aufenthalt kommt. Ali brauch' mich.«

»Aber wir brauchen Ali nicht. Wir gehen zum Arbeitsamt. Gleich morgen. Ich bin deine Frau und ich bin schwanger. Sie müssen dir Arbeit geben. Aufenthalt hin oder her. Und dann gehen wir weg von hier. Sofort.«

»Alles, was du will, Habibte«, antwortete Mahmoud. »Vertraust du mir. Jetzt ich gehe arbeiten.« Er stand auf und verließ mit Omar die Wohnung, als kämen wir nicht gerade vom Standesamt.

Ich legte mich in mein Bett und kippte den Sekt bei Abd El Halims wehmütigem Gesang direkt aus der Flasche in mich hinein. Vor meinem Ja hatte ich mir vorgestellt, dass ich mich mit Mahmoud in meinem alten Bett mit neuer Bettwäsche wälzen würde, wie wir uns vor einem Vierteljahr in Yasmines Bett gewälzt hatten. Genauso und doch ganz anders. Ich als seine Frau. Sein Leben. Seine Familie. Zu allem bereit, so bereit, wie ich nach meinem Ja nur sein konnte. Damit das Wort endlich in mein Gefühl sickerte. Doch es war nur mein Kopfkissen, das ich an jenem Abend in den Armen hielt. Irgendwann in der Nacht, als ich meine Wut auf Mahmoud längst im Sekt ertränkt hatte, war er bei mir, küsste mich auf die Stirn, deckte mich zu und schloss die Tür hinter sich. Aus dem anderen Zimmer schwappte sein Lachen herüber, Omars und Tareks Rufe, das Stimmengewirr der anderen Araber. Und ich, ich lag da und grübelte.

***

Morgens war es still und ich immer noch allein. Die leere Sektflasche lag vor dem Bett, Alis Rosen auf dem Tisch. Zweiundzwanzig welke Köpfe und der Vertrag. Ein Ehevertrag. Schon jetzt las er sich anders als ein paar Tage zuvor. Wie hatte ich mich dagegen gesträubt, einen Vertrag mit Gütertrennung zu unterschreiben, einen Vertrag, in dem festgehalten wurde, dass Mahmoud außer seiner Kleidung nichts in die Ehe einbrachte.

Ich hatte mich geschämt, darüber zu spekulieren, was er mir im Falle einer Trennung wegnehmen könnte. Aber Mahmoud wollte unbedingt einen Vertrag mit Ali machen. »Umbiding«, hatte er gesagt, den Stift genommen und ohne zu zögern die Buchstaben abgemalt, die Moritz zuvor auf ein Stück Papier gekritzelt hatte. Ich faltete den Ehevertrag zusammen, streifte meinen Kaftan über und schlich aus der Wohnung. Ich hatte eine Lösung gefunden, eine vorübergehende.

Alis Wohnung war mir über Nacht so fremd geworden, dass ich klingelte.

»Haste keen Schlüssel mehr?«, schimpfte Albert und folgte mir ins Esszimmer. Seine Haare standen in allen Richtungen vom Kopf ab. »Und warum läufste immer noch in dem Fummel rum?«

Während er duschte und sich rasierte, spannte ich einen Bogen in die Triumph-Adler und tippte. Ich zog das Blatt aus dem Schlitten, legte es auf den Küchentisch und packte in meinem Zimmer die letzten Klamotten zusammen. Endlich konnte ich in meine Jingle Jeans schlüpfen. Den Knopf bekam ich nicht mehr zu. Zum ersten Mal. Im Flur mischte sich der herbe Geruch von Alis Aftershave in den Duft frisch gemahlener Kaffeebohnen. Ali erwartete mich an der Küchentür. »Er is' nich' meine erste Wahl«, sagte er. »Er is' nich' mal meine zweite oder dritte … aber er is' deine. Das muss ich hinnehmen, wohl oder übel. Ich muss ihn ja nich' lieben.«

Am liebsten hätte ich mich in seine Arme geworfen, mich an seine Brust geschmiegt, mir bei ihm Kraft und Sicherheit geholt, aber der offene Knopf an meiner Hose erinnerte mich an das, was er gesagt hatte: Lass es wegmachen. »Ich brauche deine Unterschrift«, sagte ich und zeigte auf den Tisch.

Ali überflog die Zeilen. »Wofür brauchste denn 'ne Arbeitsbescheinigung?« Er unterschrieb, warf den Kuli hin.

»Für eine Wohnung«, antwortete ich.

»Wozu das? Bleibt einfach in deinem alten Zimmer. Wir vermieten nur noch das andere, und du schaust weiter nach dem Rechten.« Ali stemmte die Hände in die Hüften. »Und wenn euer Kind da is', räumen wir alles aus und die Wohnung is' deine. Über die Miete reden wir später.«

»Mein Kind wird nicht am Stutti aufwachsen. Mein Kind hat was Besseres verdient. Wir ziehen aus.«

»Tu, was de nich' lassen kannst.« Ali schlurfte aus der Küche.

»Mahmoud hat jetzt eine Aufenthaltserlaubnis«, log ich. »Heute gehen wir zum Arbeitsamt und werden einen richtigen Job für ihn suchen!«

»Nich' solange er Schulden bei mir hat, Schwiegersohn hin oder her.«

»Er ist nicht dein Schwiegersohn – außerdem, wirf mal einen Blick ins Schuldenbuch. Er hat schon lange keine Schulden mehr.«

***

»Was heißt, mein Mann darf nicht als Automechaniker arbeiten?«, fragte ich die Frau hinter dem Schreibtisch.

Sie zuckte mit den Schultern. »Deutsche Arbeitslose haben Vorrang. Das gilt für alle Berufe. Aber auch wenn es keine deutschen Arbeitslosen in diesem Beruf gäbe, käme ihr Mann nicht in Frage. Er hat keinen Gesellenbrief. Er kann nur als Hilfskraft arbeiten. Und sogar das ist schwierig ohne Aufenthaltserlaubnis. Seine Duldung läuft in zwei Monaten ab.«

»Aber er bekommt eine Aufenthaltserlaubnis. Das wissen Sie sicherlich.«

»Ach ja, weiß ich das?« Die Sachbearbeiterin tippte auf das Stammbuch. »Wenn das so sicher wäre, hätte Ihr Mann durch die Eheschließung bereits eine AE.« Aber sie hatte dann doch etwas für ihn. Das Einzige, was sie einem mit seinem Status anbieten konnte. Ausgerechnet das?, stand Mahmoud ins Gesicht geschrieben. Und mir lag es auf der Zunge. Ausgerechnet dort? Aber ablehnen ging nicht. Die Arbeitserlaubnis galt nur für diesen Job. Und nur an diesem Ort.

Abends klopfte ich an Alis Bürotür. Es roch nach altem Fett und Pommes, nach abgestandenem Rauch. Nach Tarek. Im Aschenbecher steckte eine Kippe zwischen ausgespuckten Nussresten. Ali ging um seinen Schreibtisch herum. »Seit wann klopfste bei mir an?« Er hielt mich auf Armeslänge von sich, begutachtete mich. »Da wächst ja nüscht!«

»Seit heute früh«, sagte ich patziger, als ich wollte. Und dann: »Mahmoud hat Arbeit. Ab morgen.«

Ali klatschte in die Hände. »Das is' gut. Das is' wirklich gut! Wo soll ich so schnell Ersatz herkriegen? Gebt mir wenigstens 'n paar Tage Zeit.«

»Geht nicht.«

»Was is' das für 'ne Analphabetenarbeit, die nich' noch 'n paar Tage warten kann? Putzt er Klos? Was für ein Brüller!«

Ich nahm die Geldkassette vom Schreibtisch. »Er hat eine Arbeitserlaubnis und einen Arbeitsvertrag. Er füllt Regale auf bei Wertheim am Ku'damm. Und ja, es ist wirklich ein Brüller – er verdient jetzt nämlich mehr als jeder, der für dich arbeitet.« Ich deutete auf die BZ. »Gibst du mir den Teil mit den Wohnungsanzeigen? Und die Stellenanzeigen. Ab morgen bin ich nämlich auch weg.«

Ali nickte. »Kasse im Big Apple kannste in deinem Zustand sowieso nich' mehr lange machen. Und was den Rest betrifft … ich hab schon mit Moritz gequatscht. Irene kennt sich ja aus und übernimmt die Wäscherei.«

Nabil trieb sich wieder an der Bar herum und sah zu, wie Elke den Tresen abwischte. Als sie mich bemerkte, hielt sie mir die Polaroidkamera hin. »Machst du bitte ein Foto von meinem Mann und mir? Ich will es meinen Eltern schicken.«

»Nabil, warum hast du Mahmoud ins offene Messer laufen lassen?«

»Wovon sprichst du?« Er legte den Arm um Elke.

»Von den Anzeigen. Von den Kartons. Warum hast du einfach dabei zugesehen, dass er klaut? Und mir erzählst du, es sind deine Sachen.«

Nabil zeigte auf Alis Bürotür. »Wobei sehe ich hier zu? Und trotzdem hättet ihr ihn einfach weggeworfen, wenn ich meinen Freund verraten hätte.«

Elke stellte mir einen Futschi hin, aber ich schob das Glas weg. »Und die Drogen? Die Körperverletzung?«

»Von Drogen weiß ich nichts. Und ein Streit unter Libanesen geht dich nichts an, Maria.« Nabil nahm das Glas und schüttete den Futschi in einem Zug hinunter. »Machst du mir noch einen, Schatz?«

»Aber vorher mach ich das Foto«, sagte ich. »Küsst euch.«

Nabil stöhnte.

»Na los! Für deine Schwiegereltern.«

12

Frühjahr 1979

Seit nahezu vierundzwanzig Stunden lag ich bereits im Krankenhaus; seit neun Stunden waren wir zu zweit, aber Mahmoud hatte sich noch immer nicht blicken lassen. Ich grub meine Nase in deine schwarzen Locken, Jasmin, sog deinen Duft ein. »Entschuldigung«, flüsterte ich, »dafür, dass meine Freude über dich so gedämpft ist, aber ich mache mir Sorgen um deinen Papa. Er liebt dich, deswegen verstehe ich nicht, dass er noch nicht hier ist.«

»Geburtstag von Baby auch mein Geburtstag«, hatte er gesagt, als wir zwei Wochen zuvor mit der U-Bahn zum Virchow-Krankenhaus gefahren waren, damit er die Entbindungsstation später finden würde. Das Virchow lag nur ein paar U-Bahnstationen entfernt von unserer Weddinger Wohnung. Dass er nicht kam, konnte nur bedeuten, dass er nach der Arbeit nicht zu Hause gewesen war. Hoffentlich war er nicht in Schwierigkeiten geraten. Ich konnte ihn nicht anrufen, unser Telefon war abgestellt. Mit der Miete waren wir auch in Verzug. In den ersten Monaten hatte ich dem Vermieter, einem alten, verständnisvollen Herrn, der im Vorderhaus wohnte, das Geld noch pünktlich geben können. Seit zwei Monaten vertröstete ich ihn. Wenn wir im Mai nicht zahlten, würde er uns kündigen, hatte er gedroht. Schwanger hin oder her. Ich konnte ihm ja nicht sagen, dass es Mahmouds Geldstrafen waren, die so viel Geld schluckten.

Endlich öffnete sich die Tür des Krankenzimmers einen Spalt. In Höhe der Klinke lugte der Holzkopf herein. Das Polizistenkostüm. Ein Arm schob sich durch den Türspalt, eine Schulter, Alis gerötetes Gesicht, seine schief sitzende lila Krawatte. Auf Zehenspitzen ging Ali durch das Zimmer. »Ein Sonntagskind. Meine Maria hat ein Sonntagskind geboren.«

Seit Filous Tod hatte seine Stimme nicht mehr so rau geklungen.

Er wischte mit dem Handrücken über seine Augen. »Hab ich dir jemals erzählt, dass du auch ein …«

»Hundertmal, Ali.«

Er rieb mit der Daumenkuppe über deine Wange.

»Das ist Jasmin«, konnte ich nur sagen.

»Jasmin, schönes Kind, hast du keinen Papa?«

»Sie haben ihn zu Hause angerufen, er wird bald hier sein«, log ich.

»Dann muss ich mich verwählt haben. Bei der Nummer, die ich gewählt habe, hieß es nämlich, der Anschluss ist vorübergehend nicht erreichbar.« Er setzte sich auf die Bettkante und ließ ein Säckchen aus goldenem Satin, flach und leicht, so leicht wie ein paar Geldscheine, über deinem Kopf hin- und herpendeln.

Ich drückte dich an mich, formulierte eine stumme Entschuldigung; dafür, dass ich deinen Vater verraten würde, aber für weitere Lügen fehlte mir einfach die Kraft. »Die Wahrheit ist, dass Mahmoud so oft im Libanon angerufen hat, dass wir die Rechnung nicht mehr bezahlen konnten.«

»Wie hoch is' sie?«

Ich wischte meine Tränen ab. »Deswegen habe ich dich nicht anrufen lassen. Deswegen nicht.«

»Wie hoch is' die Rechnung und wie hoch sind eure Mietschulden? Und jetz' sag nich', ihr hättet keine.«

»Wir haben keine.«

Ali beugte sich über dich. »Deine Mama is' selbst noch ein Kind.« Er hob den Kopf. »Oder warum sonst biste genauso verantwortungslos wie er?«

Ich hielt Ali das Säckchen hin. »Es ist noch gar nicht lange her, da hast du von mir verlangt, dass ich mein Kind ins Klo spüle. Und jetzt stellst du dich vor uns hin und …«

Die Tür wurde aufgerissen. Mahmoud stürzte herein. Atemlos. Unrasiert. Übernächtigt. Mit einem blauen Auge. Seine Augenbraue war aufgeplatzt; er trug noch die gleichen Sachen wie am Tag zuvor. Er starrte dich über Alis Schulter hinweg an, streckte seine blutverkrustete Hand aus.

»Fass sie nicht an!«, entfuhr es mir. Ich drückte den Klingelknopf am Bett.

Mahmoud packte Ali am Arm. »Was hast du gemacht? Warum Maria weint?« Doch Ali schüttelte ihn ab.

»Du hast dich geprügelt, stinkst wie 'ne ganze Kneipe und wagst es, so vor deine Frau und dein Kind zu treten?«

Mahmouds schwarze Augen funkelten. »Genau! Meine Frau. Meine Kind. Verschwinde!«

Alis Hand, die eben noch unter der Holzpuppe gesteckt hatte, ballte sich zur Faust. Er stand auf, die Puppe fiel auf die Bettdecke. »Leg dich nich' mit mir an, Freundchen. Komm mit raus und ich zeig dir, wo's langgeht.«

»Nicht in diesem Ton und nicht vor meiner Tochter!«, schnauzte ich die beiden an. Wo blieb bloß die Krankenschwester? »Geh einfach, Ali.«

»Wenn ich mitkriege, dass es Jasmin an etwas fehlt, und das krieg ich ganz fix mit, dann sorg ich dafür, dass du sie loswirst. Auf der Stelle!« Er stürmte hinaus und hätte beinahe die zierliche Krankenschwester umgerannt.

»Mein Baby heißt Yasmine?«, fragte Mahmoud.

»Ich nehme die Kleine mit«, sagte die Schwester. Behutsam nahm sie dich auf den Arm. »Und dein Papa kommt am besten auch mit. Der muss verarztet werden.«

»Bei mir tut nich weh. Das Blut ich wasche zu Hause.«

»Sind Sie sicher?«

Mahmoud nickte. »Jetzt geht mir gut. Ich habe ein Tochter. Ich habe ein neues Leben.«

»Ja, und die schönen schwarzen Locken hat sie von Ihnen.« Im Hinausgehen drehte sich die Schwester noch einmal zu mir um. »Ich bringe sie Ihnen später wieder.«

Mahmoud schaute ihr hinterher. Erst als die Tür zugezogen war, setzte er sich zu mir aufs Bett. »Heute ist mein Geburtstag, Habibte. Danke fir die Geschenk.«

Ich tastete über seine blutige Augenbraue. »Wir sind jetzt Eltern. Wir haben Verantwortung. Was ist denn überhaupt passiert?«

»Tut mir leid. Sehr. Sehr.« Mahmoud nahm meine Hände in seine. »Ich habe Arbeit geverloren.«

»Du hast … was?«

»Alle haben eingekauft. Ich habe Regale vollgemacht. Große Bichsen. Eine gefallen. Auf sein Fuß.« Er zeigte auf seine Schuhspitze. »Der Deutsche hat geschreit. Warum kannst du nich aufpassen und warum ich bin arbeitslos und du nich – du Kanake? Meine Nerven … ich habe sie geverloren … Polizei hat mich geschlagen. In Gesicht.«

»Du hast dich mit den Bullen angelegt!? Dann haben wir jetzt noch mehr Scheiße am Hals.« Die unsichtbare Faust, die sich in meinen Magen drückte, zwang mich ins Kissen.

»Ich mache alles wieder gut, Habibte.«

»Wie denn? Du hast keine Arbeit mehr und in zwei Wochen ist unsere Wohnung weg! Was soll ich unserem Vermieter sagen?«, schrie ich ihn an. »Mein Mann baut so viel Scheiße, dass die Geldstrafen alles auffressen?« Ich schlug die Hände vors Gesicht. »Ali wird uns Jasmin wegnehmen!«

»Ich finde neue Arbeit.« Er umfasste meine Handgelenke. »Ich habe schon neue Arbeit. Fir uns beide. Mit Omar. Fir ein Jahr filleich, bis alle Schuld gezahlt. Dann ich bekomme Aufenthalt und richtige, richtige Arbeit.« Er schluckte. »Mit Omar ich mache gleiche Arbeit wie mit Ali – und du auch. Aber die Leute gezahlen viel Geld.«

»Das ist Verrat, Mahmoud.«

»Wir verraten Ali nicht.«

»Verrat an Jasmin. Sie hat ein Recht darauf, dass wir ehrlich leben und sie gut versorgen.«

»Ich mache alles gut. Ich verspreche, Habibte. Bitte Maria, denkst du nach. Jetzt wir sind ein Familie.«

Ich hielt mir die Ohren zu. »Ich will das nicht hören!« Da sah ich, dass er weinte, und richtete mich auf, wischte seine Tränen ab, und er, er wischte meine ab. »Geh nach Hause«, sagte ich. »Wasch dich. Schlaf dich aus und komm morgen wieder.« Ich zog die Bettdecke bis zum Kinn. »Mach das Fenster auf, bevor du gehst. Und sag der Schwester, sie soll mir Jasmin wiederbringen.«

***

Ich erkannte die geschwungenen Buchstaben, in blauer Tinte auf den Briefumschlag geschrieben, sofort. Der Vermieter machte seine Drohung wahr. Er ließ sich nicht mehr vertrösten. Ich musste mich abstützen, als mir die Bedeutung klar wurde. Ich zeigte Mahmoud den Brief. »Zwei Wochen. Dann schmeißt er uns raus. Wir können weder deine Geldstrafen noch die Mieten zahlen. Bald bist du im Knast und Jasmin und ich, wir sind obdachlos.«

Mahmoud zog mich auf seinen Schoß. »Omar hat Arbeit fir uns. Du weiß'.«

»Omar bringt dich nur in Schwierigkeiten.«

»Omar hat Geldstrafe bezahlt fir mich. Hast du govergessen?«

»Dafür hast du die Vorstrafe kassiert. Es waren seine Drogen, aber du bist auf Bewährung. Wir haben uns nicht von Ali getrennt, um mit einem anderen Kriminellen Geschäfte zu machen. Wir sind es Jasmin schuldig, dass wir sauber bleiben.«

»Alles legal. Sprech mit Omar, Habibte.« Er legte seine Arme um meine Taille, aber ich fühlte mich nicht geborgen, ich fühlte mich gefangen.

»Nein!«, schrie ich ihn an, »dann fahre ich lieber zu Ali. Er wird uns Geld leihen.« Ich rieb mir Make-up ins Gesicht und Rouge auf die Wangenknochen, und trotzdem, er würde sehen, dass sie viel zu weit vorstanden. Dann schlüpfte ich in meine Jeans, versteckte meinen ausgezehrten Körper unter der grauen Rüschenbluse, knöpfte sie bis zum Stehkragen zu. Dir zog ich den Strampelanzug aus weinrotem Samt an, ein Geschenk von Elke und Nabil.

Wie immer um diese Uhrzeit stand die Eingangstür vom Big Apple sperrangelweit auf und Nabil putzte. Während er Ali holen ging, drehte ich dem Laden den Rücken zu. Meine Finger klammerten sich um die Griffe der Babytasche und meine Augen saugten sich an deinen fest. Das lud mich auf wie eine

Batterie. »Es tut mir leid, Ali«, übte ich, »es tut mir leid, was ich im Krankenhaus zu dir gesagt habe. Bitte leih uns Geld. Wir werden es dir zurückzahlen. Mit Zinsen.« Nicht mehr und nicht weniger würde ich sagen.

Er polterte die Treppen herauf. »Komm runter, Kleene«, sagte er. »Elke hat gekocht … und so wie de aussiehst, gibt's bei dir zu Hause nix.« Er zeigte auf die Babytasche. »Und sie? Kriegt sie wenigstens, was sie brauch'? Sonst …« Er fuhr mit dem Finger über den notdürftig reparierten Riss in der Babytasche. »Sonst geb ich euch die Kohle.«

»Wir werden es dir zurückzahlen, Ali. Mit Zinsen.«

Er machte eine wegwerfende Handbewegung. »Jetzt hol mein Enkelkind erst mal aus diesem … diesem … Ding da raus.« Er deutete auf die andere Straßenseite, auf das Schaufenster von Babykorb. »Und während du dich über Elkes Essen hermachst, kriegt das Kind 'nen Kinderwagen. Hat se überhaupt 'n Bett oder liegt se zu Hause auch in dem verranzten Ding? Bevor ich dir auch nur einen einzigen Pfennig geb, will ich sehn, wie sie lebt.«

»Ich denk ja nicht dran …« Ich ließ ihn stehen, hetzte davon, bevor er wiederholte, was er im Krankenhaus gesagt hatte.

»Omar soll morgen Abend kommen. Um sieben«, sagte ich. Mahmoud atmete hörbar auf. Er legte zehn Mark hin. »Genug fir Essen kaufen?«, fragte er, schaltete den Fernseher ein und setzte sich auf die Couch.

In meinem alten Leben hatte ich Geld verschwendet, für wenig Stoff, viel Haarspray und Schminke, für Pumps in allen Farben und Klamotten, die ich längst im Second Hand Laden verkauft oder gegen Sachen für dich eingetauscht hatte – und jetzt war ich so blank, dass ein Zehner kostbar wurde. Sorgfältig faltete ich den Schein zusammen und steckte ihn ein. Dann machte ich dich für die Nacht fertig und ging mit dir in die angrenzende Kammer. Sie war schmal, zu schmal für ein Doppelbett, aber wir besaßen ja auch keins. Mein Bett vom

Hohenzollerndamm reichte, und wenn sich Mahmoud in den kurzen Nächten an mich schmiegte, zuckte er nicht im Schlaf. Natürlich hattest du ein Bett, an unserem Fußende. »Alles wird gut, Jasi. Das verspreche ich dir.« Ich weiß nicht mehr, wen ich beruhigen wollte, dich oder mich. Dein suchender Blick, als wolltest du mit den Augen einfangen, was an deine Ohren drang. Auch an diesem Abend sang ich die Schlaflieder, die ich früher selbst gerne gehört hätte. Du schliefst schnell ein. Ich ging zurück ins Wohnzimmer, ein dunkles Durchgangszimmer, vollgestellt mit einer wackligen Couch, einem Sessel vom Vermieter, billigen Regalen und den alten Mahagonimöbeln aus Alis Esszimmer. »Mach den Fernseher bitte leiser«, flüsterte ich.

Mahmoud stand auf und drehte die Lautstärke herab. »Arbeit mit Omar ist gute Arbeit. Oualla, Habibte«, sagte er, ohne den Bildschirm aus den Augen zu lassen.

»Trotzdem machen wir es nur so lange, bis es uns besser geht.« Ich nahm die Wäsche vom Wäscheständer, legte sie zusammen, ging in die Küche. Dort sortierte ich meine Sachen in die linke Seite des Unterschranks, Mahmouds in die rechte. Wir hatten keinen Kleiderschrank und für die paar Sachen brauchten wir auch keinen. Ich stellte mich ans Küchenfenster. Der Kastanienbaum im Hof begann zu treiben. Bald würde es in unserer Parterrewohnung noch dunkler sein.

***

Omar kam nicht alleine. Die Kellerassel war bei ihm.

»Die nicht!«, sagte ich nur.

»Schu, Maria? Was los?«, fragte Mahmoud

»Die nicht!«, wiederholte ich.

Mahmoud zuckte mit den Schultern. »Wenn meine Frau sie nich will, ich auch sie nich will.«

Omar stieß ihn so unvermittelt vor die Brust, dass Mahmoud einen Schritt rückwärts taumelte. Er fing sich sofort und schnauzte Omar an: »Kissortak Scharmuta.«

Deine Schwester ist eine Nutte. Nein, die Kellerassel ist eine Nutte, hätte ich am liebsten gesagt. Das war es, was Mahmoud in Wirklichkeit meinte. Ich wusste es. Omar wusste es. Nur die Kellerassel schien es nicht zu wissen. Sie fuhr sich mit der Hand durchs strähnige Haar und gaffte, bis Omar sie endlich wegschickte. »Ooch ejal«, sagte sie, schnippte an seine Hutkrempe und stöckelte davon.

Omar setzte sich an den gedeckten Tisch. »Ich brauche Mahmoud für Arbeit am Auto – und dich für Arbeit mit Papieren.« Die Hutkrempe warf einen Schatten über seine Augen. »Wir verkaufen alles, auch Sportwagen.«

»Wer fährt im Sportwagen durch Kriegsgebiet?«, fragte ich.

»Nicht unsere Sache.«

»Wer bezahlt die Fahrer? Die Visa? Die Flugtickets? Die Versicherungen und Zollkennzeichen?«

»Siehst du? Ich gesagt habe, Maria weiß Bescheid.« Stolz schwang in Mahmouds Stimme.

»Ich habe vier Fahrer. Brüder. Palästinenser mit Aufenthalt und Visa.« Omar klopfte auf die Brusttasche seines Hemds. »Und ich habe Geld.«

Du fingst an zu weinen, Jasmin, und ich spürte das Kribbeln in meiner Brust. Gleich würde Milch in meinen BH fließen. Ich stand auf, wollte zu dir in die Kammer, aber Mahmoud sagte: »Ich schaue. Du sprech mit Omar.«

Widerwillig setzte ich mich wieder und Omar blätterte Geldscheine auf den Tisch. Ich zählte mit. Fünfundzwanzig Hunderter! Gleich morgen konnte ich die Miete zahlen! »Garantierst du mir, dass nichts geschieht, was Mahmouds Aufenthalt gefährdet? Und garantierst du mir, dass Ali nichts erfährt?«

»Keine Angst, Habibte!«, rief Mahmoud herüber, »Mund von Ali ist groß, aber Herz von Ali ist mehr groß!«

Omar sah mich an. »Niemand redet.«

Meine Hand lag längst auf den Scheinen. Ich hielt den Atem an, schnürte meinen Zweifeln die Luft ab. »Wie viele Autos?«

»Vielleicht fünf im Monat. Vielleicht mehr. Ihr verdient tausend Mark.« Omar füllte sich den Teller. »Jedes Auto.«

»Du vergisst die Zollkennzeichen«, sagte ich so gelassen wie möglich, obwohl ich die Gewinnspanne kaum fassen konnte. Wenn Ali auch nur ahnen würde, um wie viel Geld Hassan ihn betrog. »Ich brauche einen Tag pro Auto, weil ich beim Kraftverkehrsamt und beim Zoll stundenlang rumsitze. Mit Jasmin geht das nicht. Ich muss einen Babysitter organisieren. Das kostet extra.«

»Zoll ist nur manchmal. Normalerweise wir fahren mit Berliner Zeichen. Fahrer bringen Papiere zurück und melden Auto später ab.«

»Und deine Freundin, was macht sie?«, fragte ich.

»Sie ist nicht mehr meine Freundin. Sie spritzt jetzt Heroin. Das Dreck macht sie kaputt.«

»Warum hast du sie dann mitgebracht?«

»Sie hat Monotonie.« Omar schob den Teller von sich, ohne auch nur einen Bissen gegessen zu haben. Er sprach von Grundstücken am Gesundbrunnen. »Ich habe Garage dort mit Platz für zwei Autos. Drei Autos warten auf Straße. Morgen arbeiten wir«, sagte er, als Mahmoud zurück an den Tisch kam, »aber heute spielen wir Billard.«

Mahmoud gab mir einen flüchtigen Kuss auf die Schläfe. »Nich lange. Ich verspreche.«

***

»März, April, Mai«, zählte ich dem Vermieter am nächsten Morgen die Scheine in die Hand. »Mein Onkel hat uns Geld geliehen. Und seit heute hat mein Mann wieder Arbeit.«

Zum ersten Mal seit Monaten tankte ich meinen Käfer wieder voll. Ich bezahlte die Telefonrechnung und die längst fällige Rate von Mahmouds Geldstrafe. Ich fuhr zu Babykorb und kaufte einen Kinderwagen, eine Ausfahrgarnitur und Kinderbettwäsche mit Sternenhimmel. Ich fuhr zu Wertheim und kaufte zwei Overalls für Mahmoud und eine Hose für mich. Schwarzes Leinen mit Bügelfalte. In der Lebensmittelabteilung kaufte ich mehr ein, als der Kühlschrank fassen würde. Und ich kaufte eine Toblerone, riss das Papier auf, brach ein Stück ab, legte es auf meine Zunge und schloss die Augen. Ein Rausch war das, zum Ohnmächtigwerden. Ein Stück nach dem anderen ließ ich auf meiner Zunge zergehen. Deinen Mittagsschlaf machtest du in der neuen Bettwäsche und ich, ich zog die schwarze Leinenhose an, knüllte meine Jeans zusammen und warf sie in die Mülltonne im Hof. »Zeit, erwachsen zu werden«, sagte ich und knallte den Deckel zu. Ich hatte mich mit Omar eingelassen. Was auch immer das mit sich brachte, ging auf meine Kappe.

***

Mahmoud arbeitete von früh am Morgen bis spät am Abend. In der dritten oder vierten Nacht kam er gar nicht nach Hause. Ich machte Rührei für ihn und fuhr morgens zum Gesundbrunnen. Der Käfer holperte über das Kopfsteinpflaster. Der Teller auf dem Beifahrersitz vibrierte, die Thermoskanne hüpfte. Dich störte das nicht, du lagst in deiner Babytasche auf dem Rücksitz und schliefst. Am Ende der Sackgasse, hinter einem Stacheldrahtzaun, sah ich einen Jeep vor einer Doppelgarage mit dunkelgrünen Kipptoren. Ich parkte an der Einfahrt. In einer Hand jonglierte ich Mahmouds Frühstück, mit der anderen trug ich die Babytasche. Ich stieg über den niedergetretenen Zaun, lief über das verwilderte Grundstück, an einem Verschlag vorbei, vor dessen Holztüren ein Stapel vergilbter, welliger Zeitungen lag, einem Auspuff, aus dem Schachtelhalm wuchs. Ein Kotflügel, in eine aufgerissene Plastikplane gewickelt, lag im kniehohen Gras. Zerschlissene Autositze. Abd El Halim sang und Mahmoud sang mit. »Frühstück ist fertig«, rief ich. Er ließ sich in einen der Sitze im Gras fallen, stellte den Teller auf den anderen, rieb sich den Nacken. Er hatte Ringe unter den Augen. »Du kannst nicht Tag und Nacht arbeiten. Sonst verletzt du dich wieder ...« Ich tippte auf seinen verstümmelten Finger.

Er riss ein Stück Brot auseinander und drückte es ins Rührei. »Jeep ist fertich. Auto auch bald fertich. Du kennst das, ich glaube.« Er zeigte auf einen schwarzen PKW in der Garage, einen Pontiac. So einen, wie Hot Dog ihn fuhr, aber Hot Dogs Pontiac hatte amerikanische Kennzeichen, dieser ein Berliner Nummernschild. Und trotzdem, irgendetwas zog mich zur Beifahrertür. Tatsächlich – da war der Kratzer, den ich damals in den Lack geschabt hatte. Aus!, dachte ich. Vorbei – bevor es begonnen hatte. »Omar macht Geschäfte mit einem aus dem Big Apple? Dann erfährt Ali doch davon! Wenn er es nicht schon ...«

Mahmoud schüttelte den Kopf. »Discjockey arbeitet nicht mehr fir Ali.«

Ein Stich fuhr mir ins Herz. »Ist er wieder in den USA?«

»Ich weiß nich.«

Vormittags wurde das Telefon wieder angestellt. Ich konnte nicht widerstehen. Ich rief in der Kaserne an, aber Hot Dog war kein GI mehr. Er lebte nicht mehr in McNair. Er lebte als Zivilist in Berlin. Sie gaben mir seine Telefonnummer nur, weil ich behauptete, ich sei die neue Besitzerin seines Pontiacs.

»You said what? Are you crazy?«, schrie Hot Dog mich an. »What do you know about the Pontiac?«

Am Ende unseres Gesprächs knallte ich den Telefonhörer auf die Gabel. Was für ein elender Witz! Früher hätte ich Omar für das, was er tat, auf die Schulter geklopft, aber früher war längst vorbei. Wie hatte ich Omar auch nur einen einzigen Satz glauben können? Ich hatte es glauben wollen, unbedingt.

Ich hatte es glauben wollen und ihm so geholfen, die Weichen zu stellen.

Willkommen in der Scheiße.

Ein Araber öffnete mir am Stutti die Wohnungstür. Er versuchte, einen Blick in die Babytasche zu werfen, doch ich stieß ihn zur Seite. Omar saß am Küchentisch über einer aufgeschlagenen Zeitung, einen Stift in der Hand. Seine Hutkrempe hob sich kurz, senkte sich wieder. »Merhaba, Maria.«

»Verdammt noch mal, Omar!«, schrie ich ihn an. »Du hast uns reingelegt. Drei Tage hat es gedauert, bis ich dahintergekommen bin, und ich hab mich nicht mal angestrengt. Wie lange werden wohl die Bullen brauchen?« Ich zitterte vor Wut. Und vor Angst.

»Ich weiß nicht, was du redest.«

»Du hast Hot Dog nur einen Teil dessen bezahlt, was der Pontiac wert ist. Du verkaufst ihn im Libanon. Die Papiere bekommt Hot Dog zurück und, natürlich, die Autoschlüssel auch. Er meldet den Pontiac als gestohlen und sahnt von der Versicherung richtig viel Kohle ab. Und das ist erst der Anfang. Andere stehen schon Schlange. Hot Dog vermittelt sie dir. Wir steigen aus, Mahmoud und ich. Wir sind nämlich am Ende diejenigen, die alles verlieren, weil sie Mahmoud abschieben.«

Omar setzte sich auf den Tisch und schaukelte mit den Beinen.

»Wir kaufen billig ein. Billig einkaufen ist legal. Versicherungsbetrug machen die Autobesitzer. Keiner redet.«

»Irgendeiner quatscht immer«, schrie ich. »Drei Tage hat es gedauert! Drei Tage!«

Omar schnippte mit den Fingern. »Gut! Du gibst mir alle Geld zurück – sofort – und bist frei. Viel Geld heißt viel Risiko.«

»Weiß Mahmoud Bescheid?«

Omar schmunzelte nur.

Ich verdammte Idiotin.

13

Herbst 1979

Zwanzigster Oktober. Mein zweiundzwanzigster Geburtstag. Unser erster Hochzeitstag. Beides hatte Mahmoud offenbar vergessen, denn wie an jedem anderen Morgen stand er an der Tür, in einer Hand die Thermoskanne, in der anderen den Türgriff, rieb seine Nase an meiner Wange, streifte wie zufällig meine Lippen. »Ana behebek«, sagte er und die Wohnungstür fiel zu.

»Ich liebe dich auch.« Ich goss mir einen Kaffee ein und setzte mich an den Mahagonitisch. »Herzlichen Glückwunsch zum Geburtstag, Kleene. Und zum Hochzeitstag, Habibte.« Ich stellte die Tasse ab und zählte die Geldscheine, die Mahmoud auf den Tisch gelegt hatte. Elfhundert Mark. Das Geschäft warf Gewinn ab wie der Kastanienbaum vor dem Küchenfenster seine Früchte.

Im Schlafzimmer riss ich das Bettlaken vom Fußende der Matratze. Fünf Hunderter stopfte ich in die aufgeschlitzte Naht an der unteren Seite, beobachtete dich, Jasi, wie du mit dem Daumen im Mund an die Zimmerdecke sahst, und schob zwei Hunderter hinterher. An dem Tag, an dem ich mich mit Omar eingelassen hatte, hatte ich dich verraten. Auch wenn niemand von den Geschäften wusste. Auch wenn niemand von Hot Dog wusste. Auch wenn niemand von Omar wusste. Wir seien sicher, hatte Mahmoud behauptet, als ich ihn zur Rede stellte, aber er schlief wieder unruhig und redete im Schlaf. Und ich? Ich hatte begonnen, hinter seinem Rücken Geld zu horten. Das machte den Verrat an dir erträglicher, denn ich konnte mir einreden, dass ich das nur tat, damit wir drei nie wieder auf Leute wie Omar angewiesen waren. Ich zog gerade das Laken über die Matratze und strich es glatt, da wurde die Tür aufgestoßen.

»Iberraschung!« Mahmoud warf sich auf unser Bett. »Ich aufpasse auf Yasmine. Ziehst du was Schönes an, Habibte.«

Er schob mich in die Küche, und während er meine schwarze Leinenhose und einen schwarzen Pulli aus dem Unterschrank nahm, steckte ich die restlichen Scheine in die Büchse im Hängeschrank, in der ich unser Haushaltsgeld aufbewahrte.

Mahmoud führte mich zu meinem Käfer, an meinem Käfer vorbei. Blieb vor einem weißen Cabrio mit heruntergelassenem Verdeck stehen. »Schöne Geburtstag.« Er drückte mir Schlüssel und Autopapiere in die Hand. »Heute Auto ist dein, Habibte. Montag machst du Anmeldung fir Libanon.« Er hielt mir die Tür auf. Die Papiere in meinen Händen beruhigten mich. Das Cabrio war eines der wenigen Autos, die ich beim Zollamt anmelden würde, ganz offiziell. Ich setzte mich hinein, legte meine Hand um den Schaltknüppel, fuhr mit dem Fingernagel über das Lederlenkrad. Das Armaturenbrett glänzte in der Morgensonne. Mahmoud stellte die Babytasche auf den Rücksitz und setzte sich neben mich. »Yasmine heute bleibt mit mir«, sagte er.

Der Fahrtwind streichelte meine Schläfen. Und das im Oktober! Das hatte Güteklasse! An der nächsten roten Ampel umarmte ich Mahmoud, küsste ihn. Meine Lippen lösten sich erst von seinen, als jemand hupte. Ich setzte euch vor den Garagen ab, rief: »Ane behebak!« und fuhr zum Ku'damm. Rauf und runter und wieder rauf. Die Hubertusallee entlang, Richtung Grunewald, Dahlem, an der McNair Kaserne vorbei. Beim Café Roseneck setzte ich mich in die Herbstsonne, trank Kaffee und aß Käsekuchen. Zwei Stücke. Ich fuhr über die Avus bis zum Kontrollpunkt Dreilinden, zurück zum Ku'damm, parkte in der Rankestraße und ging ins Steakhaus essen. Das war das Leben, das zu mir passte und das ich immer führen wollte. Ich widerstand der Versuchung, mich bei Renner neu einzukleiden; schließlich war bereits das Kostgeld von drei Tagen draufgegangen. Aber ich machte einen Ku'dammbummel und kaufte Mahmoud ein weißes Hemd zum Hochzeitstag.

Kurz nach siebzehn Uhr fuhr ich in die Joachimsthaler Straße, schlich die letzten Meter zur Kreuzung, bis die Ampel vor dem Big Apple endlich auf Rot schaltete. Nichts hatte sich verändert. Nichts. Auf dem Mittelstreifen parkte Alis Landrover. Nabil stand auf der Leiter und putzte. Der Barhocker hielt die Eingangstür offen. Was, wenn ich hineinspazierte, die Geldkassette holte, mich ins Kassenhäuschen setzte und Verzehrbons verkaufte? Wie würde es sich anfühlen, eine ganze Nacht lang so zu tun, als wäre das immer noch mein Leben?

Die Ampel schaltete auf Grün.

Ich fuhr zum Gesundbrunnen.

***

Die Sehnsucht flammte erst ein paar Tage später auf. Sehnsucht nach *Saturday Night Fever* und *Hustle,* nach süßherbem Futschi, nach klappernden Münzen und knisternden Scheinen, nach dem Klicken, wenn der Safe sich öffnete. Und nach dem Knirschen und Knacken, wenn Ali Paranüsse zermalmte. Ich wählte seine Telefonnummer, die vom Hohenzollerndamm, doch schon nach dem ersten Klingelzeichen verließ mich der Mut. Ich legte den Hörer wieder auf die Gabel. Verharrte, den Blick aus dem Fenster in den dunklen Hof gerichtet. Viel zu viele Blätter hielten sich noch am Kastanienbaum fest und fraßen das Tageslicht. Ich wählte neu, eine andere Nummer.

Elke meldete sich verschlafen. »Hast du auf die Uhr geschaut?«, stöhnte sie. »Ich arbeite nachts. Falls du Nabil sprechen willst, der ist schon in der Uni.«

»Wie geht's euch?«

Elke gähnte. Ihre Bettwäsche raschelte. »Du willst quatschen? Okay.« Sie erzählte von der neuen Kassenfrau, von der letzten Schlägerei im Big Apple, bei der Tarek ein Veilchen davongetragen hatte. »Und weißt du was? Hassan läuft mit einem Gipsarm rum. Die offizielle Version ist, er wäre gestürzt. Von Nabil weiß ich aber, dass jemand ihm den Arm gebrochen hat. Den Arm gebrochen! Kannst du dir das vorstellen?«

»Und wie geht es Ali?«, fragte ich nur.

»Der schimpft und schimpft. Und schimpft. Am meisten

über das Hummus. Nabil macht es ihm nicht breiig genug. Ich nehme ihm zu wenig Zitrone. Ständig kriegen wir zu hören: Keiner macht Hummus besser als meine Maria.«

»Wie meine Maria«, korrigierte ich sie. »Ali sagt: wie meine Maria. Manchmal fehlt mir das alles. Jeden Abend zu Hause sitzen, ist …«

»Morgen hab ich frei«, unterbrach Elke. »Kommt mich besuchen, du und Jasmin. Von mir aus kann sie über Nacht bei uns bleiben.«

Ich nahm den Hörer in die andere Hand, legte ihn an das andere Ohr, schaute aus dem Fenster. Die Kastanie warf ein Blatt ab. »Meinst du das ernst, Elke?«

»Ich fänd es toll, wenn sie ab und zu bei uns wäre – Renate auch.« Elkes Stimme klang tiefer als sonst. »Wir werden ja nie ein Kind haben.«

***

Lichtkegel richteten sich auf das grüne Tuch der Billardtische. Die Konturen der Gestalten ringsum verschwammen im diffusen Licht. Aus den Lautsprechern mischten sich die Dire Straits in das Stimmengewirr. Ibrahim saß an der Theke. Hassan, den eingegipsten Arm in einer Schlinge, stand am Billardtisch. Mahmoud rieb die Spitze eines Queues mit Kreide ein. Eine Frau lehnte sich an ihn, schmiegte den Kopf an seine Schulter. Ich erkannte sie sofort. Zwei Schritte nur – und ich stieß sie zur Seite. Leicht, kaum spürbar, aber sie kippte um. Einfach so fiel sie auf die Dielen, schlang ihre kalkweißen Arme um die Knie. Dieser erschrockene Gesichtsausdruck. Dieser Blick. Ausgelaugt. Ausgemergelt. Sie hätte mir fast leidgetan. »Weißt du noch?«, schrie ich sie an und tat so, als wollte ich zutreten. Ihre Lippen bewegten sich, aber es kam kein Ton aus ihrem Mund. Mahmoud fuchtelte mit dem Queue vor mir herum. Ungläubig schaute er zuerst das Häufchen Elend und dann mich an. »Was machst du, Maria? Du kannst nicht andere Frau schlagen. Nur Frauen von Straße machen so.«

Ich hob mein Hosenbein, zeigte ihm die Narben. »Das … das war die da.«

»Du hast nie gesagt!« Die Zigarette zwischen seinen Lippen hüpfte auf und ab.

Hassan schob die Kellerassel zur Theke, stellte sie dort ab. »Du musst nicht eifersüchtig sein. Susi ist verlobt.« Er klopfte Ibrahim auf die Schulter. »Erinnerst du dich an ihn, Maria?« Ibrahim gaffte mich an.

Steif wie eine Puppe stand die Kellerassel da, hielt sich an der Theke fest und stierte vor sich hin, als ginge sie das alles nichts an. Als sei sie gar nicht da oder als wolle sie fragen: Wo bin ich und was ist los? Als Ibrahim seinen Arm um sie legte, senkte sie den Kopf. Ihr strähniges Haar hing wie ein Schutzschild vor ihrem Gesicht.

»Die beiden werden heiraten und eine Pizzeria eröffnen. Mit Susis gutem deutschen Namen.« Hassan lachte geringschätzig. »Deutsche Frauen machen uns Libanesen erfolgreich, egal wer wir sind. Richtig, Mahmoud?«

»Komm, Habibte, nach Hause«, sagte Mahmoud. »Hassan geht auf meine Nerven.«

»Und warum treibst du dich dann mit ihm herum?«

»Ich treibe nicht herum. Ich spiele Billard.«

»Lass uns tanzen gehen. Ich habe seit Ewigkeiten nicht mehr getanzt. Ich will auch mal wieder Spaß haben.«

Mahmoud grinste. »Ich auch will Spaß, Habibte. So viel Zeit ist gegangen ohne Spaß mit dir.« Er kniff mir in den Hintern.

14

Frühjahr 1980

Es roch nach Pizza, aber viel mehr roch es nach Geldwäsche. Aber das ging mich ja zum Glück nichts an. Ich war nur wegen der Speisekarten in diese abgelegene Kreuzberger Seitenstraße gefahren. Zwischen Arbeitsamt und Blumenhalle nahm Susis Pizzeria das ganze Erdgeschoss eines flachen Bürohauses ein. Dass Mahmoud beim Umbau half, gefiel mir nicht, aber während der Winterpause verdienten wir nichts. Das Geld aus der Büchse brauchten wir zum Leben, die Geldstrafe für seine letzte Schlägerei musste abgestottert werden. Einen Sommer lang würden wir noch mit Omar zusammenarbeiten. Dann war alles abgezahlt und endlich, endlich lief Mahmouds Bewährung aus.

Hassan legte Polaroidfotos auf den Tresen. »Welches Motiv gefällt dir am besten, Maria?«, fragte er. »In jeder Pizzeria habe ich eine Pizza gegessen, bevor ich fotografiert habe. Aber was tut man nicht alles für Freunde.« Er zeigte auf ein Foto mit Wandmalerei. Eine Muschel, in der die Buchstaben LA LUNA lagen. »Das ist mein Favorit.«

Ich schaute mir die Kamera an. »Hast du keine eigene Kamera?«, fragte ich und zeigte auf die Initialen. B. A. »Außerdem, warum lässt du das nicht Susi entscheiden?«

»Susi? Geh hinter den Vorhang, letzte Tür links, da ist das Büro, und du wirst sehn, dass sie das nicht kann.«

»Und Mahmoud? Wo ist der?«

Hassan deutete auf die Schwingtür neben dem Tresen. »In der Küche. Er knetet Pizzateig.«

Mahmoud schaute nur kurz auf.

»Wo Yasmine ist?«, fragte er.

»Bei Elke.«

»So viel? Gefellt mir das nich.«

»Du bist eifersüchtig, stimmt's?«

»Vorsichtich. Nich eifersichtich.«

»Dafür gibt es keinen Grund. Bei Elke ist Jasi besser aufgehoben als hier.« Der Flur zum Büro war schmal und hatte drei Türen. HERREN – DAMEN – PRIVAT. Die mit der Aufschrift PRIVAT war nur angelehnt. Ich kickte sie auf. Susi hing über der Schreibtischplatte, die Stirn auf ihrem abgebundenen Arm, Haarsträhnen über ihrem Gesicht. In der Armbeuge steckte eine Spritze. Ein angekohlter, verbogener Löffel lag neben einem Feuerzeug. Mir wurde kalt und heiß. Und wieder kalt. Ich konnte sie nicht leiden, aber trotzdem stürzte ich auf Susi zu, strich ihr das Haar aus dem Gesicht, löste das Band an ihrem Oberarm, zog die Nadel aus der Vene, warf alles in den Papierkorb. »Hör auf mit dem Scheiß«, sagte ich.

Susi öffnete kaum die Augen. Sie hob den Arm, wehrte mich ab. »Jeht dir jarnüscht an. Da hinter dir steht der Karton mit det Briefpapier und die Mappen. Verschwinde und tipp die scheiß Speisekarten.«

»Das ist doch kein Leben.«

»So juut jing's mir noch nie. Ick muss nich' mehr rumstreunen, ick muss keene Fahrräder mehr klaun. Ick krieg's quasi uff'm silbernen Tablett serviert.« Susi schlug nach mir. »Also, verpiss dir.«

»Bisher war Susi eine Prostituierte. Jetzt ist sie Ehefrau. Und Strohfrau. Also lass sie in Ruhe, Maria«, hörte ich Hassans Stimme hinter mir.

»Halt dich da raus«, sagte ich.

»In meiner Position muss man sich einmischen.«

»Dann tu was!«

Hassan zog die Schultern hoch. »In meiner Position muss man die Konsequenzen im Auge behalten. Bei dir zum Beispiel. Es würde Ali das Herz brechen, wenn er wüsste, dass du ihn hintergehst.«

»Brich du Ali das Herz; dann nenne ich ihm genügend Gründe, dir jeden verdammten Knochen einzeln zu brechen. Mit einem Gipsarm kommst du dann nicht mehr davon.«

»Verlass dich auf mich. In meiner Position muss man auch schweigen können.«

Ich nahm den großen Karton, schob Hassan aus dem Weg.

Abends stellte ich die Schreibmaschine auf den Mahagonitisch. »Was weiß Hassan von unseren Geschäften mit Omar?«, fragte ich.

Mahmoud zog sein Queue aus der Hülle und inspizierte es. »Ich habe nich gesagt.«

»Und Omar, hat er geredet?«

»Omar ist Palästinenser. Hassan und Omar reden nicht. Filleich Elke hat gesagt.«

Ich hob den Deckel von der Schreibmaschine. »Sie passt auf Jasmin auf, aber sie weiß nichts über unsere Geschäfte.« Ich breitete die Preislisten auf dem Tisch aus und nahm den ersten Bogen, grau, rau, mit Felsdekor, aus dem Karton. Hassan hatte keinen Geschmack. Ich spannte den Bogen in die Triumph-Adler, richtete ihn aus. Meine Finger flogen über die schwarzen Tasten.

Mahmoud sah mir verblüfft zu. »So geht Schreiben? So schnell?«

»Ja, Habibi. So schnell.«

Er schaute auf die Tasten. »Kannst du mein Name schreiben?«

»Das kannst du selbst. Gib mir deine Zeigefinger.« Ich dirigierte seine Finger über die Tasten, wie damals in der jugoslawischen Botschaft, als ich seine Hand über den Antrag führte. Ich sah den Glanz in seinen Augen, als er seinen Namen getippt hatte, und musste schlucken.

»Gehst du heute Nacht aus?«, fragte ich. »Wie lange wirst du wegbleiben?«

»Weiß nich.« Er stand auf, hauchte einen Kuss auf meine Schläfe.

***

Fünfzehnter April, dein erster Geburtstag, Jasmin.

Mahmoud hätte längst zu Hause sein müssen. Geduscht, umgezogen und in dem weißen Hemd, das ich ihm zum Hochzeitstag geschenkt hatte. Ich legte gerade die Manschettenknöpfe, das Geburtstagsgeschenk für ihn, ins Regal, als es an der Tür klingelte. Aber das Klingelzeichen, lang – kurz – lang, klang nicht nach Elke und Nabil. Es klang verdammt noch mal nach Ali. Ich nahm dir den Bauklotz aus der Hand, auf dem du gerade herumkautest, holte dich aus deinem Laufgitter und ging mit dir zur Tür, lauschte. Im Treppenhaus war es ruhig. Mit angehaltenem Atem öffnete ich. Elke deutete ein Schulterzucken an, als wolle sie sagen: Er ließ sich nicht abwimmeln, also haben wir ihn mitgeschleppt. Ali lächelte unsicher, die Augen aufgerissen. Oder wirkte das nur so wegen der Brille, die er jetzt trug? Elke drückte ihre Lippen auf dein Gesicht. »Alles Gute zum Geburtstag, Herzchen«, konnte sie gerade noch sagen, da schob Ali sie schon in die Wohnung. Sein Aftershave prickelte in der Luft.

»Komm rein, Ali.« Und wehe, du zerreißt dir das Maul, hätte ich beinahe gesagt, doch er setzte sich an den Mahagonitisch, dem Zimmer den Rücken zugewandt, mit dem Gesicht zur Wand, als wolle er demonstrieren, dass er nicht vorhatte, sich umzuschauen. Keine verletzenden Bemerkungen, keine Anspielungen, kein In-welchem-Loch-haust-ihr!

Nabil klappte einen Kindersitz auseinander, stellte ihn an den Esstisch. »Für Jasmin. Von uns allen.«

Während ich Kaffee einschenkte, fiel die Wohnungstür zu. Schnell stellte ich die Kanne ab und lief in den Flur. »Zieh den Overall aus und wasch dich«, flüsterte ich. »Ali ist hier.« Ich fuhr mit der Fingerspitze in die Kerbe in seinem Kinn und nahm ihm den riesigen Karton ab, den er vor sich hertrug. »Ich bringe dir andere Sachen.«

»Mahmoud konnte nicht früher Feierabend machen«, stotterte ich, legte den Karton auf die Couch und wischte meine feucht gewordenen Hände an der Leinenhose ab.

Ali wedelte mit seiner Krawatte vor deinem Gesicht herum. »Wo arbeitet er denn jetzt?«

»Immer noch bei Wertheim.« Fehler! Ich hielt die Luft an. »Aber er füllt keine Regale mehr. Seit ein paar Monaten arbeitet er im Lager. Ich hole mal Geschirr für ihn.«

Ali würde mir die Lüge ansehen. Ich flüchtete in die Küche, suchte das weiße Hemd; ich wollte Mahmoud die teuren Manschettenknöpfe vor Alis Augen schenken. Sollte er ruhig sehen, was wir uns leisten konnten – Hinterhofwohnung hin oder her. Das Hemd war nicht da. Zwischen all den farbigen Teilen hätte es hervorstechen müssen. Ich kniete mich vor den Unterschrank, zog den ganzen Stapel heraus. Da sah ich das Hemd, zusammengeknüllt, es war hinter den Stapel gerutscht. Ich griff danach – und wusste es sofort. Die Form. Das Gewicht. Eine Pistole. Ich schüttelte den Kopf wie ein Hund, der mit Wasser überschüttet wurde, aber die Bilder kamen trotzdem: Die Waffe in Alis Hosenbund, damals, als er aus dem Haus gerannt war; die Waffe in Mahmouds Hand, letztes Jahr Silvester. Die Waffe in deinen Händen, heute, morgen, übermorgen.

Ich konnte mich nicht auf Mahmoud verlassen.

»Jasmin, wo bleibt denn dein Papa?«, fragte Ali. »Wollen wir beide ihn suchen?«

»Mahmoud ist auf dem Klo«, rief ich, wickelte die Pistole wieder ein, versteckte sie oben im Schrank, in der alten Suppenschüssel vom Flohmarkt. Ich drückte meine kalten Fingerspitzen an die Schläfen und atmete tief ein und aus. Gegen das Beben in mir. Dann nahm ich irgendein Hemd, stopfte die anderen wieder in den Schrank, riss eine Cordhose heraus, schlug die Schranktür zu. Mahmoud, bis zu den Ellbogen eingeseift, ließ im Bad Wasser über seine Arme laufen. »Geburtstag von Yasmine is mein Geburtstag. Und dein Geburtstag auch. Ich habe zwei Geschenk.« Er trocknete sich ab, wollte mich umarmen, aber ich wich zurück, warf seine Hose und das Hemd auf den Klodeckel, stopfte den Overall in die Waschmaschine.

»Alles in Ordnung, Kleene?«, fragte Ali, als ich ins Wohnzimmer kam. Ich setzte mich. Das Besteck klapperte auf dem Geschirr, so zitterte ich. »Hätte ich gewusst, dass du kommst, hätte ich Hummus gemacht.« Ich versuchte, locker zu klingen. Ich versuchte ein Lächeln, aber beides misslang.

»Hallo Ali. Wie geht in Big Apple?«, fragte Mahmoud hinter mir. Ich zuckte zusammen.

»Man könnte meinen, du schraubst wieder«, antwortete Ali. »Oder liegt es an meiner Brille, dass ich plötzlich Schmiere am Ohrläppchen sehe?«

»Habe heute einen Freund gehelfen.« Mahmoud rieb sich beide Ohren, nickte Elke zu. Nabil begrüßte er mit Umarmung und Küssen auf die Wangen. Dann setzte er sich mit dir auf die Couch, riss den Karton auf, den er mitgebracht hatte, und zog ein Tretauto heraus. Knallrot. Aus Plastik. »Ein Cabrio fir meine Yasmine. Gefellt dir unsere Tochter? Willst du sie wiedergesehn, Ali?«, fragte er mit einem Siegerlächeln. Er spielte mit Ali.

Und mit mir? Welches Spiel trieb er mit mir, verdammt noch mal?

»Wann ist es bei euch eigentlich so weit?«, wandte Ali sich an Nabil. »Welche von deinen Weibern darf sich fortpflanzen?«

»Erst mache ich mein Studium fertig«, antwortete Nabil kühl.

Elke nickte. »Bis dahin freuen wir uns jedes Mal, wenn Maria uns Jasmin für ein paar Stunden vorbeibringt.«

»Maria bringt euch Jasmin?«

»Ab und zu. Wenn ich mich mit einer Freundin treffe.«

»Seit wann hast du eine Freundin?« Ali stand auf. »Nabil, Elke. Wir müssen los. Das Big Apple ruft!« Ali bückte sich und strich über deine Locken. »Krause Haare – krauser Verstand. Komm mal vorbei mit deiner Mutter«, sagte er.

»Ja, machen wir«, log ich und verabschiedete alle an der Tür. Ich setzte dich auf unser Bett und brachte dir die Bauklötze. Die Tür zur Kammer lehnte ich nicht nur an, ich machte sie zu, hetzte in die Küche und holte das Hemd. »Warum liegt so etwas in unserer Wohnung?«, fragte ich, wickelte die Knarre aus und richtete sie auf Mahmoud.

»Pass auf, Habibte!« Er sprang auf. Die tiefe, steile Falte zwischen seinen Augenbrauen, eine Furche, zeigte mir meine

Entschlossenheit. Ich erschrak vor mir selbst. Mein Arm sank. Mahmoud entriss mir die Pistole und legte sie auf den Teppich – weit weg von mir. Er zog mich auf die Couch. »Ich muss aufpassen auf mein Familie, Habibte.«

»Aber doch nicht so!« Ich sank zusammen. »Wir sind ganz kurz vorm Ziel, aber wenn die Bullen das Ding hier finden, schieben sie dich ab. Und denke ja nicht, wir kämen mit in den Libanon.«

»Wenn ich bekomme Abschiebung, is egal, aber du und Yasmine muss sicher sein.«

»Sind wir das denn nicht? Hat Omar wieder Scheiße gebaut?«

»Nich Omar, aber Hassan Probleme hat.«

»Und deswegen willst du jemanden abknallen? Oder dich abknallen lassen? Wir haben nichts mit Hassans Geschäften zu tun. Außerdem glaube ich Hassan kein Wort. Kein einziges!« Ich boxte mit beiden Fäusten auf ihn ein. »Und weißt du, was das Schlimmste ist? Das Schlimmste ist, dass du das Ding dahin legst, wo Jasi es findet.«

»Ich bin Idiot. Tut mir leid. Sehr, sehr.«

»So wollten wir nicht leben, du und ich. Ich lasse nicht zu, dass du uns das antust. Bring die Knarre weg.«

Mahmouds Augen wurden schmal, sein Brustkorb weit. Er umfasste meine Handgelenke; grob diesmal. »Ich bin der Mann. Ich! Du sagst nich, was ich muss tun.«

»Dann lass mich los. Gib mir deine Hand. Ich will dir etwas zeigen.« Ich presste seine Hand auf mein hämmerndes Herz. »So fühlt sich Angst an. Ich will keine Angst mehr haben. Nicht vor den Bullen, nicht vor Hassan und den Libanesen – und schon gar nicht vor dir! Versprich, dass du die Knarre verschwinden lässt!«, drängte ich. »Schwör es bei Jasmins Leben.«

Er steckte die Waffe ein. Stand auf. Ohne ein Wort ging er aus dem Zimmer. Die Wohnungstür fiel zu.

15

Herbst 1980

Kein Himmel in Sicht; kein einziger Sonnenstrahl blitzte durch die Kastanienblätter. Wieder ein trostloser Tag im Hinterhof. Deinen Kinderstuhl hatte ich ans Küchenfenster gestellt; auf dem Sims lagen deine bunten Bauklötze, zu einem Turm gestapelt. Im Radio lief *Love to love you.* »Das ist Donna Summer«, sagte ich. »Wenn dein Papa jetzt hier wäre, würde ich mit ihm Blues tanzen.« Tack! Eine Kastanie war auf die Mülltonne gefallen. Du hast gelauscht, einen Augenblick gezögert, aber dann fuhr deine Hand auf die Bauklötze nieder, tack-tack-tack-tack-tack, und wie du strahltest! Ich sammelte die Klötze auf, legte sie zu einem Viereck. »Bald haben wir eine schönere Wohnung, Jasi. Eine große. Eine ganz helle. *Love to love you, Baby*«, sang ich, während ich den Innenraum des Vierecks aufteilte. »Dann kriegst du ein Zimmer für dich alleine. Damit wir uns lieb haben können, deine Mama und dein Papa. « Die wenigen Nächte, in denen du bei Elke warst, machten eher hungrig auf mehr Sex als satt von dem bisschen. Nur noch zwei Monate – dann lief Mahmouds Bewährung ab; dann gab es keinen Grund mehr, ihm die Aufenthaltserlaubnis zu verweigern. Wir würden endlich aussteigen, einen Job für Mahmoud suchen, eine Wohnung für uns und mit dem Geld aus der Matratze neu beginnen. Alleine der Gedanke daran machte mein Herz so groß, dass ich meinte, es müsse platzen.

Zerplatzen.

Ich legte einen Bauklotz in den kleinsten Raum im Grundriss. »Siehst du, Jasi, ein richtiges Bett bekommst du.« In den Raum daneben legte ich einen blauen Klotz und einen roten darüber. »Mama und Papa. Vielleicht bekommst du einen Bruder oder eine Schwester. Das lassen wir so liegen und zeigen es dem Papa heute Abend, ja? Jetzt gehen wir spazieren.« Ich setzte dich auf meine Hüfte. Meine Beckenknochen standen längst nicht mehr so weit hervor. Ich war runder und weicher geworden. Ruhiger. So nah vorm Ziel konnte nichts mehr schiefgehen.

Wir standen schon an der Wohnungstür, da klingelte das Telefon. Es klingelte viel zu selten, als dass ich es hätte ignorieren können. Es knackte in der Leitung, rauschte, und nur abgehackt hörte ich die Stimme. »Mahmoud sprechen!«

»Wer ist dort?«

»Ich bin Bilal. Unfall. Alles kaputt. Ein Person tot. Mein Bruder Gefängnis.«

»Mahmoud ist nicht hier! Wo bist du?«

»Türkei. Alanya. Wo Mahmoud?«

»Mahmoud ist nicht hier! Habe ich doch gesagt!«

Die Verbindung brach ab.

Alles kaputt. Ein Toter.

In der Garage wurde gehämmert.

»Mahmoud?«, rief ich, dich an mich gepresst. »Mahmoud?«

Das Hämmern verstummte. »Was los?«

»Bilal hat angerufen. Es ist etwas passiert. In der Türkei. Einer … einer ist tot …«

Mahmoud kam unter einem Auto hervor, seine Gesichtszüge waren starr. »Fahr nach Hause.« Er wischte sich die Hände am Overall ab. »Ich gehe Omar!«

Ich tat, was er gesagt hatte. Ich fuhr nach Hause, harrte neben dem Telefon aus. Aber niemand rief an. Bilal nicht, Mahmoud nicht. Niemand. Ich musste mich ablenken, schaltete den Fernseher ein.

Es war die erste Nachricht in der Tagesschau: Militärputsch in der Türkei.

***

Das Telefon schwieg eine Woche lang. Mahmoud sagte nur einen Satz: »Nich' deine Sache, Maria.« Dann schwieg auch er. Jeden Tag arbeitete er in der Garage, als sei nichts passiert. Ich schaltete gleich morgens das Radio ein. Es hatte Unruhen gegeben, die Putschisten hatten das Kriegsrecht über die Türkei verhängt. Von Festnahmen war die Rede, aber was bedeutete das für die Fahrer? Für uns?

Am letzten Mittwoch im September blieb Mahmoud im Bett liegen und fragte: »Wie viel wir haben Geld?«

Das Polster unter der Matratze, genau dort, wo seine Füße lagen – irgendetwas hielt mich davon ab, ihm davon zu erzählen. Mit dem Geld aus der Büchse, die in der Küche stand, kämen wir über das nächste halbe Jahr, aber auch das sagte ich ihm nicht. »Das Geld reicht, bis du die Aufenthaltserlaubnis hast, wenn wir sparsam sind.«

Mahmoud drehte sich zur Wand. »Bald alles ist vorbei«, sagte er und zog sich die Decke über den Kopf. Von da an ging er nirgendwo mehr hin. Niemand kam. Niemand rief an. Tagelang. Es herrschte die sprichwörtliche Ruhe vor dem Sturm.

***

Sie kamen Samstagnacht. Ich wurde wach, als Mahmoud seinen Arm unter meinem Nacken hervorzog. Nicht sanft, vorsichtig wie sonst. Er sprang aus dem Bett, legte den Finger auf meinen Mund und flüsterte: »Egal, was passiert. Kommst du nich raus«, und deutete mit dem Kopf in die Richtung der heruntergelassenen Rollläden. »Besser verschwinde mit Yasmine.« Jemand trat gegen die Wohnungstür. Mahmoud schlich aus der Kammer, im Dunkeln, machte die Tür zu.

Es polterte. Es klatschte. Ich guckte durch das Schlüsselloch. Ein Graumelierter stieß Mahmoud vor sich her. Zwei junge Männer bugsierten einen mit Halbglatze in Richtung Couch. Der Graumelierte riss Mahmouds Pyjamajacke auf, fuhr mit einer Messerspitze über sein Brusthaar, rammte ihm eine Faust in den Magen. Mit einem Stöhnen sackte er auf den Teppich, wurde hochgerissen und wie der andere zur Couch gedrängt. Mehr konnte ich nicht sehen. Aber irgendetwas knackte ganz erbärmlich. Ich streifte meinen Bademantel über, schlich zum Fenster, griff nach dem Rollladengurt. Da wurde die Tür aufgemacht. Der Graumelierte, ein unrasiertes Gesicht mit Tränensäcken unter feuchten, schwarzen Augen, fauchte: »Komm raus!«

Mahmoud hockte zwischen zwei Arabern auf der Couch. Der mit der Halbglatze, sein Auge blutunterlaufen, seine Nase blutete, an der Lippe geronnenes Blut, das war – Omar. Der Graumelierte spuckte Mahmoud ins Gesicht. Der bäumte sich auf, aber die beiden jungen Männer hielten ihn fest, drückten ihn in die Couch. Einer tätschelte Mahmouds Oberschenkel; es hätte eine freundschaftliche Geste sein können, hätte der andere nicht gleichzeitig den Ellbogen in Mahmouds Rippen gepresst. Die beiden schauten mich nicht an, sie hefteten ihre Blicke auf den Graumelierten. Ein Wimmern drang aus der Kammer. »Yalla, Frau!«, sagte der Grauhaarige, ohne sich zu mir umzudrehen, »machst du dein Kind ruhig!«

»Ich muss Milch warm machen«, stotterte ich, lief in die Küche, tastete mich durch das Geschirr im Hängeschrank, stöberte im Unterschrank,. Aber wo ich auch suchte, ich griff ins Leere. Verdammt! Dieses eine Mal hätte Mahmoud nicht auf mich hören sollen. Ich füllte deine Flasche mit Milch und stellte sie ins Wasserbad. Was konnte ich tun außer warten? Ich ging ins Wohnzimmer. »Was ist hier eigentlich los?«

Der Graumelierte saß rittlings auf einem Stuhl, stützte seine Arme auf die Rückenlehne, legte sein Kinn auf seine Handrücken, schnaufte. Er ließ Mahmoud nicht aus den Augen, nickte in die Richtung des Kleineren von den beiden Arabern und sagte: »Zwei Söhne sind gefahren, aber nur einer kommt zurück.«

»Aber …«, setzte ich an. »Wir können doch nichts dafür!«

»Lasse uns alleine«, befahl Mahmoud.

»Gehst du, machst du dein Kind ruhig!«, sagte der Graumelierte wieder.

Was, wenn ich widersprach? Würde ich damit alles schlimmer machen? Ich holte die Milchflasche aus dem Wasserbad und ging zurück in die Kammer. Durch die Tür drangen die Stimmen, mal laut, mal leise. Der Graumelierte schrie und murmelte. Aber wenigstens hatten sie aufgehört zu schlagen. Ich legte dich in unser Bett, gab dir die Flasche, schmiegte mich an dich, den Bademantel um die Beine geschlungen, und summte. Für dich. Für mich.

Irgendwann wurde die Wohnungstür zugeknallt. Ich stand auf, deckte dich zu und wartete einen Moment, bevor ich den Rollladen hochzog. Draußen dämmerte es bereits.

Mahmoud saß auf dem Klodeckel, rieb sich mit einem Waschlappen das getrocknete Blut aus dem Gesicht.

»Sag mir, was los ist«, fuhr ich ihn an.

»Bruder von Bilal in Gefengnis.«

»Und weiter?«

Mahmoud zog mich auf seinen Schoß. »Ich muss bezahlen fir seine Frau, seine Kinder. Ich und Omar.«

»Was heißt das? Was müssen wir bezahlen?«

»Essen. Miete. Alles. Keine Autos fahren nach Libanon. Alle kein Geld verdienen.«

»Wie viel Geld wollen sie?«, fragte ich.

»Omar finfhundert. Ich finfhundert. Jede Woche.«

»Fünfhundert Mark? Jede Woche? Wie soll das gehen? Wir verdienen doch auch kein Geld. Unsere Haushaltskasse …«

»Bichse is' leer. Ich habe gegeben alle Geld.«

»Das kann nicht wahr sein!« Ich wollte aufstehen, aber er hielt mich fest.

»Ihr Deutsche versteht nich, ich weiß. Aber … wenn nich gezahlen – dann das passiert.« Mahmoud kreuzte mit dem Zeigefinger seine Kehle.

Ich sprang auf, aber meine Beine trugen mich nicht; ich sackte zurück auf seinen Schoß. Mahmoud nahm mich wieder in die Arme. Er rieb seine Wange an meinem Rücken. »Filleich Ali kann helfen. Er alles macht – fir Yasmine.«

»Auf gar keinen Fall!«

»Siehst du, ich gesagt habe, Deutsche versteht nich.«

»Doch, ich verstehe. Kein Wort zu Ali«, sagte ich. »Kein einziges. Sonst nimmt er sie uns weg. Wir brauchen Arbeit.«

***

Der Mann vom Arbeitsamt schaute vielsagend auf Mahmouds Veilchen. Ich hatte es zwar überschminkt, aber das reichte natürlich nicht, es war zugeschwollen. »Ohne Aufenthaltserlaubnis kann ich beim besten Willen nichts für Ihren Mann tun«, sagte er.

»Und mir? Geben Sie mir Arbeit? Ich bin Deutsche. Ich bin Buchhalterin und ich habe ein Strafregister so weiß wie Ihr Hemd.«

»Für Sie sind wir nicht zuständig«, knurrte er.

»Dann geben Sie mir die Adresse des zuständigen Arbeitsamtes. Bitte.«

»Meine Frau gute Arbeit macht«, sagte Mahmoud.

Der Mann ignorierte ihn, er schaute mich an, schaute dich an, Jasi. »Mit Kleinkind eine Stelle zu bekommen, wird nicht einfach.«

»Das lassen Sie mal meine Sorge sein.«

Du tapptest um seinen Schreibtisch herum.

»Kommst du! Ta!«, fuhr Mahmoud dich an. »Ta! Ta!«

»Lassen Sie nur«, sagte der Mann, blätterte in einem schmalen Ordner, beschrieb einen Zettel und legte ihn in deine kleine Faust. »Gib das deiner Mama.«

»Danke.« Ich nahm dich auf den Arm und schob Mahmoud aus dem Büro.

»Ich gehe Omar. Geld holen. Bilal heute kommt«, sagte Mahmoud, strich über deinen Lockenkopf und ging mit schnellen Schritten davon.

»Ta!«, riefst du, aber er drehte sich nicht mehr um.

Mahmoud kam erst kurz vor Beginn der Tagesschau nach Hause. Wenige Minuten später klingelte es an der Tür. Er drückte Bilal einen Fünfhundertmarkschein in die Hand, warf die Tür wieder zu und blätterte vierhundert Mark auf den Mahagonitisch. »Omar hat Auto aus Garage verkauft. Aber jetzt er kann nich mehr helfen.«

»Die paar Kröten? Wie viel hat er behalten? Ich wette, er ist für die nächsten Monate auf der sicheren Seite«, sagte ich nur und steckte die Geldscheine in unsere Büchse. »Wehe, du gehst da ran!«

Mahmoud wollte mich umarmen, aber das passte nicht zu seinem Gesichtsausdruck. Er sah aus, als wolle er auf jemanden einschlagen. Ich wich ihm aus. »Das Arbeitsamt hat zwei Stellenangebote. Eines als Buchhalterin in einer Konditorei mit Filialen in allen Berliner Bezirken. Eines als Sekretärin bei Herlitz. Morgen früh werde ich mich vorstellen. Du musst auf Jasi aufpassen.«

Er nahm seine Jacke vom Garderobenhaken. »Aber heute ich habe frei.«

»Ja, geh nur. Lass mich allein!« Ich warf die Wohnungstür hinter ihm zu, machte den Fernseher an. Die Lage in der Türkei war unübersichtlich, wurde berichtet. Es herrschte Ausgangssperre. Ich sank auf die Couch. Sie war nicht mehr wacklig, zwei Füße waren bei dem Überfall draufgegangen, die anderen beiden hatte Mahmoud abgeschraubt.

***

Nur in Slip und Socken, eine Decke notdürftig um seinen nackten Oberkörper gelegt, schlief Mahmoud auf der Couch. Ich weckte ihn, als ich wegmusste. »Du musst dich jetzt um Jasi kümmern.«

Er zog mich zu sich hinunter, drückte mich an sich. »Tut mir leid«, flüsterte er.

»Was?«

»Alles!«

»Und darum schläfst du auf der Couch und nicht bei mir im Bett?« Ich befreite mich aus seiner Umarmung, kletterte über seine Hose und Socken, die auf dem Teppich lagen. »Du musst jetzt aufstehen und dich um Jasi kümmern. Hörst du?«

Ich wartete nicht auf eine Antwort; ich zog die Wohnungstür hinter mir zu.

Sie wollten mich nicht! Der Konditor wollte eine Buchhalterin mit mehr Berufserfahrung. Wenn Sie wüssten, wie gut ich Ihre Bücher frisieren kann, hätte ich am liebsten gesagt, aber ich riss ihm nur Alis zwei Jahre altes Zeugnis aus der Hand. Die aufgetakelte Sekretärin bei Herlitz wollte keine unter vierzig einstellen.

Gegen Mittag parkte ich den Käfer wieder vor der Haustür. Ich hatte keine andere Wahl mehr – ich musste es Mahmoud beichten.

»Das ist unsere eiserne Reserve«, übte ich, was ich gleich sagen wollte, wenn ich ihn in die Kammer führen, das Laken von der Matratze ziehen und ihm das viele Geld zeigen würde. »Das habe ich in den letzten anderthalb Jahren gespart. Für uns. Und für deine Familie in Beirut«, würde ich sagen, obwohl Chaled seit Yasmines Tod für die Frauen sorgte. Es war also nicht ganz die Wahrheit. Wahrscheinlich fiel es mir deswegen so schwer, die richtigen Worte und den richtigen Tonfall zu finden. Mahmoud würde sich betrogen fühlen. Hintergangen. Ich jedenfalls würde das, wenn er so viel Geld vor mir versteckt hätte. Aber meine Vorsicht rettete uns jetzt das Leben, und nur das zählte.

Die Vorhänge am Küchenfenster waren zugezogen. Schlief Mahmoud etwa? Ich rannte über den Hof. Ins Hinterhaus. Ich hörte nichts. Kein Geplapper. Kein Juchzen. Keine Musik. Kein Fernseher. Aber die Ahnung eines Geruchs, eine süße Würze. Als ich die Tür öffnete, schlug mir Hitze entgegen. Mahmoud beugte sich über den Herd, schnitt mit dem Brotmesser einen faustgroßen Klumpen Haschisch zurecht. Mit der Armbeuge wischte er sich den Schweiß von der Stirn. Omar wickelte die Streifen in Stanniolpapier. Etliche Stanniolpäckchen lagen auf dem Fenstersims. Man hätte sie für Schokoriegel halten können. Du, Jasmin, im Kindersitz, vor dir die Stanniolstreifen übereinandergestapelt wie deine Bauklötze. Und wie auf einem Bauklotz kautest du auf einem Stanniolstreifen herum.

»Du verdammtes Arschloch!«, schrie ich Mahmoud an und

stürzte auf dich zu. Mahmoud war schneller. Er gab dir einen Klaps auf den Hinterkopf. Das Stanniol fiel aus deinem Mund, zerknittert und durchlöchert von deinen Zähnchen. Du fingst an zu weinen.

»Du schreist, sie schreit. Meine Nerven gehen kaputt.« Mit brennenden Augen schaute Mahmoud mich an, die Hände in die Hüften gestützt, während Omar sich mit dem Schlapphut Luft ins Gesicht wedelte.

Ich ließ mich nicht von der Sprechstundenhilfe aufhalten. Ich rannte ins Sprechzimmer des Kinderarztes, stammelte etwas von Dreck in den Rehbergen, bei den Wildschweingehegen. Erde. Hundescheiße. »Meine Tochter hat auf etwas herumgekaut. Vielleicht etwas abgebissen und geschluckt.« Ich zögerte, bevor ich das Wort in den Mund nahm. »Kann Hasch gewesen sein. Da lungern manchmal so komische Typen rum. Ich passe gut auf mein Kind auf, aber ich habe mich gerade mit einer anderen Mutter unterhalten. Nur einen Moment lang«, stürzte es aus mir heraus. »Was, wenn meine Jasi Hasch geschluckt hat?«

»Na, dann sehen wir uns das mal an«, sagte der Arzt. »Haben Sie etwas davon mitgebracht?«

»Nein … die andere Mutter hat es ins Wildschweingehege geworfen.«

»Das war sehr unüberlegt.«

»Ich … weiß! Aber die Angst … Wir haben beide nicht nachgedacht.«

Der Arzt untersuchte dich, konnte aber nichts feststellen. »Passen Sie einfach besser auf, wenn Sie unterwegs sind.«

Unterwegs, hatte der Arzt gesagt, unterwegs. Aber es war unser Zuhause, in dem wir nicht mehr sicher waren. Mahmoud und Omar hatten Hand in Hand zusammengearbeitet. Es war offensichtlich nicht das erste Mal. Du und ich, wir hatten kein Zuhause mehr.

Ich fuhr mit dir in die Rehberge, setzte mich auf eine Bank. Trotz des Gestankes aus dem Wildschweingehege, ich wurde den Haschgeruch nicht los. Er hatte sich in meine Nase gegraben. In mein Hirn. In mein Herz. Ich drückte dich an mich, atmete deinen Duft. Das wirkte. Endlich. »Wir fahren deinen Opa besuchen, Jasi. Jetzt gleich.«

Wie viel musste ich ihm sagen – außer dass wir eine Bleibe für die Nacht suchten? Ich drückte den Klingelknopf. Wenn sich in Alis Leben nichts geändert hatte, würde er gleich in die Sprechanlage schnauzen.

»Wer will was?«

»Ich … wir sind's, Jasmin und … «, sagte ich schnell, bevor mich der Mut wieder verließ, doch der Türsummer brummte schon.

»Hallo Kleene.« Ali kam uns im Treppenhaus entgegen, in seinem ausgeblichenen Bademantel, die Ärmel bis über die Ellbogen hochgekrempelt. »Komm, ich nehmse dir ab.« Er fuhr mit seinem Daumen über deine Wange, legte seine Hand um deinen Lockenkopf. »Du bist ja ganz schön groß geworden«, sagte er. »Große!« Du riebst dir die Augen und legtest deinen Kopf auf Alis Schulter. Müde, ausgelaugt und unendlich erleichtert folgte ich euch beiden durch die weit offen stehende Tür. Vor dem alten Esszimmer blieb Ali stehen. Durch die geriffelte Glastür schienen Konturen von hellem Mobiliar.

»Mach ma' die Tür auf, Maria.«

Rosa Tapete mit Bärchen, altrosa Auslegware, weiße Wickelkommode, weißer Schrank, weißes Kinderbett mit Gitterstäben. Alles hochglanzlackiert. In einem Regal saß der Holzpolizist, als bewache er all die Stofftiere und die Puppe mit dem schwarzen Lockenkopf, die auf dem Kopfkissen lag. Eisenbahnschienen schlängelten sich um eine Spielecke. Am Fenster stand ein zweites Bett. »Für dich, Maria«, sagte Ali.

»Wann … hast du das eingerichtet?«

»Wie sie auf die Welt kam. Irgendwie hab ich immer damit gerechnet, dass ihr mal vor der Tür steht.«

Ich fiel ihm um den Hals. »Danke, Onkel Albert!«

Er nahm meine Hand. »Komm mit in die Küche … Kleene.«

Dreckiges Geschirr stapelte sich neben dem Spülbecken. Auf dem Fensterbrett stand eine Pfanne voller angebrannter Bratkartoffeln. Ich spülte die Kaffeekanne aus, zog eine Filtertüte aus dem Karton, holte den Kaffee und die Kaffeemühle aus dem Schrank. Meine Hände wussten, wohin sie greifen mussten, als sei ich nie weg gewesen. Ich mahlte die Kaffeebohnen, setzte Wasser auf. Ich kratzte die Bratkartoffeln aus der Pfanne, schüttete sie in den Abfalleimer, ließ heißes Wasser ins Spülbecken laufen und legte all die Kaffeetassen hinein. Ich schmeckte altes Öl und Zwiebeln und hörte Onkel Alberts unausgesprochene Fragen, als er mich stumm von der Eckbank aus beobachtete. Aber ich wusste doch selbst nicht, was passiert war. Nicht genau jedenfalls.

Wann hatte Mahmoud damit angefangen?

Warum hatte ich es nicht bemerkt?

Warum hatte ich es verdammt noch mal nicht bemerkt?

Und was wäre passiert, wenn ich später nach Hause gekommen wäre?

»Was hat er euch angetan?«

Die unterdrückte Wut in Alberts Stimme brachte mich endgültig aus der Fassung. Ich zitterte. Ich schluchzte. Ali schlurfte auf mich zu und drückte mich, dich auf dem Arm, an sich. Wir waren sicher! Endlich wieder sicher. »Können wir ein paar Tage …«

»Jetz' sag schon, was passiert is'.«

»Später … vielleicht.«

»Ich hoffe, er wird abgeschoben.«

»Mahmoud hat eine Aufenthaltserlaub…«

»Hör auf mit der Lügerei!« Albert ließ mich los. »Bleib hier, solange de willst, aber verarsch mich nich'. Abgemacht?« Er sah mich ernst an. »Soll ich dir sagen, wann seine Bewährung vorbei is'?«, fragte er. »Denkste, wie ich bei euch war, wusst ich nich' längst, dass er wieder schraubt? Wenn ich plötzlich wieder dein Onkel Albert bin – dann sei gefälligst ehrlich zu mir. Abgemacht?«

»Soll ich dir was kochen?«, fragte ich nur.

»Aber nur, wennde mir später reinen Wein einschenkst.«
»Seit wann trinkst du Wein?«
»Morgen holen wir erst mal eure Sachen aus dem Loch.«

***

Mahmoud war nicht da. Genau wie ich war er die ganze Nacht nicht zu Hause gewesen. Das Bett war unberührt. Ich warf deine Sachen in den Bettbezug mit dem Sternenhimmel und knöpfte ihn zu. Onkel Albert legte ihn über seine Schulter, klappte den Kindersitz und das Laufgitter zusammen und trug alles zum Landrover. In aller Eile stopfte ich derweil das Geld aus der Matratze in mein Kopfkissen. Alles. Meine paar Klamotten aus dem Unterschrank und mein restliches Zeug passten in meine alte grüne Reisetasche. Die Büchse im Hängeschrank war leer. Was hatte ich erwartet? Mein Bettzeug unter den Arm geklemmt, die Reisetasche in der Hand, blickte ich mich um. Vorbei. Die Enge, die Dunkelheit. Die Liebe. Liebe? Lügen und Heimlichkeiten und am Ende sogar – Angst. All das würde ich hier zurücklassen. Nur den Wohnungsschlüssel nahm ich mit. Irgendwann würde ich wiederkommen, um mein Bett und die Mahagonimöbel abzuholen.

Onkel Albert kam schon vor Mitternacht aus dem Big Apple nach Hause. »Elke und Nabil kümmern sich um alles«, sagte er und lief in dein Zimmer, als wolle er sich vergewissern, dass du wirklich da warst. Dann drückte er mir eine Kassette in die Hand, beklebt mit einem rot bemalten Zettel. »Von Nabil.«

Ich tat, als rührten mich die roten Herzen nicht, als interessiere mich die Kassette nicht, wünschte Albert aber bald eine gute Nacht. In unserem Zimmer steckte ich die Kassette in den Walkman, den Mahmoud mir zu Weihnachten geschenkt hatte. Vielleicht ahnte er da schon, dass wir eines Tages getrennt sein würden. Ich knüllte das Kopfkissen zusammen, setzte die Kopfhörer auf und drückte auf START. »Habibte! Komm zurick! Du bist meine Frau. Du bist meine Liebe. Ich will nich leben ohne dich! Ich will nich leben ohne Yasmine!« STOP. Auf Zehenspitzen schlich ich durch das Zimmer. Zu dir. Ich fragte mich, ob du deinen Vater vermisst. Oder musstest du dich nur an die neue Umgebung gewöhnen? An das große helle Zimmer, den Lärm vom Hohenzollerndamm, an Onkel Alberts mächtiges blasses Gesicht. Du wirktest irritiert, jedes Mal, wenn er sich über dein Bett beugte. Die Holzpuppe aber wolltest du nicht mehr hergeben; jetzt lag sie auf der Bettdecke.

Ich setzte die Kopfhörer wieder auf und drückte auf START. »Du alles hast mitgenehmen, Habibte. Meine Liebe, meine Tochter und meine Ehre auch.« STOP.

Seine Ehre? Er klang kalt. Abweisend. Er hatte mich Habibte genannt, aber es fühlte sich an wie Scharmuta. Ich musste duschen. Unbedingt! Ich drehte das Wasser heißer als sonst, schloss die Augen, hielt mein Gesicht in den Strahl. Tausend Nadelspitzen stachen, flossen mein Kinn hinab, meinen Hals, über meine Brüste, meinen Rippenbogen. Trotzdem wurde mir nicht warm. Mir wurde einfach nicht warm. Mir ist nie wieder warm geworden. Seit jener Nacht habe ich immer irgendwie gefröstelt.

***

»Was heißt, sie muss erst mal wieder zu Kräften kommen? Ich will wissen, was sie sich dabei gedacht hat.« Moritz' Stimme; sein Schatten gestikulierte aufgebracht hinter der Glastür.

»Beruhig dich, Alter!« Die Türklinke senkte sich. Alberts Kopf schob sich ins Zimmer. »Komm in die Küche, Frollein.«

Dort warteten nicht nur Moritz und Albert, sondern auch Hassan. Nun wurde mir doch mulmig.

»Konntet ihr den Hals nicht vollkriegen?«, fuhr Moritz mich an und führte mich zum Küchentisch wie eine Gefangene, die zum Verhör musste. Er drückte mich auf einen Stuhl. »Ein Menschenleben an die Wand fahren!«

»Wovon redest du?«

»Hassan, frag sie auf Arabisch. Vermutlich versteht sie das besser«, sagte Moritz. Er ließ mich nicht aus den Augen.

Was hätte ich sagen sollen? »Sie sind in den Putsch geraten. Das hätte euren Fahrern schließlich auch passieren können.«

»Der Putsch? Der Putsch?« Moritz war so wütend, dass er beim Sprechen spuckte. »Ich rede von den Blendern, die ihr in den Libanon geschickt habt.«

»Blender?«, fragte ich. »Wie meinst du das?«

»Autos, die nur dem Anschein nach verkehrstauglich sind, die aber mit defekten Bremsen, kaputten Achsen und dergleichen unterwegs sind«, mischte Hassan sich ein. »In diesem Fall war es das Lenkgetriebe.«

»Das glaube ich nicht.« Ich senkte den Kopf; nicht nur wegen Moritz' Spucke, viel mehr wegen Onkel Albert. Er hätte mir angesehen, dass gerade eine Ahnung in mir hochkroch. »Das kann nicht sein«, behauptete ich trotzdem.

»Warum sind die Palästinenser hinter ihnen her?« Hassan machte die gleiche Geste, die Mahmoud gemacht hatte. Er kreuzte seine Kehle mit der Hand.

Ich zündete mir eine Zigarette an. Die Glut fraß das Papier. Hassan log nicht. Diesmal nicht.

»Schluss mit dem Theater!« Moritz spreizte Zeige- und Mittelfinger seiner linken Hand wie eine Schere, steckte seinen rechten kleinen Finger hinein. »Schnipp-schnapp. Finger ab!«

»Das ist in der Werkstatt passiert«, wehrte ich ab, »kurz bevor Mahmoud nach Berlin kam.«

Hassan schüttelte den Kopf. »Da gab es Abu Sajjis Werkstatt längst nicht mehr.«

Mein Magen rebellierte. »Du hast ihn hergebracht, Hassan. Direkt aus der Werkstatt. Hast du damals gelogen oder lügst du jetzt?«

»Dein Mann und dieser Omar haben im Libanon gedealt«, sagte Moritz. »Sie haben ihre Bosse bestohlen und sind aufgeflogen.« Er streckte mir seinen gekrümmten kleinen Finger entgegen. »So wurden sie bestraft.«

Ich schlug seine Hand weg. »Das glaube ich dir nicht.«

»Ich habe die Information aus einer Quelle, die ich als vertrauenswürdig einstufe.«

»Wer soll das sein, Alter?« Schweißtropfen liefen Albert von der Stirn.

»Dieser Fälscher, Moustache.«

»Dann hat er gelogen«, sagte ich. »Dann wäre Omar nicht unversehrt.«

»Omar hat den Stoff an Orten deponiert, die für jedermann zugänglich waren und ihm nicht eindeutig zugeordnet werden konnten«, sagte Hassan und zerstörte damit mein letztes Fünkchen Hoffnung.

»Mahmoud hat aufgehört, als ich ihn nach Berlin holte«, fuhr Hassan fort. »Die Messerstecherei im Big Apple ... Sie wollten aus Mahmoud herausprügeln, wo sie Omar finden. Er hatte ihnen schmutziges Heroin verkauft.« Hassan sah mich an. »Im Übrigen«, sagte er seelenruhig, während sein Blick zu Ali wanderte, »im Übrigen habe ich Maria vor Omar gewarnt. Von ihm hält man sich besser fern, habe ich zu ihr gesagt. Erinnerst du dich, Maria?«

Albert packte ihn am Arm. »Und warum mich nich'? Du hast gewusst, dass sich da ein verdammter Dealer am Stutti eingenistet hat, und geschwiegen, du Penner?«

Jetzt ergab alles einen Sinn. Moustache, der Mahmoud damals beschimpft oder gar bedroht hatte; der Überfall in unserer Wohnung; Mahmoud und Omar in der Küche. Ich hatte Hassan, der gerade versuchte, seine dreckige Haut zu retten, aller möglichen Verbrechen verdächtigt, und dabei lebte der Verbrecher an meiner Seite. »Ich muss mit Moustache reden.«

»Vorher redest du mit mir, Frollein!«

Er würde mich nicht weglassen, ich wusste es – und alles brach aus mir heraus, jedes Detail.

»Unsere Große hätte draufgehen können. Also spar dir dein Selbstmitleid.« Albert sprang auf. »Hassan, wir beide fahrn zum Stutti und drehn jedes einzelne Zimmer um. Und danach denk ich drüber nach, was ich mit dir mache!«

Ich wischte mir die Tränen aus dem Gesicht. Jetzt, wo alles raus war, fühlte ich mich matt und schwer. Und trotzdem, ich musste zu Moustache.

Moritz versperrte mir den Weg. »So viel Ahnungslosigkeit passt nicht zu dir.«

Albert zog Moritz an der Krawatte. Seine verschwitzte Stirn drückte sich an Moritz' gepflegten Haaransatz. »Wenn meine Kleene sagt, sie wusste das nicht – dann wusste sie das nicht, Alter. Du bleibst hier und passt auf die Große auf, bis ich zurück bin.«

»Ich muss mit Ihnen sprechen«, überfiel ich Moustache.

»Salam aleikum«, sagte er mürrisch, ließ mich in seine Wohnung und nahm mir den Mantel ab. »Gehen Sie hinein. Ich mache uns einen Mokka.«

»Ich will keinen Mokka. Ich will Informationen.«

»Gehen Sie hinein«, wiederholte er.

Es dauerte viel zu lange, bis Moustache endlich ins Zimmer kam. »Ich kannte den Vater Ihres Mannes. Ein ehrbarer Mann. Früh gestorben. Viel zu früh. Herzinfarkt.« Er setzte sich. »Zwei Frauen blieben zurück, zwei Töchter und zwei Söhne. Ihr Mann war noch ein Kind. Aber das wissen Sie wahrscheinlich.«

»Ja, er hat in einer Autowerkstatt gearbeitet.«

»Abu Sajji war mein Freund. Er fiel in seiner Werkstatt einer Bombe zum Opfer, kurz nach Kriegsausbruch.«

»Mahmoud hat mir nie gesagt, dass Sie beide sich kennen.«

»Ich kannte seinen Vater. Nicht ihn. Ich habe ihn hin und wieder bei meinem Freund gesehen.«

»Was haben Sie zu ihm gesagt, als wir bei Ihnen waren? Sie waren sehr aufgebracht, als er den Pass unterschrieben hat.«

Er wiegte den Kopf. »Nach Abu Sajjis Tod konnte Ihr Mann vermutlich die Familie nicht mehr ernähren. Sie müssen wissen, junge Dame, dass Syrien nicht nur Soldaten in unser Land schickt, sondern auch Arbeitskräfte. Syrer arbeiten für weniger Lohn als Libanesen. Mit den Lira kurbeln sie wiederum die Wirtschaft in ihrer Heimat an, während bei uns im Libanon die Arbeitslosigkeit wächst und die Preise explodieren. Wie überall, wo einige Wenige das große Geld verdienen mit der Not der anderen.« Moustache rührte in seinem Mokka. »Die syrische Armee kontrolliert die alten Tabakanbaugebiete der Bekaa-Ebene. Dort wird Cannabis und Schlafmohn geerntet.«

»Warum erzählen Sie mir das?«, fragte ich.

»Ich werde es Ihnen demonstrieren.« Moustache verließ das Zimmer und kam mit einer Schale zurück, gefüllt mit einem Häufchen Mehl. Er tauchte den kleinen Finger, den mit dem langen Nagel, wie eine Schaufel hinein, führte den Finger an seine Nase. »Wenn dies Kokain wäre, würde ich jetzt schniefen, so nennt man das bei Ihnen, richtig?« Moustache ließ das Mehl zurück in die Schale rieseln.

»Ich bin kein ahnungsloses Landei. Erzählen Sie mir etwas, das ich nicht längst weiß. Zum Beispiel, was das mit Mahmoud zu tun hat.«

»Ihr Mann und einige andere haben das Kokain mit einem Mittel aus der Praxis eines Veterinärmediziners gestreckt und so auf eigene Rechnung gearbeitet.« Er stellte die Schale auf den Glastisch. »Jedem von ihnen haben sie ein Fingerglied abgehackt. So wurden sie stigmatisiert.«

Abgehackt!, durchzuckte es mich. Der Mokka schwappte aus der Tasse.

»Was … was haben Sie zu ihm gesagt, als wir bei Ihnen waren?«

»Ich habe ihn an seine Verantwortung für sein Land erinnert.« Moustache führte die Tasse an seine Lippen. Die nikotinbraunen Bartspitzen tauchten in den Mokka. »Ich habe ihn daran erinnert, dass er in einem Land, das ihn aufnimmt, unserem Ruf nicht schaden darf. Aber mir scheint, meine Worte sind verhallt, ohne ihn zu erreichen.«

»Und Sie? Sie leben illegal hier. Sie sind Fälscher. Und Sie koksen auch, richtig?«

»Ich bin kein Asylant. Ich erhalte keine finanzielle Unterstützung. Ich lebe von meiner Arbeit und das Kokain brauche ich zur Konzentration.« Er stellte die Mokkatasse ab, strich mit dem Handrücken über seinen Bart und stand auf. »Ich bringe Sie zur Tür. Allah sei mit Ihnen!«

Ich suchte Halt an der Autotür. Irgendwie gelang es mir, sie aufzuschließen; irgendwie schaffte ich es, einzusteigen.

Warum hatte Nabil mich nicht gewarnt?

Ich wartete nicht, dass Nabil mich hereinbat. Ich stieß ihn beiseite und stürmte ins Wohnzimmer. »Warum hast du mir nie die Wahrheit über Mahmoud gesagt?«

»Wovon sprichst du?«, sagte Nabil und folgte mir.

Elke saß auf der Couch und las Zeitung.

»Seinetwegen krepieren Menschen. Und du fragst, wovon ich spreche?«

Elke ließ die Zeitung sinken. »Soll ich euch alleine lassen?«

»Das gehört in die Vergangenheit.« Nabil senkte den Kopf. »Mahmoud hat Schande über seine Familie gebracht. Sie haben ihn nach Deutschland geschickt und ihm die Chance gegeben, das wieder gutzumachen. Wie könnte ich ihm diese Chance nehmen.«

Elke sah uns an. »Klärt mich einer auf?«

»Ich dachte, wir sind Freunde!«

»Ja, Maria, wir sind Freunde. Aber Mahmoud ist wie ein Bruder. Das weißt du.«

»Und deswegen hast du zugesehen?«

»Ich habe nicht zugesehen. Ich habe mit ihm gesprochen. Immer wieder.«

»Was ist hier eigentlich los?«, fragte Elke.

»Frag deinen Mann.«

16

Schon bald fühlten sich die zwei Jahre mit Mahmoud wie ein misslungener Ausflug an. Vom ersten Tag an war es ein Leben in Lüge und Betrug gewesen. Mahmoud hatte mich belogen, ich hatte Mahmoud bestohlen, und gemeinsam hatten wir dich um einen ehrlichen Start ins Leben betrogen.

Das war das Schlimmste.

Wir lebten bei Onkel Albert, ich kochte wieder für ihn und brachte das Essen zum Big Apple, mit dir im Kinderwagen statt mit Filou an der Leine. Eines Abends hielt Nabil mir etwas hin. »Auf der Kassette sind Nachrichten für dich.«

»Ich will sie nicht«, sagte ich nur.

»Hör dir an, was Mahmoud zu sagen hat. Er leidet sehr.«

»Das ist mir scheißegal.«

»Es ist schwer für ihn, zu akzeptieren, dass du ihn verlassen hast. Wenn du dich scheiden lässt, wird er abgeschoben.«

»Scheidung? Jasmin hat nichts von einem Vater, der im Libanon verreckt. Ich werde sie vor ihm beschützen, aber ich werde ihr den Vater nicht wegnehmen.«

Nabil steckte die Kassette wieder ein. »Bekommt er wenigstens ein Foto von euch?« So verlegen, als bitte er um ein Foto für sich selbst, deutete er auf die bereitliegende Polaroid. »Bekommt dein Papa ein Foto?«, fragte er dich.

Kaum hing das Wort Papa im Raum, riefst du: »Papa. Ta!« Ta, komm her.

»Lass sie da raus, Nabil«, sagte ich. »Das ist nicht fair.« Und trotzdem, als ich dich so sah, den aufgeregten Schimmer in deinen Augen, stimmte ich zu – unter einer Bedingung: »Er kriegt ein Foto von ihr, aber sie soll auch eins von ihm bekommen.« Ich setzte dich auf den Tresen, nahm dir die Mütze ab, wuschelte dir durchs Haar.

»Jasmin!«, rief Nabil und winkte. Klick!, machte es. Das grelle Licht des Blitzwürfels blendete im Garderobenspiegel auf. Das Foto surrte aus der Kamera. Nabil machte einen Schritt auf uns zu, drückte es mir in die Hand. »Ich habe gehört, die Frau des Unfallfahrers darf ihren Mann in der Türkei besuchen«, sagte er wie nebenbei. Klick!

»Ich will sie treffen.«

»Warum?«

»Frag sie einfach.«

Nabil legte die Polaroids auf den Tresen. »Morgen bringe ich dir ein Foto von deinem Papa, Jasmin.«

»Papa. Ta!«

***

Halb drei Uhr. Viel zu früh für eine Montagnacht steckte Onkel Albert den Kopf in unser Zimmer. »Komm in die Küche, Kleene.«

Er hatte mich Kleene genannt; es konnte also nicht so schlimm sein. Am Küchentisch sitzend, eine Hand zur Faust geballt, strich er mit der anderen über die hervorstehenden Knöchel. Er sah schlecht aus. Bleich, rotfleckig, verschwitzt. »Ich hab Tarek die Fresse poliert. Da hab ich gedacht, der is' sauber … « Er warf ein paar Polaroids auf den Küchentisch. Ein kurzer, ein sehr kurzer Blick darauf genügte mir. »Ich weiß, dass Tarek zuschlagen kann. Das musst du mir nicht mitten in der Nacht zeigen.«

»Jetzt schau doch mal hin!«, sagte er. »Das sind nich' die, die Schulden bei uns haben. Die meisten von denen kenn ich gar nich', bis auf die beiden hier.« Er tippte auf ein Foto. »Den hier ham wir als Türsteher ins Roxy vermittelt. Das is' so lange her, dass ich gar nich' mehr weiß, wie viel Provision wir eingesackt haben.« Er zeigte auf ein anderes Foto auf dem Tisch. »Und der hier putzt in der Kneipe an der Ecke. Tarek verkloppt die Typen für Hassan.«

»Wie bist du dahintergekommen?«

»Nich' wie, sondern wo! Im Puff! Da quatscht mich einer an, ich soll meinen Spürhund zurückpfeifen.« Albert stieß einen Seufzer aus. »Ich also sofort hoch in unsre Wohnung und da steht so 'n Muselmann in der Kloschüssel, drückt wie 'n

Bekloppter auf die Spülung und wäscht sich mit Waschpulver die Füße. Und so ganz nebenbei krieg ich mit, dass da neunzehn von denen rumlungern. Neunzehn! Fast doppelt so viele, wie zahlen. Liegen zu zweit in den Betten. Bevor Tarek bis drei zählen kann, hat er meine Faust in der Fresse, kotzt aus, dass die Typen ihm 'nen Fünfer pro Nacht zahlen. Und den Rest, den spuckste jetz' auch aus, sag ich zu ihm. Und wie er da in seine Tasche greift, denk ich, der will mich abknalln, und tret ihm in die Eier. Da schmeißt er die Fotos in meine Visage.« Ali hackte mit dem Zeigefinger auf die Bilder. »Er vertrimmt die in Hassans Auftrag! Fahr in die Potsdamer, sagt er noch, bevor ich ihm richtig eine reingehauen habe.«

Vielleicht hätte ich wieder einsteigen sollen, dachte ich, wenigstens am Stutti. »Beruhig dich«, sagte ich. »Ich mach dir erst mal Kaffee.«

»Ich also zu Hassan«, fuhr Albert fort, »ich zerr ihn aus'm Bett und muss mir anhörn, dass Tarek die Araber nicht nur ihm, sondern auch mir vom Hals hält.« Er saugte die Luft ein. »Ich reiß ihm also den Schlafanzug vom Leib; gleich haste Rühreier, sag ich. Da rückt er mit der Sprache raus. Die ersten von denen, die mit unseren Asylanträgen eingereist sind, wurden abgeschoben. Jetz' sindse dahintergekommen, dasse ihre Kohle verballert haben – und wollense zurück."

Es dauerte, bis ich die Sprache wiederfand. »Hassans gebrochener Arm, das war kein Unfall. Aber was bedeutet das für uns …«

Die meisten seien unbescholtene Leute und trauten sich nicht an ihn ran, sagte Albert. Andere fürchteten ihn wegen seiner Kontakte ins Milieu. Wieder andere erpressten Moritz. Er sollte ihnen Scheinehefrauen besorgen, kostenlos. Albert sah mich ernst an. »Ich hab in meinem Leben mehr Keile eingesteckt wie 'n Mensch brauch, aber du und die Große, ihr seid nich' sicher, so lang ich da draußen meine Fresse rumzeige. Früher oder später guckt Hassan sich die Radieschen von unten an, wirste sehn. Und jetz', Kleene, sag ich dir was. Ich steig aus. Ich hab schließlich Verantwortung – für dich und die Große. Du kriegst das Big Apple. Mach was draus. Wollteste doch immer schon. Außerdem ... geht mir langsam das Personal aus.« Er grinste. Er hatte Tarek vor die Tür gesetzt und die Araber aus der Wohnung gejagt. »Der Stutti wird gekündigt. Hassan is' auch Geschichte. Nur die Werkstatt, die mach ich nich' dicht. Ich such uns 'n Grundstück, irgendwo in der Nähe. Dann kann ich morgens basteln, mittags die Große aus'm Kindergarten abholen und nachmittags am Tegeler See mit ihr Schwäne füttern gehn.« Er legte seine Hand auf meine. »Die Große soll ein besseres Zuhause kriegen wie du.«

»Glaubst du, ich kann ihr das nicht bieten?« Ich sprang auf, setzte mich aber gleich wieder. Das Geld im Kopfkissen ging ihn nichts an.

»Ich trau dir viel zu«, sagte er. »Ich trau dir mehr zu wie deiner Mutter. Und ich trau dir noch viel mehr zu wie mir. Du kriegst die Große groß, da hab ich keine Bange. Ich will's dir nur leichter machen. Schnapp dir Elke und Nabil, ihr drei seid 'n gutes Gespann. Nabil is' loyal, und Elke hat mit ihrem Mundwerk alle im Griff. Also, schenk dem Opa ein paar Jahre mit der Großen. Sag ja – dann wird Moritz die Verträge aufsetzen.« Er hielt meine Hand, als müsse er sich daran festhalten. »Im Frühjahr will ich im Grünen sein. Nur meine Montagnächte, die musste mir lassen, solang ich noch krauchen kann.« Er seufzte. »Dann kriegt das Big Apple auf seine alten Tage endlich seinen verdienten Ruhetag. Du hast 'n Abend mit der Großen und ich geh 'n paar Cuba Libre trinken.«

Vater. Mutter. Kind. Träume wollen Träume bleiben. Deswegen scheitern sie an der Wirklichkeit. Jetzt, wo er längst ausgeträumt war, drängte er sich wieder auf, der Traum von der Edeldisko.

»Ich muss drüber nachdenken.«

***

Das Foto, das Nabil mir gab, mit unserer Kamera aufgenommen wie die Bilder, die ich in der Nacht zuvor gesehen hatte, war auf andere Weise unerträglich. Mahmouds hohle Wangen, tiefe Krater in seinem bleichen, bartschattigen Gesicht; seine Lippen ein schmaler Strich mit einem künstlichen Lächeln. »Ihr glaubt doch nicht, dass ich Jasi dieses Verbrecherfoto gebe«, sagte ich zu Nabil und warf das Polaroid auf den Garderobentresen. »Häng es in die Galerie. Da gehört es hin.« Ich folgte Nabil, dich auf dem Arm, die alten Stufen hinunter. Glasstufen, schoss es mir durch den Kopf. Und das klebrige Holzgeländer würde ich durch eins aus Metall ersetzen. Diesen elenden Geruch nach abgestandenem Bier und kaltem Rauch würde eine Klimaanlage schlucken.

Albert ließ die BZ sinken, schaute über seine Brille. »Was macht die Große hier unten?«

»Ich will 'ne Runde mit deinem Geschäftsführer drehn, solange du isst.«

»Jetzt guck nich' so, Nabil. Stell den Korb ab und hör dir an, was Maria dir zu sagen hat.« Ali streckte die Arme nach dir aus.

»Opali! Opali!«

Ich klopfte auf den Bartresen. »Was sagst du zu dem?«, fragte ich Nabil.

»Schmutzig«, antwortete er.

»Und klobig«, sagte ich, »und alt. Zu alt. Was hältst du von zwei bis drei kurzen Tresen? Kleinen Tanzflächen, jede in einer anderen Farbe angestrahlt. Verspiegelten Säulen?« Ich zeigte zur Treppe. »Eine Kaffeebar unter den Stufen?«

»Kaffeebar.« Nabil nickte. »Interessant.«

Wir liefen zu den Toiletten. »Endlich eine Klofrau! Und wenn dieser Flur bis zur Decke verspiegelt wäre, würde er viel größer wirken. Oben wo das Marsha-Hunt-Poster hängt, passen Schließfächer hin. Für Handtaschen, Schlüssel, Schminkzeug. Alles, was unsere Gäste hier unten nicht brauchen.«

Nabil ging zur Tanzfläche, stellte sich in die Mitte, breitete die Arme aus.

»Der Discjockey soll zwischen den Tanzenden auflegen«, sagte er, »hier.«

»Gute Idee!« Ich stellte mich zu ihm. Wie lange war es her? Wann hatte ich zum letzten Mal auf diesem Holzboden getanzt? »Weißt du noch, Nabil? *That's the way aha aha I like it … aha aha …*«, sang ich leise, klatschte, wippte in den Knien. »Move to the right! Slide to the left. Turn.« Nabil flüchtete von der Tanzfläche. »Manche Dinge ändern sich nie, du bist immer noch ein Spielverderber.« Vorwärts. Rückwärts. Seitwärts. Meine Gummisohlen quietschten auf dem Holzboden … Mahmouds Arbeitsschuhe. Sein sehniger Hals, sein kantiges Kinn mit der Kerbe, sein gequälter Blick in die Scheinwerfer, als er mit der Pummeligen tanzte. Die Nacht, in der er als Tony Manero über die Tanzfläche schwebte und den ersten Zipfel meines Herzens eroberte. Den ersten? Hatte ich mich nicht schon in sein »Assil!« verliebt? Die Scheinwerfer gingen an, die Diskokugel drehte sich. »*That's the way, aha aha, I like it, aha aha; that's the way …*« KC and the Sunshine Band. Die alten Zeiten waren keine guten Zeiten gewesen. Damals hatte ich von besseren geträumt, die Zeiten waren nicht besser geworden, nur anders. Anders hart und anders rau und anders aussichtslos. Das Einzige, wofür sich all das gelohnt hatte, war bei Onkel Albert im Büro und saß vermutlich gerade auf seinem Schoß. »Mach das aus!« Ich lief zur Bar, hinter den Tresen.

Nabil setzte sich auf einen Barhocker. Er trommelte mit den Fingerspitzen auf den Tresen. »Man hat ihm gesagt, er muss seine Familie ehren. Mahmoud hat gearbeitet, um sie zu ernähren. Deshalb hat er nicht schreiben und lesen gelernt. Er hat Geld mit krummen Geschäften verdient, damit die, die ihn am Ende deshalb verstoßen, überleben. Sind sie im Recht? Bin ich im Recht, weil ich für meinen Freund geschwiegen habe, oder bin ich es genau aus diesem Grund nicht? Bin ich ein Freund oder ein Verräter? Und was bist du?«

»Ich wollte, dass wir eine Familie sind.«

Die Eingangstür fiel zu. Elke hetzte die Stufen herab.

»Setz dich zu uns«, rief ich ihr zu, froh über die Ablenkung. Während ich drei Gläser mit Sekt füllte, machte ich ihnen mein Angebot.

»Das lassen wir uns nicht entgehen. Richtig, Schatz?«, sagte Elke sofort.

»Abgemacht«, antwortete Nabil.

Wir stießen an. Irgendwie schmeckte der Sekt schal.

Nabil leerte sein Glas mit wenigen großen Schlucken. »Ich habe mit Rauda gesprochen«, sagte er. »Am Wochenende darf sie ihren Mann im türkischen Gefängnis besuchen. Danach ist sie bereit, dich zu treffen.«

»Das ist gut!« Jetzt schmeckte der Sekt schon besser. Nach Zuversicht. Zukunft. Schwungvoll stellte ich das Glas ab, ging ins Büro. »Wann setzt Moritz die Verträge auf?«, fragte ich.

***

Viel zu früh parkte ich den Käfer vor dem Haus, in dem Nabil wohnte. Wartete. Hauchte meine Fingerspitzen an. Ich fror bis in die Knochen, aber nicht nur deswegen zitterte ich. Hätte ich nicht so viel Geld vor Mahmoud versteckt, hätte er die Autos vielleicht mit den notwendigen Ersatzteilen ausgestattet statt mit verschlissenen. Vielleicht. Vielleicht hätte er es trotzdem getan, denn ihm hätte das Geld keine Sicherheit gegeben. Niemand wusste von dem Geld. Niemand konnte mich für seine Tat verantwortlich machen. Niemand.

Ich stieg aus, als ich Nabil im Rückspiegel entdeckte. Die Frau neben ihm lief geduckt, wie eine, die Schläge erwartete. Ihr mädchengleiches Gesicht war blass und abweisend.

»Rauda geht ein hohes Risiko ein«, flüsterte Nabil, obwohl niemand in unserer Nähe war. »Der Vater ihres Mannes und seine Brüder dürfen das nie erfahren.«

»Weiß Rauda, dass ich nichts mit all dem zu tun hatte?« Fast versagte meine Stimme.

»Stell die Fragen nicht mir. Das ist unhöflich. Ich bin der Übersetzer – nicht dein Gesprächspartner«, antwortete Nabil.

Elke war nicht da, aber sie hatte Kaffee und Tee gekocht und Geschirr hingestellt. Die Frau ignorierte das alles. Ihren grauen Mantel wie einen Schutz eng um sich geschlungen, setzte sie sich und begann zu reden. Stockend und leise. Mit Pausen, in denen Nabil übersetzte. Der Unfall hatte sich vor einer Schule ereignet. Raudas Mann konnte dem Mädchen nicht ausweichen, denn die Lenkung hatte versagt; er wurde aus dem Auto gezerrt, geschlagen und getreten und wäre wahrscheinlich totgeschlagen worden, wenn die Polizei nicht eingetroffen wäre. Er wurde verhaftet, das Auto sichergestellt. Drei Tage hatte sein Bruder Bilal gewartet und war dann alleine in den Libanon gefahren. Das Mädchen hatte überlebt. Bilals Familie versuchte, mit Hilfe eines Anwalts und der Botschaft, Raudas Mann freizubekommen. Auch dafür brauchten sie viel Geld.

»Eines musst du wissen«, erklärte mir Nabil. »Der Libanon gewährt Mitgliedern der PKK Unterschlupf. Daher behandelt die türkische Regierung jeden aus dem Libanon wie einen politischen Gefangenen.« Er goss sich Tee ein, schob ihn aber beiseite, als Rauda in Tränen ausbrach. Ihr Körper zuckte. Sie drehte ihren Ehering, sprach abgehackt, sah Nabil an und nickte dann. Als wollte sie sagen, los, sie soll es wissen. Alles.

»Er wird gefoltert. Mit leeren Augen, aufgerissenen Handflächen, gebrochenen Fingern saß er ihr gegenüber. Sein Anwalt berichtete von Elektroschocks, von …« Nabil schluckte. »Von Streichhölzern, die unter die Fußnägel gesteckt und angezündet werden. Von Schlägen auf die Fußsohlen, bis die Haut aufplatzt. Sie kann froh sein, dass er überhaupt noch am Leben ist. Wir alle können das.«

Gebrochene Finger. Elektroschocks. »Kann … kann ich etwas für sie tun?«

Nabils Mundwinkel verzog sich. »Du sollst nicht mich ansprechen, sondern Rauda!«

Rauda legte ihre Hand auf seine. Sie sprach jetzt nicht mehr abgehackt, sondern schnell und aufgeregt. Immer wieder fielen Mahmouds und Omars Namen.

»Mahmoud und Omar zahlen regelmäßig«, sagte Nabil. »Sonst könnten sie sich den Anwalt nicht leisten. Außerdem, ohne Geld zum Leben müsste sie mit den Kindern zurück in den Libanon.«

»Und … ? Sie hat doch mehr gesagt! Soll ich ihr auch Geld geben?«

»Es geht nicht immer nur um Geld«, unterbrach Nabil. »Es geht um Ehre und Respekt. Jemand wie du begreift das nicht.«

»Dann erklär es mir, Nabil.«

Rauda stand auf und lief zur Tür. Nabil eilte ihr hinterher.

»Sag Rauda, das alles tut mir unsagbar leid!«, sagte ich. »Und frag sie, was ich für sie tun kann. Sag ihr, ich tue alles!« Bis heute weiß ich nicht, ob er mich gehört hat. Bis heute weiß ich nicht, ob er es übersetzt hat. Ich kam nicht mehr dazu, ihn das zu fragen.

»Wir sind in der Küche«, rief Albert, als ich nach Hause kam. Deine Puppen und Kuscheltiere waren auf dem Küchenboden versammelt. Du saßt auf Alberts Knie und winktest mir zu.

»Hier sieht es aus, als hätte eine Bombe eingeschlagen.«

»Und du siehst aus, als wärste grad dem Teufel begegnet«, sagte Albert.

»Halb so schlimm«, wiegelte ich ab.

Onkel Albert klopfte auf die BZ, die vor ihm lag. »Die Bullen haben Razzia gemacht, am U-Bahnhof Kurfürstendamm und im Burger King. Und, was soll ich dir sagen? Die Libanesen sind ganz dick im Drogengeschäft.« Er klappte die BZ zu. »Na, du bist ja raus, Kleene.«

War ich das? Ich lief in unser Zimmer. Die von Mahmoud besprochene Kassette lag noch in der Schublade. Bis zu jenem Nachmittag hatte ich nicht mehr hineingehört, aber ich hatte es auch nicht fertiggebracht, sie wegzuwerfen. Irgendwann, dachte ich immer, irgendwann werde ich das tun. Ich riss das braune, glänzende Band heraus, zerknüllte es, warf das Knäuel in den Aschenbecher und hielt das Feuerzeug hinein. Die Flamme fraß sich in das Wirrwarr. Es wand sich, aber es entkam der Flamme nicht. Es krümmte sich, es knisterte; es schrumpfte. Schmolz. Stank.

17

Winter 80/81

Zusammengerollt, mit einem roten Band zugeschnürt, lag der neue Pachtvertrag unter dem Weihnachtsbaum. »Alles deins«, sagte Albert, griff sich einen Zimtstern und roch daran. »Im Safe liegt dein Anteil an den Geschäften. Aber kümmern musste dir alleene.« Er schob den Zimtstern in den Mund. »Jetzt zieh dir was Warmes an und pack die Große ein.«

Wir fuhren am Big Apple vorbei. Die Buchstaben über der Tür leuchteten seit Wochen nicht mehr. Nur das große Plakat WEGEN UMBAU GESCHLOSSEN hob sich von der schwarzen Eingangstür ab.»Ein Mal noch geh ich da rin, Kleene«, sagte Onkel Albert. »Wenn de damit fertig bist, will ich mir ansehn, was de draus gemacht hast. Ein Mal – und dann nie wieder.« Er gab Gas, fuhr den weihnachtlich beleuchteten Ku'damm hinauf nach Halensee und bog dort auf die Autobahn. Die ganze Fahrt über schwieg er. Vor einem abgelegenen Grundstück irgendwo in Tegel hielt er an, schloss ein Tor auf und fuhr den Landrover auf das Gelände.

»Was willst du in dieser toten Gegend?«, fragte ich.

»Jetz' mach mal halblang.« Albert nahm dich auf den Arm, schloss das Haus auf und machte Licht. Wir standen in einem ziemlich heruntergekommenen Flur mit breiter Treppe. »Ich bleib im Parterre und ihr kriegt den ersten Stock«, sagte Albert. Oben drückte er eine Tür auf. »Das Zimmer hier hat ein eigenes Bad und einen Balkon.« Schon standen wir draußen in der kalten Winternacht. Das Grundstück grenzte an Schrebergärten vor einer Mauer. Ich wusste sofort, was das war, und zeigte wortlos darauf.

»Die JVA, na und? Hast 'n Problem damit?« Er winkte ab. »Wir leben immerhin auf der richtigen Seite der Mauer. Wieder mal. Das Balkonzimmer is' sowieso für die Große. Und da«, er deutete dorthin, wo schemenhaft eine Baumgruppe zu erkennen war, »da is' der Flughafensee. Hinter uns, weniger wie 'n

Kilometer weg, is' der Tegeler See. Und drum rum Wald. Jetz' denk mal an unsre Große. Ich jedenfalls hab im Heim von so was geträumt.« Er schob mich vom Balkon, zeigte mir die anderen Zimmer.

Die Begeisterung in seiner Stimme drückte mein Gewissen bis in den Keller. Wie sollte ich ihm beibringen, dass ich schleunigst eine Wohnung für uns beide suchen würde? Wir konnten nicht bei ihm bleiben. Nicht, solange er seine Finger in irgendwelchen schmutzigen Geschäften hatte. Und einer wie er konnte ohne diesen Schmutz nicht leben.

***

Am ersten Weihnachtsfeiertag ging ich ins Big Apple. Alleine, nur mit dem Geld aus dem Kopfkissen. *Shit!* hatte jemand mit Lippenstift auf das Plakat geschmiert. *Beeilt euch* und *Eine Nacht ohne Apple ist wie ein Jahr ohne 6* war dort hingekritzelt. Ob Ines das geschrieben hatte? Ich musste lächeln. Hier und da sah ich arabische Schnörkel. Ich schloss auf; nicht mehr als Kassenfrau, nicht mehr als Onkel Alberts Nichte, zum ersten Mal betrat ich den Laden als Chefin. Die Neonröhre sprang mit einem Pling! an. Das grelle Licht fiel auf das Münztelefon, voller Schlieren war es, nikotinbraun das Marsha-Hunt-Poster. Ich schwang mich über den schäbigen Garderobentresen. Im Kassenhäuschen roch es nach Staub und Vergangenheit. Die Gummiknüppel und Baseballschläger lagen da wie immer. Ich stieß sie an, sie rollten auseinander, polterten auf den Boden, und ich nahm die Polaroidkamera und machte ein Foto davon. Ich ging ins Vorratslager, zum Safe. „Alles deins", hatte Onkel Albert gesagt – aber deswegen stand ich nicht hier, deswegen nicht. Ich wollte die Scheine aus meinem Kopfkissen endlich loswerden. Aber was dort im Safe lag, war weit mehr als mein Anteil. Albert schien schon lange kein Geld mehr gewaschen zu haben. Gehörte das in seine Vergangenheit? Hatten wir doch eine Chance als Opa-Mama-Kind? Ich fuhr mit der Fingerkuppe durch die Scheine. Geschmeidig wie die Zukunft. Bloß nicht davon träumen.

Träume wollen Träume bleiben.
Ich legte das Geld in den Safe.

***

Onkel Albert stellte sich gleich nach Neujahr eine Pritsche, einen Campingtisch und ein paar Heizstrahler ins Haus. Wochenlang fuhr ich regelmäßig zu ihm und versorgte ihn mit allem, was er brauchte. Mitte Februar schmolz schon der Schnee, tropfte vom Betonmischer. Unter dem Vordach der Eingangstür lagen Zementsäcke. Im Haus war es klamm, roch nach feuchtem Putz. Auf den Treppen ins Obergeschoss sah es aus wie früher in Alberts Büro: Kaffeepötte, Colaflaschen, eine halb volle Flasche Whisky, ein verschmiertes Glas, neben dem sich eine angebissene Stulle wölbte. Nur Nüsse gab es hier nicht. Nüsse brauchte Albert nicht mehr.

Seine Stimme dröhnte von oben herunter. »Komm hoch, Kleene. Schau dir die Tapete an.«

»Bist du sicher, dass du nicht selbst im Balkonzimmer wohnen willst?«, fragte ich ihn ein letztes Mal, als er die Biene-Maja-Tapete ausrollte.

»Das große Zimmer is' für die Große. Basta. Warum haste se nich' mitgebracht?« Er klappte einen Tapeziertisch auseinander. »Sie ist bei Elke«, sagte ich. »Ich muss mich um die Anträge für das Bauamt kümmern, damit im Big Apple alles klar geht.«

Zu Hause klingelte das Telefon.

»Merhaba. Ich bin.«

Mein Herz begann zu hämmern. »Was willst du?«, fragte ich schärfer, als ich wollte.

»Dich sehen. Yasmine sehen«, seufzte Mahmoud.

»Aber wir wollen dich nicht sehen.« Wie dünn meine Stimme klang. Dünner von Wort zu Wort.

»Er ist zurick aus Gefengnis. Er will mich sehen. Kannst du kommen?«

»Was habe ich damit zu tun?«

»Er bringt sein Familie. Er will sehen mein Familie.«

»Warum?«

»Weiß nich. Filleich Nabil weiß. Nabil auch kommt.«

Ich presste den Hörer an mein Ohr. »Nabil kommt auch?«

»Bestimmt Mann will Friede gemachen.«

Ja, vielleicht war es so. Vielleicht sorgte Raudas Mann wieder selbst für alle und es war endlich vorbei.

»Ich alle bezahlt habe. Aber wenn braucht mehr Geld, ich bezahle.« Mahmoud räusperte sich. »Alles ist meine Schuld.«

Meine auch. Wir waren quitt. Ich konnte nicht einfach wegbleiben. Außerdem musste ich ihm endlich sagen, dass ich die Scheidung einreichen würde. Das musste ich, das war mir längst klar. Er würde abgeschoben werden und wir würden wahrscheinlich nie erfahren, ob und wie er im Libanon lebte. Du, Jasmin, würdest ein von Zweifeln überschattetes Leben führen. Wer wusste das besser als ich? Ich musste euch die Gelegenheit zum Abschied geben. »Okay, wir kommen.«

»Zwei Uhr in Pizzeria von Ibrahim und Susi«, sagte Mahmoud. »Schukran, schukran, schukran, Habibte.«

Ich legte auf.

Elkes Blick blieb an meinem Kaftan hängen. »Hast du den immer noch?«, fragte sie. »Willst du so tun, als wärst du eine von denen?«

Ich stöhnte. »Ich will Jasi und Nabil abholen.«

»Nabil ist nicht hier. Er wollte noch im Big Apple nachsehn, ob die Spiegelfliesen an den Wänden geblieben sind.« Elke drehte mir den Rücken zu. »Komm rein.«

Aus der Küche waberte der Geruch von warmem Sauerkraut. Halb zwei. Ich griff nach deinem Anorak und deinen kleinen Stiefeln. »Komm, Jasi. Anziehen.« Ich setzte dich auf die Couch.

»Weißt du noch, wer dein Papa ist?«, fragte ich und merkte, wie aufgeregt ich war. Kaum hatte ich Papa ausgesprochen, sagtest du: »Papa, ta!« Das beruhigte mich. »Ruf Nabil an, Elke, ich fahre beim Big Apple vorbei und hole ihn ab.«

Elke steuerte auf den Sekretär zu, wählte die Nummer. »Er hört das Klingeln wohl nicht.« Sie drückte auf die Gabel und wählte noch mal. »Oder er ist schon unterwegs.«

Nur ein Auto parkte vor der Pizzeria. Ein schwarzer Mercedes; einer von der Sorte, die wir früher überführt hatten. Mein Blick fiel auf die Polaroid, die auf dem Rücksitz meines Käfers lag. »Weißt du was, Jasi«, sagte ich, »die nehmen wir mit. Nabil soll ein Foto von uns machen als Papa-Mama-Jasi.« Ich stieß die Tür zur Pizzeria auf. Kein einziger Gast war hier, aber das hatte ich auch nicht erwartet. In dieser Gegend, an einem Sonntag. Nur Nabil hatte ich erwartet. Doch Mahmoud saß allein an einem Tisch in der Ecke. Er trug das weiße Hemd. Die Manschettenknöpfe lugten aus dem Jackett und er hatte sich sogar eine Krawatte umgebunden. »Habibte!« Er sprang auf.

Du strecktest die Arme nach ihm aus, als hättest du nicht die letzten Monate ohne ihn gelebt. »Papa! Ta!«

»Habibte! Habibte!« Mahmoud riss dich an sich, übersäte dich mit Küssen, Tränen in seinem unsteten Blick. Er wandte sich mir zu, aber ich machte einen Schritt zurück. Einen großen Schritt. Mahmoud schluckte. Seine Augenbrauen schoben sich zusammen. »Wo Nabil ist?«

Ich legte die Polaroid und deine Milchflasche auf den Tisch, hängte meine Handtasche über die Stuhllehne. »Ich dachte, er ist schon hier.«

»Bestimmt kommt gleich.« Mahmoud setzte sich und reichte mir die Speisekarte. Ein Jahr war vergangen, seitdem ich sie getippt hatte. Schon ein Jahr oder erst ein Jahr? Die Karte sah jedenfalls aus, als habe kaum jemand darin geblättert. Hier wurde nicht viel gekocht. Hier wurden Geschäfte gemacht, von denen ich genug hatte und nichts mehr wissen wollte.

»Was du will essen? Was du will trinken?«

»Cappuccino.«

Susi kam mit Block und Stift, gekleidet wie eine Kellnerin:

schwarzer Rock, weiße Bluse, weißes Schürzchen. »Tach«, sagte sie. »Wat soll ick euch bringen?« Sie war nicht clean, das sah ich gleich, aber sie schien einigermaßen auf den Beinen zu sein.

Mahmoud bestellte. Susi nickte und verschwand wieder.

»Ich hab dich gevermisst«, sagte Mahmoud heiser und setzte dich auf seinen Schoß. »Ich will euch nicht verlieren. Yasmine nich – und dich nich. Kommst du zurick?«

»Ich bin nur hier, um dir zu helfen. Ich … ich will die Scheidung!«

»Kannst du nicht nachdenken? Uns eine Chance geben? Mir eine Chance geben?« Er fuhr sich mit der Hand durch sein schulterlanges, stumpfes Haar. »Jetz alles vorbei, Habibte.«

Du zeigtest ihm die Holzpuppe. »Opali, Opali.«

Angewidert riss Mahmoud sie dir aus den Händen, warf sie auf den Tisch. »Ali nich dein Opa, aber ich bin dein Vater. Ich. Ich. Ich.« Bei jedem Ich schlug er mit der Faust auf sein Herz.

»Hör auf damit. Du machst ihr Angst.«

Mahmoud setzte dich auf den Tisch. »Schuldigung. Ich muss Toilette«, sagte er und verschwand hinter dem Vorhang.

Susi stellte zwei Tassen vor mich, fuhr mit dem Finger über deine Wange. »Hübsches Kind haste«, sagte sie und schlich wieder hinter den Tresen.

»Schuldigung!« Mahmoud setzte sich wieder und drückte dir den Zuckerstreuer in die Hände. »Gibst du deine Papa Sucker?« Er klang liebevoll.

Der Zuckerstreuer war zu groß und zu schwer für dich und Mahmoud half dir. Ich presste meinen Rücken gegen die Stuhllehne. Dies war nur eine Momentaufnahme. Leben mit ihm war etwas völlig anderes.

Mahmoud hob seine Tasse. »Gut Appetit.«

»Vier Jahre Deutschland und du weißt immer noch nicht, dass man beim Trinken nicht guten Appetit wünscht. Du treibst dich zu viel mit Asylanten und Illegalen herum.« Ich war bissig und ich wusste es.

»Nich meine Schuld. Deutsche wollen uns nich. Deutsche verdienen Geld mit uns, aber sie wollen uns nich.«

»Und du? Du bestiehlst die Deutschen, verprügelst sie und machst sie high und krank, genauso wie du es schon im Libanon gemacht hast. Mit welchem Dreckszeug handelst du jetzt? LSD? Kokain?«

»Sprech nich so iber mich. Sowieso ich mach nich mehr. Mann is zurick. Ich muss nich mehr zahlen. Wirst du gesehn, wenn Familie kommt.«

»Schon nach zwei Uhr.«

»Hast du vergessen? Unsere Zeit ist nich so genau wie deutsche Zeit.« Mahmoud strich über deine Wange. »Nabil ist wie Deutscher. Ich verstehe nich, warum er fehlt.«

Da wurde der Vorhang aufgerissen, Ibrahim kam zu uns an den Tisch. »Telefon für dich, Maria. Nabil will mit dir sprechen.«

Ich sah den Telefonapparat auf dem Tresen, aber Ibrahim sagte: »Im Büro.« Ich folgte ihm den schmalen Gang entlang, an den Toiletten vorbei.

»Ich lasse dich alleine«, sagte Ibrahim und machte die Tür hinter mir zu.

Der schwarze Telefonhörer lag auf einem Turm akkurat übereinandergestapelter Bierdeckel. Hör- und Sprechmuschel ragten über die Seiten, wie ausgeschüttete Waagschalen. »Wo bleibst du denn, Nabil?« Keine Verbindung. »Hallo?« Ich wählte die Nummer vom Big Apple. Wartete und starrte dabei auf die Spuren von rotem Nagellack auf der Wählscheibe. Niemand nahm ab. Ich wählte Nabils Nummer. Elke meldete sich nach dem vierten Klingelton.

»Wo ist Nabil?«, fragte ich.

»Ist er immer noch nicht da? Kann doch nicht so lange dauern vom Big Apple in den Wedding.«

»Er hat eben hier … In den Wedding? Wir sind in Kreuzberg! Bei … Ibrahim …« Ich taumelte, ließ den Hörer fallen. Die Bierdeckel fielen. Alles stürzte zusammen. Warum hatte ich das Wort Scheidung in den Mund genommen und ihm so seine Abschiebung angekündigt? Ich hastete zur Tür. Die Klinke bewegte sich nicht. Keinen Zentimeter. Ich drückte mit aller Kraft, aber die Klinke gab nicht nach. Ich schlug mit den Fäusten an die Tür. »Lasst mich raus! Auf der Stelle – oder ich rufe die Bullen!« Ich drückte wieder die Klinke. »Ihr sollt mich …«

Die Tür flog auf. Ibrahim hob entschuldigend die Arme und versperrte mir so den Weg. »Manchmal klemmt die Tür!«

Ich schob ihn an die Wand, riss den Vorhang auf. Susi stand hinter dem Tresen, ein Handtuch knetend. Auf dem Tisch standen die Kaffeetassen. Daneben lag die Polaroidkamera – und ein Foto.

Die Milchflasche war weg.

Die Holzpuppe war weg.

Mahmoud war weg.

Du warst weg.

Ich rannte ins Männerklo, zum Damenklo.

Niemand.

Ich rannte zur Tür, schaute auf die Straße. Nur mein Käfer parkte noch dort. Da klingelte das Telefon auf dem Tresen. Susi starrte auf ihre Hände. Ibrahim nahm den Hörer ab. »Nabil«, sagte er und grinste, »merhaba.«

»Was macht Mahmoud mit Jasmin? Wo bringt er sie hin?«, schrie ich und streckte den Arm nach dem Hörer aus, aber Ibrahim sagte: »Es ist niemand hier, Nabil«, und legte auf.

Ich riss die Handtasche von der Stuhllehne, schnappte die Kamera und das Foto.

»Er geht bestimmt nur mit ihr spazieren«, rief Susi mir hinterher.

Ich rannte zur Telefonzelle an der Ecke. Elke und Renate waren vielleicht die Einzigen, denen ich noch trauen konnte. Schon beim ersten Klingelton wurde abgenommen. »Was ist los?«, fragte Nabil atemlos.

»Gib mir Elke!«

»Wo seid ihr?«

»Warum warst du nicht in der Pizzeria? Mahmoud hat gesagt, du kommst auch.«

»Er hat mich in eure Wohnung bestellt!«

Meine Finger tasteten den Schlüsselbund ab. Wie ein Hühnerknochen stakte der Wohnungsschlüssel heraus. »Er hat Jasi! Ich fahre in den Wedding.«

Ich stieß die Haustür auf, hastete durch das Vorderhaus, in den Hof. Alles sah aus wie immer. Als sei nichts passiert. Was hatte ich erwartet? Polizisten hinter Schutzschilden? Eine Stimme, die Mahmoud über Lautsprecher aufforderte, dich herauszugeben? Ein Absperrband, das keinem erlaubte, den Hof zu betreten? Ich hatte die Bullen ja nicht einmal informiert. Die Küchengardinen waren zugezogen. Ich stürzte ins Haus und presste den Daumen auf den Klingelknopf. Als würde Mahmoud die Tür öffnen, lächeln und sagen: Da bist du ja endlich! Wir haben auf dich gewartet. Komm rein, Habibte.

Der Schlüssel hakte. Dieser verdammte Kerl hatte das Schloss … Aber dann, endlich, ein Ruck und der Schlüssel drehte sich. Stille. Dunkelheit. Gestank nach vergammeltem Essen. Kein Strom. Ich stolperte zum Fenster, zog den Rollladen hoch. Auf dem Boden lag eine zerschlissene Matratze. Fremdes Bettzeug ohne Bezug. Auf der Couch Mahmouds zurückgeschlagene Bettdecke, als sei er eben aufgestanden. Auf dem Mahagonitisch stapelte sich dreckiges Geschirr. Eine Tasse war vollgestopft mit Kippen. Fotoschnipsel lagen herum. Er hatte unser Hochzeitsfoto zerschnitten.

Auf dem Küchenboden eine einzelne Socke und Mahmouds Schal. Die Tür des Unterschrankes stand offen. Klamotten, in Zellophan verpackt, zusammengelegt. Etikettiert. Mahmouds Sachen waren weg. Ich riss die Schublade auf, hob den Besteckkasten hoch. Hier hätte er liegen müssen, Mahmouds Pass. Er war weg.

Mahmoud war abgehauen, und er hatte dich.

Ich musste die Bullen anrufen.

Das Telefon war stumm. Tot.

Gleich würde sich der Boden auftun und ich würde hineinfallen. Tiefer … und tiefer, ungebremst bis in die Hölle. Kündigte sich so ein Nervenzusammenbruch an?

Irgendwann schrillte die Klingel. Lang, durchdringend. Ich stürzte zur Tür. Nabil drückte mich an sich.

»Beruhige dich«, befahl er und presste mich an seine Brust. »Beruhigst du dich?«

»Ja, verdammt!«

»Versprichst du das?«

»Ja, verdammt!«

Er ließ mich los und ging ins Wohnzimmer, sah sich um, fuhr mit dem Finger durch die Fotoschnipsel, fügte die Teile zusammen. »Schau, Maria …« Die Fotos, die Nabil von dir gemacht hatte – aus einem war dein Kopf herausgeschnitten.

Da begriff ich, was Mahmoud vorhatte. Und noch etwas begriff ich: Er hatte es geplant.

»Gib mir Laylas Telefonnummer«, sagte Nabil.

»Ich habe sie nicht.«

»Ich rufe Hassan an«, sagte Nabil.

»Das … das Telefon … ist abgestellt.«

Nabil nahm den Hörer ab. »Hassan hat alle Telefonnummern.«

»Hörst du mir nicht zu? Das Telefon ist abgestellt!«

Er ließ den Hörer fallen und ergriff mein Handgelenk. »Komm mit!«, rief er und rannte mit mir aus der Wohnung. »Gib mir den Autoschlüssel. Wir fahren zu Hassan.«

»Warum zu Hassan? Warum nicht zu den Bullen?«

»Denk nach, Maria. Was kann die Polizei für uns tun?«

Wahrscheinlich war Mahmoud längst mit dir in Ost-Berlin. Die West-Berliner Polizei durfte nicht rüber, die Volkspolizei der DDR würde sich nicht dafür interessieren, und so konnte Mahmoud dich seelenruhig in den Libanon verschleppen. Als West-Berlinerin kam ich ohne Visum von der Passierscheinstelle nicht weiter in den Osten als bis zur Stahltür am Bahnhof Friedrichstraße.

»Heute gibt es keinen Flug in den Libanon«, sagte Nabil.

»Mahmoud wird also erst nach Mitternacht über die Grenze gehen. Bis dahin haben wir Zeit, uns etwas zu überlegen.«

Sollte mich das etwa beruhigen?

Hassans Schreck war echt. Alle Farbe war ihm aus dem Gesicht gewichen und seine Sommersprossen sahen aus wie getupft, als er in seinem kleinen Heft nach Laylas Nummer blätterte. Nabil hielt den Telefonhörer in der Hand.

»Er zerstört sein Leben«, sagte Hassan, als die Wählscheibe surrte.

»Sein Leben? Was ist mit Jasmins Leben? Mit meinem?«

»Psst.« Hassan drückte seinen Zeigefinger an die Lippen.

»Aleikum Salam«, sagte Nabil nach endlosen Minuten, legte auf. Er sah mich nicht an, als er sich zu mir auf die Couch setzte. Also musste es eine schlechte Nachricht sein.

»Mahmoud hat Layla erzählt, er hat sich von dir getrennt und Jasmin mitgenommen, weil du sie schlecht behandelst. Er will, dass sie bei Layla lebt. Ein Freund wird sie morgen zu ihr bringen.« Nabil legte seinen Arm über die Couchlehne, kratzte nervös auf dem groben Stoff. »Ich habe ihr die Wahrheit gesagt. Sie ist sehr wütend. Deutschland war seine letzte Chance, sagt sie, er ist nicht mehr ihr Sohn, weil ...«

»Das interessiert mich einen Scheiß«, brüllte ich die beiden an. »Ich will nur wissen, wo mein Kind ist!«

»Sie ist bestimmt in Sicherheit«, sagte Hassan, »aber Mahmoud wird sich verstecken müssen. Richtig, Nabil?«

Nabil steckte also doch mit drin? »Raus mit der Sprache, du Verräter.«

Nabil sah mich immer noch nicht an. »Ich habe damals nicht alles übersetzt, was Rauda sagte«, begann er. »Sie traf sich mit dir, um dich vor ihrer Familie zu warnen. Sie wollte das Blutvergießen verhindern.« Erst jetzt schaute er auf, doch er sah nicht mich, sondern Hassan an. »Wir waren zuversichtlich, dass die Wut verraucht und Vernunft einkehrt. Keiner profitiert davon, wenn sie sich an Mahmoud und Omar rächen. Wir wollten dich nicht ...«

»Verdammte scheiß Araber! Jedes Mal, wenn ihr für mich denkt, sitze ich hinterher noch tiefer in der Scheiße.«

»Als Mahmoud mich heute zu dem Treffen bat«, fuhr Nabil unbeirrt fort, »dachte ich, sie haben einen friedlichen Weg gefunden. Moment!« Er hastete nochmals zum Telefon. »Rauda?« Ich verstand nichts von dem Gespräch. Aber eines begriff ich, er war nicht so ruhig, wie er tat. »Ihr Mann kommt tatsächlich zurück. Morgen.«

Hassan sprang auf. »Ich fahre in den Wintergarten. Irgendeiner weiß immer etwas. Um Mitternacht fahre ich über die Grenze. Zum Flughafen Schönefeld.«

Nabil wählte schon wieder. »Ich rufe Elke an«, sagte er. »Sie soll zu Hause am Telefon bleiben. Maria, wir fahren zu Ali.«

Unvorstellbar, Alis Wut. Auf Mahmoud. Auf Nabil. Auf mich. Besonders auf mich.

»Wenn das hier vorbei ist, werde ich nie wieder mit euch reden«, sagte ich.

Hassan löste einen Schlüssel aus seinem Schlüsselbund. »Maria, du kennst die Garagen. Fahrt dorthin.«

»Du hast Schlüssel zu Omars Garage?«

»Ich habe sie Omar abgekauft, aber ich bin sicher, er besitzt noch einen. Vielleicht hat sich Mahmoud dort versteckt.«

Es dauerte mir zu lange, bis Nabil die dicke Kette um das Schloss entwirrt hatte; ich zog ihn zu dem niedergetretenen Stacheldraht. Wir stapften durch das gefrorene Gras. Das Garagentor war einen Spalt geöffnet. Ich schob es nach oben; es knarrte und quietschte.

Auf dem Reifenstapel, im Schimmer einer Taschenlampe, saß Omar mit Strickmütze, die Arme um den Parka gelegt, die Füße auf einer Reisetasche. »Was macht ihr?«, fragte er. »Wo Mahmoud?«

Nabil trat nach ihm. »Das weißt du besser als wir!«

Omar sprang auf. Schwankte.

Nabil stieß ihn in die Brust. »Wo ist Jasmin?«

»Mahmoud hat – Kind?« Er nahm die Mütze ab. »Ich habe mit Kind nichts zu tun.«

Ich schnappte mir seine Reisetasche, zog den Reißverschluss auf. Ein Schlafsack quoll heraus. In der Seitentasche steckten zwei Fahrkarten der Reichsbahn. »Schweden? Ihr wollt nach Schweden?«

Omar zuckte mit den Schultern.

Nabil drückte ihn wieder auf die Reifen. »Das funktioniert sowieso nicht. Ich kenne keinen Einzigen, der das geschafft hat. Die Schweden kriegen sie alle und setzen sie in den nächsten Zug zurück.«

»Denkst du! Keiner redet, viele sind dort. An Grenze verstecken wir uns. Unter Sitze, in Toilette.«

»Euer Zug geht 22 Uhr 17 ab Bahnhof Zoo.« Ich tat so, als wollte ich die Karten zerreißen. »Sag mir, wo Jasmin ist, oder du hast keine Fahrkarte mehr. Dafür erwarten dich die Bullen auf dem Bahnsteig. Nein, ich habe eine bessere Idee. Raudas Familie wird dort auf dich warten.«

»Versuche bei Tarek. Tarek macht alles.«

»Wo ist er?«

»Ich weiß nicht.«

Ich bohrte meinen spitzen Fingernagel in die Fahrkarte.

»Oualla, ich weiß nicht, wo Tarek. Er hat viele Freunde. Aber ich kann helfen.« Er zeigte auf einen Karton mit ölverschmierten Lappen. »Nimm die Pistole von Mahmoud. Tarek gefährlich.«

»Mahmoud hat eine Pistole?«, fragte Nabil, während ich schon die Lappen auf den Boden warf und in dem Karton wühlte, bis das Ding in meiner Hand lag. Groß. Schwarz. Glatt. Die Knarre aus der Küche.

»Siehst du das Schalter? Das musst du auf andere Seite legen, wenn du schießen willst«, sagte Omar.

Ich legte den Hebel um, zielte auf Omar. Der stopfte den Schlafsack wieder in die Reisetasche, zog den Reißverschluss zu.

»Du warst das damals Silvester«, fauchte ich. »Du hast

ihm die Knarre gegeben.« Ich würde schießen, ohne zu zögern. Und wenn der, der da auf der Reisetasche kauerte, Mahmoud wäre?

Nabil fasste mich am Ellbogen. »Komm jetzt!«

18

Die trockene Stulle vom Vormittag, noch immer lag sie auf der Stufe. Kein klarer Gedanke wollte sich formieren. Kein einziger. Albert war im Balkonzimmer. Mit dem Rücken zur Tür beugte er sich über den Tapeziertisch. *All you need is love*, dudelte es aus dem Kofferradio am Fenster. »Loof is a-hall ju nied … dff, dff, dff, dff«, sang Albert, bewegte seine breiten Hüften hin und her und klatschte die Quaste im Takt auf die Tapete.

Endlich formten sich die ersten Worte in meinem Kopf. Aber ausgerechnet zu einem Satz, an den ich nicht denken wollte. Nicht jetzt. »Ich werde dafür sorgen, dass du sie loswirst.« Ich hatte dich nicht vor deinem Vater beschützt. Schon wieder nicht. Ich schlich mich an, legte meine Arme um Onkel Albert, drückte meine Wange an seinen feuchten Rücken, sein verschwitztes Hemd. »Ich hab Scheiße gebaut.«

Er drehte sich um. »Was heißt, du hast Scheiße gebaut? Warum läufste überhaupt im Hochzeitsfummel rum? Nabil, warum bist du … Wo is' unsre Große?«

Ich drehte das Kofferradio leise, wischte über die beschlagene Fensterscheibe. Der Schnee im Garten war geschmolzen. Fast schwarz die aufgeworfene Erde dort, wo Onkel Albert das Klettergerüst und die Schaukel in den Boden rammen würde. »Mahmoud hat sie entführt!« Meine Stimme zitterte.

»Was heißt entführt? Is' se nich' bei Elke? Nabil?«

Nabil sah weder mich noch Albert an, er schaute zu Boden. »Ich hatte keine Ahnung, was er vorhat.«

Alberts Faust sauste auf den Tapeziertisch. Die Quaste zuckte, die Tapete riss, der Leim spritzte. Die Faust schnellte wieder hoch, blieb in der Luft hängen, als ich schon glaubte, sie würde in Nabils Gesicht rasen. Stockend berichtete ich, was Mahmoud gesagt hatte, verhaspelte mich, schluckte, und als ich von dem Augenblick sprach, in dem ich dich ihm ausgeliefert hatte, merkte ich erst, wie dumm ich gewesen war.

»Du bist noch dämlicher wie deine Mutter!« Albert lief die

Treppen hinunter. Die Stufen vibrierten unter seinen Schritten. »Wenn wir die Große zurückkriegen …«

»… wirst du dafür sorgen, dass ich sie loswerde. Ich weiß.«

»Quatsch!« Albert sah mich an. Sein Blick war auf meine Narbe gerichtet, wie sonst, wenn er … Warum hatte er ein schlechtes Gewissen? Er versuchte, in seine Schuhe zu schlüpfen, aber ich stellte mich so nah vor ihn, dass sein Atem mich streifte. »Was ist los, Onkel Albert?«

»Nüscht!«

»Lüg mich nicht an. Du nicht auch.«

Er ging in die Hocke, schnürte die Schuhe zu. »Bevor Helene damals auf die Reeperbahn ging, kam se mit dir zum Stutti, wollte Adieu sagen.« Er stieß die Luft aus. »Nich' mit der Kleenen, hab ich gesagt. Die bleibt hier, hab ich gesagt.«

Meine Mama an der Wohnungstür, nur ein vages Bild. Onkel Alberts Pranke um meinen Arm fühlte ich schon deutlicher. Und in brutaler Klarheit höre ich seine Stimme, jünger noch und nicht so rau. »Ich werde dafür sorgen, dass du sie loswirst.« »Das kannst du nicht machen, Albert« – die Stimme meiner Mama, schrill, hilflos. »Der Kerl draußen vor der Tür kriegt die Kleene nich' in die Finger«, schreit mein Onkel. »Darauf kannste wetten. Moritz taugt zwar als ihr Vater nüscht, aber als mein Anwalt sorgt er dafür, dass se bei mir bleibt.«

Mein Finger rieb über meine Stirn. Und ich begriff, dass die Narbe tiefer saß. Jede Narbe hat eine Geschichte – und ich erinnerte mich plötzlich an meine. »Bei dem Versuch, dir zu entkommen, bin ich gegen die Tischkante gerannt. Blut lief mir in die Augen. Ich hab sie nicht mehr gesehen, meine Mama, nur gehört, wie sie schluchzte, bis die Tür zuschlug. Sie hat mich nicht freiwillig bei dir gelassen.«

»Konnte ja nich' ahnen, dass se 'n verflixter Junkie wird und es das Letzte war, was wir beide von ihr sehen, bis ich sie … identifizieren musste.«

Seine Augen wurden schwarz, so schwarz wie die von Mahmoud, aber der Blick war der von Ali. Er war die Wurzel allen Übels. Ich schlug ihn ins Gesicht. Ich trat nach ihm.

Er wehrte sich nicht. Er stand mit hängenden Armen da.

»Weißt du, was Mahmoud seiner Mutter erzählt hat? Er musste mir Jasi wegnehmen, weil ich sie schlecht behandele. Kommt dir das bekannt vor?«

Nabil hielt mich fest. »Schluss jetzt!«

»Genau, verdammt noch mal«, sagte Ali.

»Du bleibst hier! Ich will nicht, dass du meine Jasi in die Finger kriegst.«

»Bist du jetzt total verblödet? Ihr braucht mich!«

»Ali hat recht«, sagte Nabil.

Ich wusste es ja selbst. Dieses letzte Mal musste ich zulassen, dass er sich in unser Leben mischte. Damit wir überhaupt noch ein Leben hatten.

»Ich fahr zum Stutti, schnapp mir 'n paar Kumpels und knöpf mir die Araber vor«, sagte Ali. »Moritz wird sich mit seinen Freunden von den Bullen am Bahnhof Zoo aufstellen. Wir werden die Große finden; und wenn ich persönlich die Interflug stürmen muss.«

»Du musst vor Mitternacht am Bahnhof Friedrichstraße sein, Ali. Alle Infos gehen an Elke«, sagte Nabil und zog mich wieder hinter sich her. »Wir fahren zu Ibrahim. Vielleicht ist Mahmoud mit Jasmin bei ihm.«

»Fahr doch endlich los«, herrschte ich Nabil an, als wir eingestiegen waren.

»Wohin müssen wir?«, fragte er.

»Zu Ibrahim, hast du doch selbst gesagt.«

»Ich weiß, was ich gesagt habe, Maria. Wo wohnt Ibrahim?«

»Woher soll ich das wissen?«

Nabil schlug mit dem Handballen auf das Lenkrad. »Wir rufen Elke an.«

Elke hatte keine neuen Informationen.

»Wir fahren noch mal in eure Wohnung.« Nabil klang resigniert.

»Und wozu soll das bitteschön gut sein?«

»Vielleicht haben wir was übersehen.«

»Und wenn nicht?«

»Fällt dir was Besseres ein?« Er startete den Käfer.

Ich riss meine Handtasche auf, strich über die Pistole und sagte: »Falls du was im Schilde führst, Nabil, ich habe keine Skrupel, das Ding in meiner Tasche zu benutzen.« Das Polaroid, das Mahmoud zurückgelassen hatte, diese Entschlossenheit in seinem Blick. Die Gewissheit, dass er siegte. Du, Jasmin, schautest ins Blitzlicht, deine Augen waren rot. Ich nahm die Kamera vom Rücksitz, richtete sie auf mich selbst, drückte auf den Auslöser. Das Zelluloid surrte heraus. Das Gesicht, das sich da entwickelte, war um ein ganzes Leben gealtert. Ich drückte den Daumen auf die noch feuchte Stirn. Stumpf prägte sich mein Fingerabdruck in das Foto und bildete ein Netz von Narben.

Viel zu langsam führte Nabil den Schlüssel ins Schloss. Worauf wartete er? Warum hatte ich mich überhaupt darauf eingelassen, hierher zu fahren? Vielleicht versuchte Nabil nur, mehr Zeit für Mahmoud herauszuschinden? Ich wollte ihm gerade in die Wohnung folgen, da beugte sich eine halbe Etage höher ein Schatten über das Geländer.

»Ick hab mir schon jefracht, ob de überhaupt hierher kommst.«

»Susi? Was willst du hier?«

»Helfen. Ick weeß nämlich, wo se sin'. Dein Mann is' nur um Block jefahrn. Jetz' is' er wieda in die Pizzeria mit die Kleene.«

»Das ist ein Trick, richtig?«, fragte ich. »Warum sollte ich dir glauben? Ausgerechnet dir …?«

»Weil ick ooch Angst um die Kleene hab. Ick habse flenn' hörn.«

Nabil knallte die Wohnungstür zu. »Dann komm mit!«

»Kann ick nich'!«, wehrte Susi sich. »Wenn die rauskriegen, dass ick jepetzt hab …«

»Komm mit! Los!« Nabil nahm zwei Stufen auf einmal, griff Susis Arm. Auf der Fahrt zur Pizzeria schwor sie, dass sie nichts von der Entführung gewusst habe. Nur eine schwache Ahnung, dass da was im Gange war. Kein Koch, kein Kellner, nur sie und Ibrahim. Nervös zog sie den Blitzwürfel von der Kamera, steckte ihn wieder auf, zog ihn ab, steckte ihn wieder auf. Erst als Mahmoud sich Jasmin geschnappt hatte und hinausrannte, war ihr ein Licht aufgegangen. Als sie dann ihren Mann dabei beobachtete, wie er die Bürotür versperrte, brannte gleich ein ganzer Lampenladen. »Aber wat hätt ick da tun solln?« Wieder zog sie den Blitzwürfel von der Polaroid. »Kaum warste weg, kommt Mahmoud zurück mit die Kleene. Jibt Ibrahim die Autoschlüssel und kricht dafür die vom Laden.« Ehe sie sich versah, saßen sie und Ibrahim im Mercedes und Mahmoud verschwand mit dir in der Pizzeria. »Sein' Mercedes hat er uns jeschenkt. Dafür versteckt er sich mit die Kleene im Laden und bringt se irjendwo hin, wenn's dunkel is'«, sagte Susi. Sie legte ihre Hand auf meine Schulter. »Die bringense in' Libanon.« Als sie das begriffen hatte, wäre ihr klar gewesen, dass sie etwas tun musste. »Ick bin nur 'n Stücke mit ihm mit, dann hab ick mir 'n Taxi jeschnappt und bin in' Wedding jefahrn. Ick wusste ja, in welche Straße ihr wohnt. Hat ooch nur 'n Moment jedauert, bis ick det Haus wiedajefunden hab.«

»Und wir sollen dir glauben, dass Ibrahim dich einfach weglässt?«, fragte ich.

»Ick hab jesacht, uff den Schreck muss ick mir wat besorjen. Da lässt er mir natürlich alleene loofen – wejen sein' Uffenthalt.« Je näher wir der Pizzeria kamen, umso nervöser wurde Susi. »Und jetze lasst mir aussteijen. Ick kann nüscht mehr für dich tun!«

»Wie kommen wir rein?«, fragte Nabil.

»Det is' euer Problem!«

»Unser Problem?«, presste ich hervor. »Unser Problem? Du hast uns gesagt, wo wir ihn finden, okay. Und jetzt sorgst du dafür, dass wir reinkommen!«

»Aba … aba dann weeß er, dass ick …«

»Weißt du, warum Mahmoud abhauen muss?«, fragte Nabil.

»Da sin' welche hinter ihm her.«

»Und wenn er flieht, weil ihr ihm helft, werden sie das erfahren«, sagte Nabil ganz ruhig. »Dann seid ihr dran. Ist dir doch klar, oder?«

Da drückte Susi mir einen Schlüssel in die Hand. »Er is hint'n inner Küche. Und jetz' lasst mir raus!« Sie drückte meinen Sitz nach vorn und kletterte aus dem Käfer.

»Danke!«, rief ich, aber Susi winkte ab. Ohne sich umzudrehen, lief sie davon.

Es dämmerte bereits. Die Straßenlaternen leuchteten. Nirgendwo sonst brannte Licht. Nicht bei der Blumenhalle, nicht in den Büros über der Pizzeria und in der Pizzeria selbst auch nicht.

Vorsichtig schloss ich auf. Die Handtasche an mich gepresst, schlich ich neben Nabil durch den stillen Gastraum zur Schwingtür und zur Küche. Dort stand Mahmoud und rührte im dämmrigen Licht einer abgedeckten Neonröhre in einem Topf. Rechts vom Herd stand deine Flasche. Ein offenes Tablettenröhrchen und ein Messer lagen daneben. Es roch nach heißer Milch. Ich griff in meine Handtasche.

Die Küchenuhr tickte.

Ich stieß die Schwingtür auf. »Was machst du da, du mieses Arschloch? Wo ist Jasi?«

Bevor Mahmoud realisieren konnte, was geschah, stieß Nabil ihn vom Herd weg. Ich griff den dampfenden Topf und holte aus. »Du sagst mir sofort ...« Milch schwappte heraus.

»In Biro.«

Ich tastete nach dem Lichtschalter – und da lagst du. Auf dem Sessel, den Kopf auf einem runden Kissen, getrocknete Spucke im Mundwinkel. Deine Finger umklammerten die Holzpuppe. Ich stürzte zu dir, legte meinen Kopf auf deinen kleinen Körper, sog deinen Duft ein und erst, als es in der Küche polterte, bemerkte ich, dass ich schluchzte. Die Männer schrien sich an. Ich schloss die Bürotür hinter mir, kontrollierte die Toiletten. Niemand war da.

Mahmoud drehte Nabil den Arm auf den Rücken, packte ihn im Nacken und drückte sein Gesicht in die Richtung der heißen Herdplatte. Nur eine Handbreit darüber gelang es Nabil, sich aus seinem Griff zu winden. Er rutschte aus, verlor das Gleichgewicht und fiel.

Mahmoud stürzte sich auf ihn, hockte sich auf seinen Brustkorb, presste mit den Knien Nabils Arme auf die Fliesen und schlug ihm mit beiden Fäusten ins Gesicht. Nabils Kopf flog hin und her.

»Hör auf!«, schrie ich, aber Mahmoud schlug weiter auf ihn ein. »Dreh dich um«, schrie ich, die Knarre auf ihn gerichtet, aber meine Stimme war zittrig, dünn. Hilflos. Mahmouds Arm schnellte nach hinten, traf meine Nase. Ich taumelte. Mahmoud griff nach dem Messer auf dem Herd.

»Lass Nabil los«, sagte ich so ruhig, dass Mahmoud innehielt und irritiert über die Schulter zu mir hochblickte. Ich legte den Hebel um. »Lass ihn los!« Ich meinte es ernst. Ich wusste es und er, er wusste es auch. Der Blick, die tiefe Furche zwischen seinen Augenbrauen, verriet mir: Die Waffe war geladen. »Aufstehn!«

Nabil kroch unter Mahmoud hervor, wischte über sein blutiges Gesicht. »Jasmin?«, fragte er.

Als hättest du ihn gehört, fingst du an zu schreien.

»Layla weiß, was du getan hast«, fuhr Nabil Mahmoud an. »Sie will dich nicht mehr sehen.«

Mahmoud stand nur da, strich mit der Messerspitze über seine Handfläche. »Na und? Ich gehe weg. Woanders. Heute.«

»Omar hat dich verraten«, sagte Nabil. »Deine Fahrkarte nach Schweden kannst du dir bei Bilal abholen.«

»Du ligst.«

»Wer, glaubst du, hat uns deine Waffe gegeben?«, fragte Nabil und streckte seinen Arm nach mir aus. »Gib sie mir. Nimm Jasmin und bringt euch in Sicherheit.«

»Mein Frau und mein Tochter nich deine Sache!«

»Bevor du gehst«, sagte Nabil zu mir, »ruf Rauda an und sag ihr, wo sie uns finden.«

Die Pistole lag in meiner Hand, als hätte ich nie etwas anderes getan, als sie auf ihn, auf Mahmoud zu richten. »Ich denke nicht im Traum daran, dich mit ihm alleine zu lassen.«

»Denkst du, ich bin voll Angst?« Mahmoud grinste. Es sollte ein siegessicheres oder ein verächtliches Grinsen sein, aber es saß unsicher in seinem Gesicht. »Ich kein Angst vor niemand. Nich vor dir und nich vor Familie.«

»Und warum haust du dann ab? Was, wenn sie zu mir kommen?«, fragte ich. »Und das werden sie, richtig?«

Nabil nickte. »Sie werden keine Ruhe geben, bis sie Mahmoud gefunden haben.«

»Gehst du zu Ali. Alle sind voll Angst vor Ali. Ich keine Angst habe.« Mahmoud ballte seine Hand zur Faust. »Hand von Ali ist groß – aber Mund von Ali ist mehr groß.«

»Meine Hand ist nicht groß und trotzdem bekommst du von mir, was du verdienst«, sagte ich.

Nabil legte die Hand um den Lauf der Waffe. »Gib sie mir.«

»Du verdirbst mir den Spaß«, sagte ich, doch in Wahrheit war ich erleichtert. Ich überließ ihm die Pistole.

Mahmoud presste seine Hand so fest um den Messergriff, dass seine Knöchel weiß hervortraten. »Nabil will dich, Habibte. Stimmt, Nabil? Du will mein Frau.«

»Wirf das Messer weg, Mahmoud«, sagte Nabil nur.

»Nabil hatte mich schon.« Jedes einzelne Wort kostete ich aus. »Gar nicht so lange vor dir.«

»Stimmt, was Maria sagt?« Sehnsucht nach einem Nein lag in Mahmouds Stimme. »Du bis mein Bruder, Nabil.«

Nabil starrte auf die Waffe in seiner Hand. Er schwieg.

»Maria is egal.« Mahmouds Stimme kippte. »Ich habe keine Liebe fir Maria. Ich nur will Aufenthalt. Ich habe Liebe fir Yasmine. Ich komme zurick. Oder jemand anderes holt mein Tochter – filleich.« Er sah Nabil an. »Kannst du haben Maria. Du bis kein Mann.« Mahmoud streckte die Zunge heraus, hechelte. »Nabil is ein Hund, Habibte. Du weiß nich. Aber ich weiß. Ein Hund hat kein Stolz. Ein Hund leckt dein Hand.

Und anderes. Stimmt Nabil? Nur ein Hund heiratet Frau, die leckt andere F...«

Nabils Schulter zuckte. Sein Ellbogen schlug gegen meinen Oberarm.

Die Küchenuhr tickte. Das Messer fiel zu Boden.

Mahmoud prallte zurück, sperrte den Mund auf. Über seine gespreizten Finger, die sich um seinen Adamsapfel krallten, sickerte Blut. Er sackte auf die Fliesen. Auf das Messer. Atmete kurz und hastig. Röchelte.

Blut fraß sich in den weißen Hemdkragen. Mahmouds Lider flatterten. Sein Atem beruhigte sich. Stand still.

Nabil stand neben mir, immer noch ragte sein Arm wie ein vibrierender Schatten in die Höhe. »Mahmoud hat gelogen«, schluchzte er. »Ich weiß, er liebt dich.«

Ich nahm ihm die Waffe aus der Hand, legte sie neben die Tabletten, stieß die Schwingtür auf und ging ins Büro. »Das ist nur ein Traum, Jasi. Nur ein Traum«, flüsterte ich, »alles ist gut. Oualla. Nichts ist passiert.« Ich legte meine Lippen auf deine Stirn.

Kaum hörbar, das Hin und Her der Schwingtür, Nabils Schritte; kaum spürbar, der Lufthauch, als Nabil sich neben mich kniete. »Ich rufe jetzt die Polizei«, sagte er.

Ich legte meine Finger auf seine Lippen. »Du hast uns befreit – und willst dich dafür einsperren lassen?«

»Ich habe ... Er ist ... Ich habe meinen Freund ...« Nabil legte seinen Kopf in meine Halsbeuge und weinte.

Ich schob ihn aus dem Büro, auf den Flur, hielt den Atem an, bevor ich die Schwingtür aufstieß. Blutspritzer an der Wand, ein Loch unter der Küchenuhr. Der Putz war abgesplittert. Mahmouds Körper leblos, seine Beine angewinkelt, die graue Hose nass. Sein Blut eine Lache auf den Fliesen. Ich wusste nicht, ob er das hier verdient hatte, aber Nabil hatte getan, was er getan hatte. Für dich. Für Elke. Für sich. Für mich. Die Polizei würde keinem von uns helfen – aber allen schaden. Ich schaute lange auf den Mann am Boden, aber ich fand keine Antwort darauf, ob ich meinte, was ich gleich sagen würde. »Er muss weg.«

»Was heißt …? Was hast du … vor?«

»Er muss weg.«

Nabil lief um den Leichnam herum zur Spüle. Er krümmte sich. Übergab sich. Drehte den Wasserhahn auf und schaufelte sich mit beiden Händen Wasser ins Gesicht, bevor er sich wieder aufrichtete. Ein Auge war zugeschwollen, Blut rann von seiner Schläfe. »Raudas Familie wird keine Ruhe geben, bis sie ihn haben. Wir müssen die Polizei rufen. Sonst ist es nicht vorbei.« Sein Blick hatte etwas Flehendes.

»Geh ins Büro«, sagte ich nur, »ruf Elke an und sag ihr, sie soll Jasi holen.«

»Und er?«

»Mach einfach, was ich sage. Und dann hilf mir, Putzzeug suchen. Wir müssen hier saubermachen.«

Nabil stieg mit einem ausladenden Schritt über den Leichnam.

»Du sagst ihr nichts, verstanden?«, rief ich ihm hinterher.

Elkes Lippen waren so bleich wie ihr Gesicht. »Alles okay?«, fragte sie und wollte aus dem Taxi steigen.

»Nimm Jasmin und fahr wieder nach Hause.«

»Wo ist Nabil?«

»Drin. Bei Mahmoud.«

»Du zitterst …«

Ich schob es auf die Kälte an jenem Abend im Februar, dabei hatte ich sie bis zu diesem Moment nicht gespürt. Ob ich zitterte wegen dem, was geschehen war, oder dem, was ich vorhatte, wusste ich nicht.

Elke riss die Augen auf, flüsterte: »Und du … deine Nase blutet! Hat Mahmoud dich etwa geschlagen?«

Irritiert fasste ich mir ins Gesicht. Ich spürte keinen Schmerz.

»Nicht so schlimm«, sagte ich und legte dich in Elkes Arme. Du hast gewimmert, geschluchzt, als wüsstest du, was geschehen war. Ich gab Elke die leere Flasche. »Die musst du unbedingt auskochen, bevor du Jasi was zu trinken gibst.«

Elke versuchte, an mir vorbeizuschauen. »Was ist da drin los?«

»Omar und Mahmoud wollen nach Schweden. Nabil und ich bringen sie zur Bahn. Wir wollen sichergehen, dass sie wirklich abhauen.« Ich blieb stehen, bis das Taxi außer Sichtweite war. Dann stülpte ich den großen, aufgeschnittenen Plastiksack, den wir bei dem Putzzeug gefunden hatten, über den Beifahrersitz meines Käfers.

»Ich oben. Du unten.« Nabil schob ihm seine Arme unter die Achseln. Mahmouds Kopf fiel in den Nacken. Seine Kinnlade klappte herunter. Sein aufgerissener Mund, sein entsetztes Gesicht, und dann – gab er einen Laut von sich, einen Laut wie ein Grunzen.

»Er … lebt noch.« Ich schlug beide Hände vors Gesicht.

»Sieh hin, Maria. Mahmoud ist tot«, sagte Nabil. »Ich kenne das aus dem Krieg. Das ist nur Luft, die aus dem Körper weicht.«

Er hatte recht. Mahmoud atmete nicht. »Schaffen wir ihn weg.« Meine Stimme klang fremd. Ich fasste Mahmoud an den Waden, an seinen Hosenbeinen. Ich wollte ihn nicht berühren. Hätte ich seine warme oder kühle oder gar kalte Haut gespürt, ich weiß nicht, ob ich bei meinem Plan geblieben wäre.

Wir hievten ihn in den Käfer, deckten ihn mit einer Decke zu.

»Was hast du mit ihm vor, Maria?«, fragte Nabil, während er den blutgetränkten Putzlappen im Eimer auswrang, ihn wieder um den Schrubber legte und über die Fliesen wischte.

»Wir bringen ihn zu Ali. Beeil dich. Wir haben nicht viel Zeit.«

»Was machen wir mit dem Blut an der Wand? Dem Loch?«

»Zuspachteln, überpinseln. Bei Ali finden wir alles, was wir brauchen.«

Nabil warf den Putzlappen in den Eimer, stand reglos da. Als ich schon dachte, er mache nicht mehr mit, kippte er das rote Wischwasser ins Becken, wrang den Lappen, wischte den Eimer aus und stellte das Putzzeug dorthin zurück, wo er es gefunden hatte. »Und Raudas Familie?«

Ich wischte Mahmouds Fingerabdrücke vom Messer. »Ruf sie an.« Ich wischte unsere Fingerabdrücke von der Knarre. »Die Kamera liegt im Käfer. Wir fotografieren ihn, wenn er in dem Erdloch liegt. Ihr alle habt genügend Tote gesehen, um zu erkennen, was echt ist.«

Ich wischte das Chrombecken, bis es blitzte.

»Ich habe den Schuss gehört«, sagt Jasmin. »Gestern im Traum habe ich mich daran erinnert.«

Mutter versucht aufzustehen, sinkt aber wieder in den Schaukelstuhl. Ihre Energie scheint erloschen, ausgeknipst mit dem letzten Wort. Sie gähnt. Jasmin hat ihre Mutter häufiger zusammenzucken als gähnen sehen.

»Bring mir meine Handtasche, Albert. Ich habe noch etwas für Jasi.«

Albert geht in den Vorraum, wo Mutters Strickjacke hängt, kommt zurück, wirft ihr die Handtasche in den Schoß. Sie öffnet sie, fährt mit ihrem Fingernagel ins Futter, zieht ein Polaroid aus einem Schlitz in der Naht. »Komm her.« Mutters sonst matte Augen glänzen feucht. »Das ist das Foto, das er damals in der Pizzeria zurückgelassen hat.«

Das Mädchen mit den schwarzen Locken, das ist sie, Jasmin. Der unheimliche Mann auf dem Foto, der ihren kleinen Körper umfasst, das ist ihr … das ist das Skelett. Sein behaarter Handrücken liegt auf ihrem Bauch. Die senkrechte Falte zwischen seinen Augenbrauen spaltet seinen Blick. Ein Auge zwinkert, während das andere schwarz in die Kamera starrt. Seine Mundwinkel biegen sich zu einem Gewinnerlächeln. Sein Kinn rammt sich in ihre Schulter. Der ausgestreckte Arm, mit dem er die Kamera auf sich richtet, zieht Jasmin in das Bild hinein und macht sie zur Komplizin.

»Nabil hat uns gerettet«, sagt Mutter. »Ich wollte ihn schützen, deswegen habe ich geschwiegen. Hätte ich gewusst, dass er längst tot ist, hätte ich …« Sie schüttelt den Kopf, gähnt wieder. »Es ist vorbei.«

»Ich hab damals nur noch gesoffen.« Albert klingt, als sei er auf der Suche nach seiner Stimme. »Zwei, drei Jahre hab ich da draußen im Garten nüscht angerührt.« Er räuspert sich. »Und so is' eben Gras drüber gewachsen.« Er klopft sich auf den Schenkel, als sei das ein Witz. »Mir hat se ja auch die Geschichte mit Schweden aufgetischt, Große, aber dir hat se immerhin die Wahrheit gesagt: Dein Vater hat den Unfall in der Türkei nich' überlebt.«

Der Autounfall in der Türkei, er war das Puzzleteil, das Mutter ihr in all den Jahren hingehalten hat. Und sie, Jasmin, hat nie danach gegriffen. Nie gefragt. Sie wollte nichts wissen. Den Gedanken, dass sie ihrem Vater egal war, hätte sie weniger ertragen als den an sein Grab, irgendwo auf der Welt.

Das Puzzle ist zusammengesetzt.

Eigentlich müsste sie jetzt die Polizei rufen.

Seit Stunden sitzt Mutter im Schaukelstuhl, die Augen sind wieder geschlossen, der Mund leicht geöffnet. Sie schläft.

Jasmin streckt den Arm aus, will sie wachrütteln, doch ihre Hand streicht nur sanft über Mutters Haar. »Was soll ich jetzt tun …«, Jasmin bückt sich, ihre Lippen legen sich auf die Narbenstirn. »Mama?»

Jasmin schiebt die Terrassentür auf. Morgenrot spiegelt sich in der Scheibe des Wachturms. In einer Hand ihr Handy, in der anderen die beiden Polaroidfotos, geht Jasmin zur Grube.

»Mach, was de für richtig hältst, Große«, ruft Albert ihr nach, »aber wenn de 'n Tipp brauchst, was de mir zum Geburtstach schenken kannst … Meine Goldfische fühln sich ganz wohl in dem Glas. Haben sich jedenfalls noch nich' beschwert.«

Nachbemerkung

Etwa zeitgleich mit Beginn des Bürgerkriegs im Libanon (1975-1989) erweiterte die DDR ihr Flugnetz der Linie INTERFLUG von Zielen in sozialistische Länder auf Ziele im Nahen Osten: Damaskus und Beirut.

Ausgestattet mit Tagesvisa für die DDR, flogen Bürgerkriegsflüchtlinge nach Schönefeld. Von dort wurden sie zum Grenzübergang Bahnhof Friedrichstraße, damals Ost-Berlin, transportiert, in den Tränenpalast gelenkt und durch das Schlupfloch der am strengsten gesicherten Grenze des Kalten Krieges zu den U- und S-Bahnhöfen Richtung West-Berlin abgeschoben. Namenlos und unkontrolliert stiegen sie Minuten später dort aus. Erst hier waren die Beamten der West-Berliner Polizei handlungsbefugt; sie kontrollierten die Bahnhöfe in unregelmäßigen Abständen. Diejenigen unter den illegal Eingereisten, die Asyl beantragten, wurden bis zur Entscheidung hierüber auf West-Berlin und die Bundesländer verteilt. Wer in West-Berlin lebte – auch illegal –, konnte mit Transitvisa der Ostblockstaaten aus- und wieder einreisen. Allein durch die Insellage West-Berlins war es möglich, dass sich die Strecke Berlin – DDR – Tschechoslowakei – Ungarn – Jugoslawien – Bulgarien – Türkei – Syrien – Libanon zum vielfältig genutzten Transitweg entwickelte; es herrschte ein reges Hin und Her auf dem Luft- und dem Landweg.

Insgesamt verkaufte die DDR während des Bürgerkrieges im Libanon etwa 900.000 Visa und Flugtickets.

Danksagung

Viele Menschen haben zum Gelingen dieses Buches beigetragen.

Ich danke den Informanten Klaus Schulze und Joachim Laube – Gründer und Leiter der AGA (Arbeitsgruppe Ausländer beim PolPräs Berlin); Herrn Lutz Kück – Leiter der AGIM (Arbeitsgruppe Integration Migration beim PolPräs Berlin); Frau Renate El Gezawi – Deutsch-Arabische Unabhängige Gemeinde; Frau Reichel und Herrn Sezgin Hisir – Verein Lesen & Schreiben e.V.; Herrn Weinhold – Zollmuseum Berlin; den Mitarbeitern der Dauerausstellung im Tränenpalast »GrenzErfahrungen – Alltag der deutschen Teilung«; Benedikt Löcherer für die Einblicke in die arabische Sprache; André Neubacher für die Diskussionen über so manches Detail; Stijepo Pavlina für die Auskünfte über die jugoslawische Botschaft in Berlin und die Beantwortung anderer Fragen; den Mitarbeitern der Autowerkstatt Meilenwerk, Abed und anderen Libanesen und Palästinensern für die Interviews.

Ich danke Albrecht Piper und Heinrich von der Haar, die das Projekt eine Zeitlang kommentiert haben, und Salean Maiwald. Ich danke Klaus Berndl, Mitglied der RomanRundeBerlin, und besonders Petra Nouns, meiner Freundin und bis zu ihrem Tod ebenfalls Mitglied der RomanRunde. Vom ersten Buchstaben bis zum letzten Punkt warst du dabei. Ich habe viel von dir gelernt. Du fehlst mir, Petra. Ich danke den Mitgliedern der Gesellschaft für neue Literatur. Außerdem danke ich André Hille, Gunnar Cynybulk, Hubert Winkels und den AutorInnen, die mir bei Schreibseminaren und -reisen Feedback gaben.

Ich danke den TestleserInnen Janice Smith, Juliana Ullman, Guido Ullmann, Marco Wollmerstedt, Juliane Stüfen, Jana Groß für ihre Mühe und ihre Hinweise.

Ich danke der Literaturagentin Anna Mechler von der Literaturagentur Lesen & Hören, die in all den Jahren an das Projekt geglaubt hat, und ich danke der Lektorin Gabriele Dietz, die dem Manuskript eine Chance und den letzten Schliff gab.

Ohne Sie und euch alle gäbe es diesen Roman nicht.

Danke!

Literatur:

Michael Kleeberg: *Das Tier, das weint*
Jusuf Naoum: *Der Scharfschütze*
Benno Kroll: *Nachtasyl*
Heinrich Lummer: *Asyl*
Mahmoud Dabdoub /Ahmad Shalha: *Land der verletzten Zedern. Dokumente eines Krieges*

Ein Projekt der BlueCat Mulitmedia GbR
Landgraf-Karl-Str. 40, 34131 Kassel
www.divan-verlag.de
Umschlag: Katrin Kawinkel, katika-media.de, Berlin, unter Verwendung der Fotos von Fololia/© Anastasiia Usoltceva; Fololia/© Jozsitoeroe und iStockphoto/© 1001nights
Satz: Malte Knittel, Berlin
Schrift: Adobe Garamond Pro
Druck und Bindung: Axlo, Polen
ISBN 978-3-86327-036-0